U0142495

批判和實踐典範的
會診初探
——以臺灣電視遊民新聞為例

許志明　著

五南圖書出版公司 印行

推薦序一

　　《批判和實踐典範的會診初探 ── 以臺灣電視遊民新聞為例》這本書，是我指導的學生許志明的博士論文，由於兼具理論和實務參考價值，因此建議他商請五南圖書出版公司代為出版。

　　志明已經在2018年1月份正式取得博士學位。他的博士論文主要從美國學者Douglas Kellner所提出的「媒體奇觀」及法國理論家Guy Debord的「奇觀社會」概念切入，並將Pierre Bourdieu的實踐理論運用於電視新聞產製端，從媒體工作者為何、以及如何建構電視遊民新聞的角度切入，試圖了解實踐典範下的媒體結構力量如何影響電視新聞工作者？另一方面，結構又同時提供那些工具、資本給新聞工作者？如果要在激烈競爭的電視場域中生存，他們在工作表現上，又會使用何種戰略（strategy）、戰術（tactics）或技能（skill）？同時，這個研究也進一步探討，布赫迪厄主張「慣習」結構，會讓行動者產生不思而行的實踐，但在過程中，是否會產生任何反抗意識？

　　「媒體奇觀」概念為病態社會現象和媒體文本提供一種癥候式的診斷方式，而布赫迪厄實踐理論，則可以進一步解構電視新聞產製端，其行動主體與場域結構之間的動態交互歷程。「媒體奇觀」理論來自批判典範，而布赫迪厄的實踐理論則來自於實踐典範，各別主張有其衝突與矛盾之處，但藉由遊民新聞切入電視新聞的「病癥」探討，它們在理論上卻可以產生連結與互補。除了能明確指出現今電視新聞的病灶所在，並且也能提出具體改善措施，無論在理論和新聞實務研究上，都開創出一種全新的視野，是這本論文的重要價值所在。

志明自1990年擔任台灣晚報桃園駐地記者，迄今前後28年新聞工作經驗，期間歷經中時晚報高雄採訪中心記者、中視駐臺東記者、超視南部中心文字記者、超視南部中心特派員、超視新聞部副主任、三立電視台社會中心副組長、東森新聞部製作人、東森新聞Ｓ台副理、東森原民台副台長、副執行長、東森新聞Ｓ台副台長、東森新聞部協理，目前是東森財經台新聞總監，新聞實務經驗豐富。他把工作中發現的問題融入其博士論文中，兼具理論與實務價值，非常難得。志明在忙碌的實務戰場上，把握各種機會充實自己的理論深度，求學期間獲得世新大學圖書館頒發的優良借書獎，借書記錄名列前茅，其努力拚戰的精神，可見一斑。

政治大學新聞系兼任教授
世新大學新聞系兼任客座教授
翁秀琪
2018.5.15

推薦序二

　　我與本書的作者許志明博士已有超過10年的師友情誼。在今年初，他才喜獲博士學位，現在其博士論文以專書正式出版，可謂雙喜臨門。

　　雖然許博士是以在職進修的方式分別取得碩博士學位，但其兩本學位論文的品質均出類拔萃，不僅展現了他對於傳播理論的融會貫通，更是其新聞實務工作經驗的心血結晶。他令我最敬佩的是，在3年半內就取得了博士學位。猶記得不久前，在他的博士論文口試時，五位口試委員都鼓勵他能將論文成果出版專書，很高興他在這麼短的時間內就實現了。

　　這是一本由「駐地記者到博士總監」（本書作者未來將出版的個人回憶錄的書名）所撰寫的專書。電視新聞充斥著各種的「奇觀」報導，一般的媒體奇觀研究大都將媒體產製視為是「主控階級」操弄意識型態的工具。本書則另闢取徑，從製播的類型動機切入，以「媒體奇觀」的概念結合Bourdieu的實踐理論，採用文本分析法、深度訪談、產製場域的親身參與觀察等研究方法，以「遊民新聞」為研究對象，來會診與解構臺灣電視新聞的產製過程中組織「守門人」的場域結構與個人的能動性的互動關係，進而反思電視媒體對於社會「弱勢與邊緣人」所進行的文化產製與消費現象。

　　這一本著作的問世，同時兼具學術與實務的參考價值，更是許博士在新聞工作30年來時路的重要里程碑。以我對他的了解，這本著作不只是他的學術研究生涯的起手勢，我個人深信，以他善於時間的規劃與管理，接續的著作必定指日可待。

胡光夏
於世新大學
2018年5月

　　1990年，我拿著世界新專三專編輯採訪科畢業證書，開始進到新聞媒體工作。起先在平面媒體跑新聞，1993年後，我考進中視擔任地方記者，然後又碰到衛星電視新聞頻道崛起，我開始到有線電視的「新聞台」服務，時間過得很快，如今也接近30年了。在漫長的新聞工作歷程之中，我有時會覺得，自己有被工作「掏空」的感覺！每當我在職場上感到茫然之時，我就會想要重回學校來為自己充電！靠著不斷在職進修，我也順利的完成大學、碩士和博士的學業。而學校裡敬愛的師長們，就如同我的海上明燈，每次總會指引我，重新找到我的人生方向！

　　2010年我在世新大學拿到碩士學位之後，就開始了一共四年、八個學期的兼任講師生涯。由於上班的緣故，我只能在每一週的星期五請假半天，去兼一次二小時的課，但即便一週只上課二小時，我還是覺得，在大學當老師真得是比跑新聞或當新聞主管累多了！每週五，當我中午上完課回到辦公室，我都覺得累到快虛脫了，好像一整天的精、氣、神都被抽走了！2014年，我考上世新大學傳播博士班，開始身兼三種身分的工作：媒體主管、兼任講師和博士班學生。在博士班的課程中，以第一年的課業壓力最大，有看不完的課程資料、必須翻譯完的英文論文和腦細胞一次死很多的課程導讀。晚上七點過後，當電視台工作人員都已陸續下班之後，我還得在公司「加班」自己的課業，一直到深夜、整個辦公室已空無一人，而課程準備也追上一點進度之後，才能回家休息。三種身分的轉換，讓我身心俱疲，因此我在撐完博士班第一學期後，不得已辭掉了兼任講師的工作，專心把「讀博士班」和「當媒體主管」這二件事情做好。

我個人覺得，唸博士班，跟早期男人當兵過程有點雷同，同樣得要經過一個「血淋淋」的嚴苛考驗！因為不經這個痛苦階段，你就無法知道，自己到底能承受多大的壓力，你也不會知道如何才能克服它！當兵時，每天都期待趕快退伍，但是，當時間的軸線拉長後，很多男人會發現，人生最珍貴、最難忘的記憶，都在當兵的那個階段！而唸博士班，心境的變化和感受上，也和當兵時期十分相似，那就是：經歷時痛苦、日後卻回味無窮！因此，唸博班和當兵一樣，都會讓人刻骨銘心，一輩子會記得它！

　　我在傳播博士學位學程中主要研究的是「批判領域」，因為長年在商業電子媒體工作，我希望藉由「批判典範」的刺激，訓練自己能夠從階級、種族、性別等各種不同角度看事情，避免以白領菁英觀點來決定新聞走向。但是，「實踐典範」對於新聞實務工作也十分重要，因為它賦予了新聞工作者各種行動的邏輯和意義。那麼，「批判典範」和「實踐典範」，這兩種理論有沒有可能同時運用在同一類型的電視新聞文本之中，來解決一些電視媒體光怪陸離的現象呢？

　　博士班就讀期間，在電視上正好看到許多相當誇張和戲劇化的遊民新聞，我設想，這些遊民新聞是否為凱爾納（Douglas Kellner）所主張「媒體奇觀」（media spectacle）概念的顯現呢？如果是的話，那麼從批判理論的角度來看，電視新聞呈現的遊民現況，是否也是一種社會病癥的隱喻？當我從這個角度切入研究文本時，我發現「媒體奇觀」理論特別適合用來解構電視「獵奇類」遊民新聞，它的批判力道強烈且切中一些電視媒體和社會現象時弊。但隨之而來的，我卻有一股不安的感覺！因為我個人在媒體界工作近30年，我認為，「媒體奇觀」理論對於新聞工作者的定位和看法不盡公平，如果照著這個理論去解釋所有電視新聞工作者處理遊民新聞的

動機，將會失之偏頗。於是，我再取徑布赫迪厄（Pierre Bourdieu）的「實踐理論」，並蒐集29位電視新聞同業對於處理電視遊民新聞的詳細想法和做法，分析出他們產製「獵奇類」遊民新聞的真正動機及各種影響遊民新聞產製的因素。最後，我發現使用Kellner「媒體奇觀」和Bourdieu「實踐理論」，同時解構臺灣電視「獵奇類」遊民新聞，雖然2種理論有時會互相牴觸，但有時卻又能巧妙的互補。因為在操作上，Kellner媒體奇觀理論可以「解碼」電視遊民新聞的研究文本，而Bourdieu實踐理論則可以還原新聞工作者如何「製碼」，2種理論共同使用在同一類型的電視遊民新聞，相互碰撞出了一種「會診」媒體問題和社會問題的功效。雖然本書僅在「初探」範圍，但實踐典範和批判典範的「會診」機制如果能夠建立起來，對於未來媒體理論和新聞實務，相信都會有一定程度的參考價值。

　　追本溯源，這本著作是從入選中華傳播學會2016年「騷動20　創新啓航」年會的一篇論文發展出來的，之後再擴充為我的博士論文以及出版為專書。從小論文、博論到專書，一路都受到指導教授翁秀琪老師嚴謹的要求和審閱，讓我不敢有一絲的鬆懈。因此，本書寫作進度雖快，但一切都是按著研究計畫和翁老師的嚴格審查標準進行，如今這本書能夠出版，最為感謝翁老師的辛勞！在本書的修訂過程中，胡光夏老師、陳炳宏老師、林思平老師、陳順孝老師，也給了我寶貴的意見，讓本書內容的探討能夠更為深入與聚焦。而彭懷恩老師、夏曉鵑老師和博士班時期的學程主任秦琍琍老師，也在本書理論與實務的交互激盪和自我反思過程，給了我很多的指導及建議，讓我可以重新確立自己的定位和努力的目標，在此一併致謝！

許志明
於2018年5月

「媒體奇觀」為病態社會現象和媒體文本提供一種癥候式的診斷方，而Bourdieu實踐理論，則可以進一步解構電視新聞產製端，其行動主與場域結構之間的動態交互歷程。「媒體奇觀」理論來自批判典範，而rdieu的實踐理論則來自於實踐典範，各別主張有其衝突與矛盾之處，但日遊民新聞切入電視新聞的「病癥」探討，它們在理論上卻可以產生連與互補。除了能明確指出現今電視新聞的病灶所在，並且也能提出具體善措施，無論在理論和新聞實務研究上，都開創出一種全新的視野，是書的重要價值所在。

臺灣的主流電視新聞報導，經常把遊民視為犯罪者、
可悲者，不過遊民新聞呈現的，不只是底層人物的生活，
一種「社會病癥」的顯現。美國學者凱爾納（Douglas Kel
體奇觀」（media spectacle）及法國理論家狄葆（Guy De
社會」（the society of the spectacle）概念，批判力道十足
本主義現象與媒體內容呈現之關聯性。本書主要運用「媒體
電視遊民新聞的呈現及對社會造成的影響，並進一步探討，
消費主義裡的「舊現象、新主體」，是在何種社會脈絡和階層
成為奇觀化的客體？不過「奇觀論」將媒體工作者歸類為「純
意識型態的執行工具，如果我們繼續用這個概念來解釋電視新
製遊民新聞動機，必將陷入僵化和先入為主的缺失，對新聞工作
平。

為了找出電視新聞工作者製播具有「類型偏向」的遊民新聞
書嘗試將布赫迪厄（Pierre Bourdieu）實踐理論運用於電視新聞，
希望從媒體工作者為何，以及如何建構電視遊民新聞的角度上切入
解實踐典範下的媒體結構力量如何影響電視新聞工作者？另一方面
又同時提供哪些工具、資本給新聞工作者？如果要在激烈競爭的電視
中生存，他們在工作表現上，又會使用何種戰略（strategy）、戰術
tics）或技能（skill）？同時，本書也要進一步探討，Bourdieu主張
習」結構，會讓行動者產生不思而行的實踐，但在這過程中，難道他們
不會產生任何反抗意識？

目 錄

圖表目錄

Chapter 1

緒　論

第一節　問題意識

　　2015 年 1 月 20 日，臺灣各個電視台新聞出現了一則與遊民相關的新聞：「二名少年拿安全帽毆打 73 歲老遊民並錄影 PO 上網路」。第一天的新聞報導，播出二段驚悚暴力畫面。第一段畫面，二名少年持球棒及酒瓶，猛烈毆打在中和四號公園內睡覺的一名老遊民，老遊民發出「哎喲！哎喲！」的哀嚎聲，短短幾秒鐘，球棒被打斷，玻璃瓶破碎聲響不絕於耳。第二段畫面依然是二名少年攻擊老遊民的現場實況，老遊民驚恐叫喊「不要過來啊！」二名少年一邊狂笑、一邊攻擊老遊民，隨後鏡頭出現其中一名少年手上濺血，並對著鏡頭說：「我手上有血耶！他的血噴到我手上了！哈哈！」這則電視新聞播出後，引起社會高度關注，平面媒體也以大篇幅進行報導。事發第二天，電視媒體依然關切後續發展，並報導了許多網民極為憤慨，正在進行「肉搜」二名惡少身分。毆打事件發生後第三天，警方逮捕二名涉案少年，並且也找到被毆打的老遊民，在警方的記者會中，這名老遊民成為媒體鏡頭下的男主角。老遊民說，他不會對二名少年提告，醫藥費只要二名少年賠他 300 元就好。而被捕少年，態度輕蔑的說：「我只是大聲一點而已！」少年母親則在鏡頭前痛哭失聲說：「我會向被害人下跪道歉！」到了第四天，電視媒體已不再報導該案，被毆打的老遊民是否獲得良好安置，或者他仍是夜宿在公園內？他為何無家可歸？被捕二名少年獲得交保或送進少年看守所？他們是否會接受心理輔導？自此沒有媒體聞問。

　　2015 年 9 月 8 日東森財經新聞台出現一則與遊民相關的新聞，標題是：「這是我們住的臺灣！臺灣最年輕街友僅 19 歲」。這則將近 2 分鐘的新聞報導內容中，提到了三種不同的遊民樣態，包括：「60 歲電子加工廠老闆變遊民」、「有臺大學歷的遊民」及「求職不順、睡地下道的女遊民」。但新聞標題所寫的「19 歲最年輕遊民」，在整則新聞內容中僅有一句話提到：「目前收容遊民最年輕的是 19 歲」，實際上電視台並未找到該名 19 歲遊民，亦未針對這個議題進行追蹤採訪。整體而言，這則新聞主軸並不是在探討「遊民年輕

化」問題，而是在問「為何臺灣近年遊民人數增加如此之快？」但電視新聞用的標題卻是「臺灣最年輕街友僅 19 歲」，而不是與新聞內容相符的「臺灣遊民年增 200 人」，其用意何在？無獨有偶，同年 10 月 8 日，三立新聞台晚間新聞也出現一則與遊民相關新聞，它的標題是：「5 歲街友流浪驚！小身體住 22 歲大人」。新聞前半段，敘述一名 5 歲小朋友天天到圖書館報到，讓人以為這名小朋友真的失去家長照顧，只能到處流浪，以圖書館為家。但新聞到了後半段，才揭曉這名「小朋友」已經 22 歲，只是因為患了腦性麻痺，讓他的外表停留在 5 歲模樣。如此說來，這則新聞跟遊民其實並沒有任何關係，「小朋友」實際上也不是無家可歸，那麼新聞為何不直接說明：「22 歲腦性麻痺患者在圖書館遊蕩」，而要把標題寫成：「5 歲街友流浪」，並在新聞前半段敘述中，讓觀眾誤以為我們的社會真的出現了 5 歲遊民？電視新聞硬要把腦性麻痺患者與遊民扯上關係，到底為什麼？

以上述「19 歲最年輕遊民」這則新聞為例，如果媒體能找到這位遊民，那麼它涉及的領域包括：(1) 家庭問題：這個年輕人可能來自破碎家庭？他的父母知道他成為遊民嗎？(2) 教育問題：他是中輟生？(3) 社會問題：如果他已離開學校，為何沒有進入職場？是否因為求職失敗經驗，或曾在職場中遭受歧視？他為何沒有參加職訓？社會局是否介入輔導？而「5 歲流浪街友」這則新聞雖然聳人聽聞，但實際上如果真有 5 歲小遊民，失去家庭照護，他根本無法在街頭存活。電視新聞刻意把「22 歲腦性麻痺患者」寫成「5 歲流浪街友」，可能有其特定意圖與目的。因此，從上述三則電視新聞呈現的遊民樣態，我們可以發現幾個特點：單點式、去脈絡化、標題聳動但未必是事實、放大遊民年輕化問題、突顯「不正常遊民」等。如果我們留意臺灣電視新聞的遊民相關報導，可能會注意到，遊民大都出現在社會新聞中，他們身分不是受害者就是加害者；另外，遊民也常會和某些名人連結在一起，這些現象似乎不分電子媒體或平面媒體。戴瑜慧、郭盈靖（2012）延伸 Kendall（2005）及 Tipple & Speak（2009）對於遊民相關新聞的調查，發現臺灣主流平面媒體報導遊民新聞類型，主要集中在「犯罪類型報導」以及「假日慈善報導」二大項，其各自呈現

有關遊民新聞的樣態如下：

1. 犯罪類型報導

此類型新聞又分爲二類：(1) 遊民是公共空間的危險物與犯罪嫌疑人。在這樣的新聞論述中，市民被二分爲「正常市民」與「不正常市民」，兩者之間的關係是對立衝突的，遊民是市民的安全威脅者。因此「正常市民」檢舉「不正常市民」（遊民），要求國家權力機關介入，驅趕不正常市民（遊民）。(2) 大量集中在社會新聞案件，強調遊民是犯罪事件的主要嫌疑人，而遊民待過的地方，將成爲治安死角與犯罪溫床。這類新聞報導，時有誇大不實的渲染，即使無任何犯罪事證指出遊民涉案，依舊可在標題或內文中見到遊民被突顯爲犯罪者。

2. 假日慈善報導

每逢假日時節，社會團體、公部門或民眾救濟遊民的慈善新聞，遊民被塑造爲是可悲的失敗者與可憐的等待救濟者，他們也再度被貼上「受害者」、「可憐的」、「等待救濟的」標籤，並弱化了遊民的主體性與能動性。

戴瑜慧、郭盈靖（2012）認爲，這些主流媒體報導，強化社會對遊民的刻板印象，並烙上歧視的社會標籤，例如酗酒、精神病、懶惰、危險與悲慘。遊民不僅作爲「資訊窮人」，更成爲「汙名化商品」，被觀看、評論、嘲弄以利媒體刺激收視。還有部分政治人物與社會團體利用「汙名化商品」具有的收視效應，主動操作遊民報導，以博取媒體版面進行造勢募款。在這樣二元對立的論述下，主流媒體將遊民刻板化爲對立於正常市民的不正常社會他者；而社會對不正常遊民的態度，則擺盪於敵視與同情的混雜情緒中。戴瑜慧和郭盈靖的這些觀察，呈現出臺灣主流媒體在報導遊民時所呈現的特殊偏向，但仍然沒有回答，主流媒體爲何要建構這樣的遊民形象？

從眾多社會學和傳播理論中，可以找到我們想要的答案嗎？假設我們把上述臺灣電視遊民新聞所呈現的特點視爲一種「奇觀」（spectacle），那麼相對應的是法國理論家狄葆（Guy Debord）的「奇觀社會」（the society of the spectacle，大陸譯為「景觀社會」），以及美國學者凱爾納（Douglas Kellner）所提出「媒體奇觀」（media spectacle）概念。「奇觀社會」是一個具有高度批判的概念，這個概念總括資本主義的邪惡。Debord 開宗明義的提出了：「現代生活是處在一種生產條件勝於一切的社會中，這種情況堆積成一個巨大的奇觀，我們所有的一切都不過是它的中介結果。」也就是說，資本主義所設下的生產條件，讓人們不斷付出勞力想要獲得更多，但這種「占有」會慢慢幻化為一種表象的浮現，最後人們將難以逃脫奇觀的控制。不過 Debord 也強調，奇觀不是媒體影像的匯聚，而是以影像為中介的一種人與人之間的「社會關係」。就他看來，奇觀其實是一種已經被內化的社會型態，也是已經實現的一種世界觀（Debord, 1994: 12-13）。而 Kellner 提出「媒體奇觀」，則是承接 Debord 的「奇觀社會」論點，他引用美國一些因媒體影響力所造成社會扭曲現象的案例，批判媒體奇觀造就美國社會各階層光怪陸離現象，概念上比「奇觀社會」更為具體化。因此，如果臺灣主流電視媒體遊民新聞所顯現的特點，是被當作一種「奇觀」，那麼遊民新聞呈現出來的樣態，就有可能從 Kellner 和 Debord 所主張的奇觀論角度，來進行文本的深度分析與解讀。

麥克魯漢（Marshall McLuhan）的名言：「媒介即訊息」，是從建構論出發，說明媒介的本質形塑了媒介內容，它以特定的格局，塑造人們思想、行為和交流互動的方式。不過「媒介即訊息」亦帶有媒介控制論的警世意味，波茲曼（Neil Postman, 2003／章艷譯，10-12）就認為，McLuhan 這句話暗示媒介的形式偏好某些特殊的內容，最終將能夠控制整個社會文化。同時，媒介為我們將這個世界進行著分類、排序、構建、放大、縮小、著色，它用一種隱蔽但有力的暗示來定義現實世界，因此媒介更像是一種「隱喻」。Michael Schudson 認為，新聞呈現的風格方式，已經促進記者和事件「必定十分接近」的常規，新聞記者所製造的真實，不僅反映出對「這個世界」的某種說法、某個角度和視野，也對「新聞」相關問題提出某種立場（Curran & Gurevitch, 1991／徐詠絜、唐維敏等譯，1997：218）。因此，電視新聞的影像和論述呈現，可能隱藏著電視新聞工作者對於特定族群、特定事

件的偏見或好惡，在電視新聞「擬眞性」的形塑過程中，使得閱聽眾不知不覺的，逐漸接受並內化電視新聞所建構的「世界觀」。Debord 主張，媒體影像呈現的是一個簡化的「感性世界」，這個世界的一切都是被操控的，完全不給人思考餘地，也不顧閱聽眾的看法。更糟糕的是，閱聽眾長期被教導順從和認同，所以也沒人能對這種狀況提出疑問，最後「奇觀的教導者和閱聽眾的無知，就會被誤認爲是相互敵對的因素，事實上他們是互爲因果的」（Debord, 1990／梁虹譯，2007：16；Debord, 1994）。Kellner 進一步延伸 Debord 的主張，他認爲在新科技、網路化、跨國集團與政府力量結合之後，將造成政治、文化和人類意識的全面奇觀化。不過，Kellner 也試圖修正 Debord「奇觀社會」的強烈悲觀論。他一方面運用媒體文化奇觀來對文本生產、使用和消費語境進行歷史文化背景解析，另一方面使用「診斷式批判」（diagnostic ctitique）來對主宰一切的主流文化進行反思與批判。Kellner 認爲，主流文化雖然對大眾意圖進行征服與壓制，但大眾也會對主流文化進行抵抗和鬥爭，這一股力量是不容忽視的。因此媒體奇觀的滋生，將會使得新文化形式侵入人類意識和日常生活領域，產生一種新的鬥爭和抵抗的形式（Kellner, 2003）。

　　從 Kellner 與 Debord 的觀點來看，電視新聞中所建構的「奇觀世界」，具有一種強勢性、邪惡性與全面性的操控意識，但如果我們從不同角度來看，可能會有不同答案。例如波茲曼（Neil Postman, 2003／章艷譯，20）認爲，電視充滿垃圾內容，是用來娛樂觀眾的，本是無足輕重，它和印刷機一樣不過是一種修辭工具，但如果它強加於自己很高的使命，或者把自己表現成重要的文化對話載體，那麼危險就出現了，偏偏這又是知識分子和批評家一直不斷鼓勵電視去做的！布希亞（Baudrillard）受到 McLuhan 的影響，他認爲傳播媒介是媒介文化的主要特質，電視提供毫無深度的參與形式，將世界轉化爲易於消費的社會「眞實」，讓觀眾以爲社會世界是一種透明且顯而易見的現象，而自己躺在寢室就能看見世界！就像過去臺灣電視新聞的開場白：「您給我們 30 分鐘，我們給您全世界！」Baudrillard 認爲，大眾媒體主要的問題不在掌控訊息產製的權力關係，而在於媒介的「單面向本質」，電視提供了一種「擬仿」

（simulations）和「超真實」（hyperreal），而所謂的「真實」，其實只是電視、虛擬真實和立體環繞音效所提供的效果，它的目的不在反映真實，而在於形塑後現代文化（轉引自 Nick Stevenson, 2002／趙偉妏等譯，2009）。莫洛齊和賴斯特（Molotch & Lester, 1974）則指出，批判者習慣把「新聞」和「真實」一起進行比較，從而把兩者之間的差異，認為是新聞工作者長久累積的「偏見」，他們覺得這樣是不對的。莫洛齊和賴斯特進一步指出，新聞本來就只是一種「建構的真實」，它是人為設定、計畫和建構出來的，即使聲稱客觀報導，也是「假性客觀」。所以我們要探究的重點，並非聚焦於新聞呈現是否客觀，而是要去追尋這些主流媒體「掌權者」，他們對於新聞設定的實踐過程。從建構論的觀點來看，新聞產製端的研究重點，不在於探討他們產製的新聞是否「真實」，而在於探討特定新聞「為何建構」與「如何建構」？

不過電視新聞產製端的研究，除了關切新聞的建構與產製流程之外，也必須探究影響新聞內容及其切入角度的因素。Shoemaker & Reese（1996）提出了「影響階層模式」（hierarchy of influences model），說明影響媒體內容的五個層次。這個模式為五個同心圓，最核心的同心圓是個人層次（the individual level），例如記者的個人特質；其次是媒體慣例層次（the media routines level），如媒體一般性的新聞作業流程；再其次是組織層次（the organization level），如媒體老闆和各階層的管理者；第四個是媒體外部層次（the extramedia level），如政治和經濟因素；第五個是最外圍的意識型態層次（ideological level）。上述五種因素通常是彼此有所關聯和牽引的，很少是單一因素影響媒體內容的產製。本書觸及的電視媒體影響新聞產製因素，主要在新聞工作者個人層次、媒體慣例層次、媒體組織層次和媒體外部層次。「新聞工作者層次」聚焦在個人稟性和「前結構」如何影響其新聞判斷，「前結構」指的是人們成長過程中，心理狀態和歷史經驗的內在結晶會形成一種價值判斷，它會在一定程度上，決定行動者的方向（高宣揚，2002：199-120）。「媒體慣例層次」在於探討特殊型態的電視新聞日常產製流程；而「媒體組織層次」則聚焦於新聞組織內的衝突。一般而言，電視媒體高階主管面對的

是董事會、股東和廣告商的壓力；中階主管承受的，主要是來自高階主管的對於收視率要求；一般基層新聞工作者，則承受來自中階主管的對於新聞產製和新聞專業意理表現上的壓力。但這三個電視媒體的組織層次，經常因為立場不同而產生衝突，並影響到電視台所產製的新聞內容、角度和表現手法。Bantz（1997）認為，電視新聞組織文化將衝突常態化，有五個影響因素：(1) 新聞工作者在傳播觀點上的不信任和懷疑。(2) 專業模式和商業模式之間的衝突。(3) 專業模式和娛樂模式之間的衝突。(4) 新聞工作者和新聞組織在受到控制之下的競爭。(5) 電視新聞訊息的結構（轉引自彭芸，2008：34）。因此，本書也將探討電視媒體內的組織衝突是如何形成的，它們彼此間是如何鬥爭和妥協，而這種衝突將會如何影響到新聞內容的產製？最後，「媒體外部層次」聚焦於傳播政治經濟學所提到的財團、全球化和政治因素，是如何影響電視新聞的產製？

就媒體本身而言，傳播學者翁秀琪（2011）提醒我們，現今要用單一字詞來定義「蜜迪亞」（media）已變得十分困難，因為「media」的概念會隨著傳播新科技發展而不斷產生變化。例如從媒介生態學角度來看，現今主流傳播要研究的是媒介對於政治、經濟、社會、文化產生了什麼影響，特別是媒介對於人類的生活造成什麼影響。同時，新媒體也帶來了傳播研究上的新衝擊，例如：「remediation」（再中介）：指的是新科技對於傳統媒體的「改造」或「改良」；「remediatization」（再媒介化）：指的是由原來的媒介所創造出來的形式而轉換為另一個媒介的過程。新科技日新月異，「media」的定義一直在改變，但總脫離不了媒體／媒介、人和環境三者的共生關係。如今電視新聞產製端受到新媒體的衝擊，可能有些適用於傳統媒體的相關傳播理論，也必須重新檢視、驗證或詮釋。過去大眾傳播媒體產製端的研究，多從政治經濟學或收視率新聞學角度，將傳播媒體視為模控化的「新聞產製工廠」，而基層新聞媒體工作者，則被視為媒介商品化的廉價勞工，或已將規則內化到「失去靈魂」的一群人。而 Kellner 的「媒體奇觀」和 Debord 的「奇觀社會」，在理論主張上源自馬克思及法蘭克福學派，對媒體和社會都具有強烈批判精神，不過對於

新聞媒體工作者的動機研究，卻始終採取迴避或刻意忽略態度，容易陷入論述上以偏蓋全的缺失。檢視眾多的大眾媒介傳統理論及新興理論，**實踐典範**因能兼顧新聞產製端結構和新聞工作者主體能動性，且未陷於二元對立泥淖，因此極適合作為本書有關新聞產製端的研究理論取徑。

對電視新聞產製端而言，「奇觀」的概念與權力控制、意識型態內化息息相關。Debord 指出，奇觀使人們保持了一種無意識狀態，在這樣的環境中，人們工作的目的就只是為了不斷擴展的市場。最後，所有共同體和所有批判意識都消解了（Debord, 1994: 20）。在 Debord 的「奇觀」概念下，社會充斥陳腐，人性充滿悲觀，新聞工作者如結構強力控制下的行屍走肉，他們苟活於安適環境、甘於被操控。Kellner 雖試圖藉由「診斷式批判」調和奇觀理論和日常生活實踐，但實際上仍然脫離不了奇觀「大效果論」的基本框架。「奇觀」理論的主張，和實踐典範中維根斯坦（Wittgenstein）「生活形式」（form of life）、季登斯（Giddens）「結構化理論」（structuration）及 Bourdieu（Bourdieu）「慣習」（habitus）概念，在基礎上有很大的不同。實踐典範主張，實踐係不加思索行動，但並非全然是「奇觀」概念中的「甘於被操控」；且 Giddens 強調「結構」具有「制約性」（constrain），同時也具有「使動性」（enabling），因為結構既有規範性、但也提供資源，可以讓行動者以各種方式動員而達成其目的（Giddens, 1984／李康、李猛譯，2002：25）。因此在「奇觀論」和實踐典範下所呈現的新聞工作者，將會是各自截然不同的面目。

在閱聽眾方面，Debord 認為奇觀已全面滲透到我們的社會中，電視媒體呈現幻覺式的虛擬影像，閱聽眾沉迷於這種如假似真的幻覺，也不想去分辨影像的真實或虛假，就像吸鴉片一樣，時間久了之後，原先的虛擬影像，也就變成了真實。Kellner 並不認同閱聽眾如同僵屍，甘於被奇觀完全操控，他認為閱聽眾具有「奇觀文化的抵抗能力」，這是一種主體和奇觀力量的「鬥爭關係」。但實踐典範認為主體和結構並非是二元論的相互對抗，而是一種同時存在、交互作用的「辯證關係」。實踐典範提供的是一種接近於「主動閱聽人」的概念，不管是生活風格的慣例性實踐或生活規劃實踐，其主體性是由各種

社會實踐彰顯出來，是不折不扣的「行動主體」。至於電視媒體內容，「奇觀論」認為那是一種會使人上癮的鴉片；而實踐典範則認為是行動者各取所需的資源。站在不同的立場上，媒體內容對閱聽人來說，到底是「禍害」或是「資源」，端賴研究者從何種角度去界定它（Debord, 1994: 17; Debord, 1990; Kellner, 2003; 王宜燕，2012：69）。

「奇觀論」和實踐典範，在基本概念上是相互衝突的，但本書認為，如果想要解釋臺灣主流電視遊民新聞呈現的樣態與暗藏的權力觀，並且了解新聞工作者產製此類新聞的動機，就必須同時使用「奇觀論」和實踐典範進行研究。在「奇觀論」中，Kellner「媒體奇觀」因為修正了 Debord「奇觀社會」過於偏激和悲觀的缺失，因此更適合作為本書取徑的理論。「媒體奇觀」從文化研究角度出發，批判和反思力道十足，有助於解釋資本主義社會與媒體內容呈現之關聯性，以及探討電視遊民新聞的呈現對社會造成的何種影響。而使用實踐典範，可以從建構論角度進行了解新聞工作者產製遊民新聞的動機。實踐典範部分，主要取徑自法國社會學家布赫迪厄（Bourdieu）的「慣習」（habitus）、「場域」（champ）、「資本」（capital）等理論，希望從媒體工作者為何、以及如何建構電視遊民新聞的角度上切入，以了解實踐典範下的結構力量如何影響電視新聞工作者；另一方面，結構又同時提供哪些工具、資本給新聞工作者？如果要在激烈競爭的電視場域中生存，他們在工作表現上，會使用何種戰略（strategy）、戰術（tactics）或技能（skill）？同時，本書也要進一步探討，Bourdieu 主張「慣習」結構，會讓行動者產生不思而行的實踐，但在這過程中，難道他們都不會產生任何反抗意識？

就研究架構上來看，本書希望從臺灣電視遊民新聞角度切入，呈現出 Kellner 媒體奇觀和 Bourdieu 實踐理論，彼此對話和辯證的過程，以進一步測試理論融合或互補的可能性，同時經由這樣的過程，也能夠照現現今臺灣社會和電視媒體的諸多問題。「媒體奇觀」來自批判典範，而 Bourdieu 的實踐理論則來自於實踐典範，雖然各自的典範流派不同，但本書取其各自理論的優點，針對現今臺灣電視新聞的內容、新聞工作者心態和媒體結構等諸多問題進

行「會診」，希望能從 Kellner 媒體奇觀和 Bourdieu 實踐理論的角度，找出臺灣電視新聞內容「病態性呈現」的真正原因所在。而電視遊民新聞則是本書的一個切入點，藉由對於特殊樣態遊民新聞的產製脈絡探討，我們將能釐清電視新聞產製端，產製這類遊民新聞的過程及其意圖。同時，藉由了解遊民新聞產製流程及新聞工作者的認知，我們也能一窺現今臺灣電視新聞媒體的結構和制度運作，究竟出了什麼問題。

第二節 研究問題

從「奇觀論」的角度來看，當「媒體奇觀」大量聚集時，隨著時間的堆砌，會進一步形成「奇觀社會」。在奇觀社會瑰麗幻覺影響之下，人與人之間的「社會關係」也會被改變，最後人們終將難以逃脫奇觀的控制。我們若將遊民新聞視為「媒體奇觀」的一環，那麼遊民新聞勢必符合「奇觀論」所主張的新聞產製邏輯，因此遊民新聞也應該符合小報化[1]、感官主義[2]、易於創造收視率

1　1896 年，英國《每日郵報》，僅印傳統報紙的一半大小，「小報」（tabloid）這個名詞正式誕生。「tabloid」這個單字，由 tablet（薄片）和 alkaloid（古柯鹼／嗎啡）二字複合而成（Örnebring and Jönsson, 2004: 287）。也就是「小報」符合「輕薄短小」的特性，普受擠公車的上班族和一般庶民喜愛。而「古柯鹼／嗎啡」是毒品，意思是「小報」等同毒品，只要一試（看）過，就會讓人上癮。用「tabloid」來形容「小報」頗為貼切。

2　Adams（1978）依據「新聞主題」來定義，包括報導災難、娛樂（amusing）、感人（heartwarming）、令人震驚或好奇的新聞，都屬於「感官主義」新聞範圍。以今天的電視新聞來分類，也就是社會新聞、娛樂新聞、感人故事、揭發或扒糞新聞都屬此類。王泰俐（2004：10）對感官主義的定義是：「用以促進閱聽人娛樂、感動、驚奇或好奇感覺的軟性新聞，訴諸感官刺激或情緒反應甚於理性。」Slattery 與 Hakanen（1994）主張，應在 Adams 原先認定的四大新聞主題類目外，另外再增加一個「內嵌式感官主義新聞」（sensory compo-nents of the embedded news）類目，各類的非感官主義新聞，只要出現「感官主義」的成分，都可能被編入這個類目。

  和實踐典範的會診初探
　　　——以臺灣電視遊民新聞為例

等因素。同時，如果遊民新聞是形成「媒體奇觀」的因素之一，那麼這些報導也勢將發揮它的影響力，以至於造成人與人間社會關係的改變。據此，本書探討的基本問題如下：

1. 電視台偏愛哪些類型的遊民新聞？臺灣遊民在這些類型的新聞中，各自呈現的樣態和形象爲何？
2. 從電視遊民新聞所建構的樣態和形象中，是否能夠看出電視新聞工作者的價值觀與權力觀？
3. 從電視遊民新聞的呈現與樣態中，是否可以分析出社會現象與潛藏的社會結構性問題？
4. 如果遊民新聞具有某種類型的偏向，那麼電視新聞工作者偏好產製這種類型遊民新聞的意圖爲何？
5. 這些具有類型偏向的電視遊民新聞，它是如何被產製出來的？在產製流程中，新聞角度和內容呈現方式，可能會受到哪些因素影響？
6. 從 Bourdieu「場域」、「慣習」及「資本」等理論來看，如何解釋電視場域的遊民新聞產製邏輯？

第三節　章節安排

　　本文後續的章節內容說明如下：第二章將就國內外遊民新聞相關研究、「媒體奇觀」理論根源、Bourdieu 的實踐理論等相關文獻與理論進行探討。國內有關遊民新聞的研究並不多見，而戴瑜慧、郭盈靖（2012）的〈資訊社會與弱勢群體的文化公民權：以臺灣遊民另類媒體的崛起爲例〉，提出了臺灣主流媒體對遊民新聞報導的初步觀察，也提供給本書一個初始的研究動機。法國理論家 Debord 提出的「奇觀社會」及美國傳播學者 Kellner 的「媒體奇觀」，將馬克思有關勞動者「疏離」與「異化」的概念，延伸到個人生活之中，爲本書

提供有力的批判切入點。在本章中所提出另一個理論重點，是 Bourdieu 的實踐理論。Bourdieu 的理論菁華，在於「慣習」、「場域」、「資本與工具」、「謀略與技能」等主張，而本章中主要探討的是，為何 Bourdieu 的「慣習」主張，會具有一種本質上的「結構偏向」？

第三章是「研究設計與方法」。在「研究設計」方面，本文提出一個研究架構圖，說明整體研究設計與研究進行步驟：在取得遊民新聞的文本資料並進行類型分析後，本文將先以「媒體奇觀」概念，解釋電視遊民新聞呈現出臺灣社會哪些現象面問題？而在新聞工作者動機方面，則以 Bourdieu 的實踐理論進行探討，並嘗試將 Kellner「媒體奇觀」與 Bourdieu 的實踐理論，進行理論上的互補與融合。而「研究方法」，則說明本文將以「文本分析」和「深度訪談」，作為主要的研究方法。同時本章中也將詳細交待，本文如何取得研究所需的電視新聞及新聞性節目有關遊民報導的文本資料，這些資料又該如何進行分類及分析。

第四章「電視新聞的遊民影像呈現」，主要是將電視遊民新聞及新聞性節目專題報導的文本，分別進行初步的內容和影像分析。電視新聞及節目部分，分析結果以二個節次呈現，分別是「遊民新聞的獵奇偏向」及「新聞性節目的遊民形象」。「遊民新聞的獵奇偏向」，是將蒐集到的遊民相關即時新聞進行分類，並且從每一類新聞中，歸納出遊民在這些新聞中被媒體建構的「身分」。「新聞性節目的遊民形象」，則是將蒐集到與遊民有關的新聞性節目單元內容，進行初步的敘事及影像呈現分析，以了解這些節目內容想傳達的，是真的關懷遊民處境，還是假借關懷之名，實際上仍只是把遊民當作媒體的消費客體？第三節進行說明，遊民新聞與媒體奇觀之間的關係，以及本書為何將某些具有類型偏向的遊民新聞視為媒體奇觀。第四節「遊民、權力、價值觀」，主要是參考國外研究文獻，以進一步探討本書所蒐集的電視遊民新聞文本。除了從鉅觀的角度，討論遊民新聞所涉及的社會結構、政治、經濟等影響因素之外，更從微觀的角度，包括記者的口白、問話、遊民的行為、說話、情緒、表情、反應等進行細緻描繪，以跳脫只看文本表面，卻不追問細節的缺失。

第五章「遊民新聞與慣習形成」，第一節先從新聞工作者的深度訪談內容中，了解他們個人對於遊民的觀感是什麼，以便歸納出電視新聞工作者心中對於遊民的真正看法及想法。第二節「遊民新聞的取捨」，主要是從受訪者訪談記錄中，進一步了解遊民新聞的來源及製播此類新聞的動機。第三節「獵奇類遊民新聞與專題的建構」，主要是探討影響獵奇類遊民新聞與專題產製的三種因素，包括：文字記者意向、攝影記者意向及新聞主管意向。第四節「遊民尾牙宴的權力意涵」，從施恩者、媒體記者及遊民三種角度，探討「遊民尾牙宴」新聞及專題中暗藏的權力關係和階級意識，並且從批判典範及實踐典範各自的理論角度，細緻詮釋電視記者在新聞產製中有關「社會責任」和「收視率」的天人交戰。

　　第六章「電視新聞場域的鬥爭遊戲」，主要在於透過受訪者訪談內容，探討電視新聞工作者的「生存術」。第一節歸納出電視新聞場域的隱形監控力量如何形成及運作，同時也深入討論新聞場域中的「象徵性暴力」。第二節提出「新聞工作者的資本與工具」，探討新聞場域中，新聞工作者認為「社會資本」或「新聞專業能力」，到底哪一種的影響因素較為重要？第三節「新聞工作者的謀略與技能」，是從訪談記錄中，歸納出新聞工作者在採訪和製作新聞時自我保護的策略，以免於遭到長官的陷害或者違反相關法規。第四節「歐迪碼成效的驗證」：Bourdieu 認為，電視記者之間有一種「歐迪碼成效」（l'audimat）[3] 的競爭關係，但現今臺灣電視新聞場域結構已發生重大變化，Bourdieu 所認為的「歐迪碼成效」，是否仍然適用於臺灣電視新聞場域中？也是本節要探討的重點。

3　歐迪碼成效（l'audimat）是 Bourdieu 探討大眾傳播業及新聞場域理論的主要核心。audimat 是一個複合字，「audi」指的是收視、收訊的意思；「mat」指的是占優勢、占上風的意思。二者結合起來，audimat 的意思是：「在收視上占有優勢地位。」而 l'audimat 的概念是：電視新聞工作者，每個人都積極的想辦法產製出輕薄短小且吸引觀眾的新聞，以便在收視率上能夠有優異的表現，這種概念就是 Bourdieu 所說的「歐迪碼成效評估效用」（舒嘉興，2001）。

第七章「結論與建議」，總結第一章至第六章內容，提出本書具體研究發現與結果，並給予電視媒體在制度和管理上，以及新聞工作者未來在產製新聞和節目時的可行建議。

Chapter 2

文獻探討

壹、遊民定義及話語權

　　「遊民」的定義是什麼？ 1995 年由行政院研考會發行、林萬億主持的《遊民問題之調查分析》中，對「遊民」一詞的界定是「露宿街頭，無家可歸」。不過該分析報告也援引遊民收容和管理機構的訪談結果，認爲更精細的「遊民」界定應指：「無家可歸老人、流浪漢、流浪兒童、街頭精神病人、走失的低能兒、路倒病人、乞丐、不務正業、沿街遊蕩或露宿街頭、公共場所者。」所謂「無家可歸」，一般指的是缺乏一個「房子」的物理空間可以回去。但根據 Jencks（1994）的說法，**the homeless** 這個名詞是由 Robert Hayes 和 Mitch Snyder 兩位遊民倡導者用來形容「在街頭遊蕩的人」，它是由個人對家（home）這個字的主觀感覺或空間意義來決定，而不是單純的以有無物理空間的 **homeless** 這個字來定義（轉引自陳治慶，2014：03）。也就是說，如果有個人，他本有家庭和住所，但他認爲自己不屬於這個家庭，而自願在外流浪，那麼這個人仍被視爲「the homeless」。另一個跟遊民有關的名詞是 **underclass**，指的是「社會的底層階級」，它是由瑞典學者 Gunnar Myrdal（1962: 10）所提出：「底層階級」是由失業者、無能力就業者及低度就業者所組成的一個弱勢階級，他們是經濟轉型中的受害者。Wilson（1987: 08）認爲，「底層階級」指的是：缺乏訓練及技能的而無法就業的人、長期失業者、街頭犯罪行爲偏差者、長期貧窮依賴救助的家庭或個人。

　　1970 年代，美國紐約時報的索引都還找不到「遊民／無家可歸者」（homeless persons）的類別，只有幾則出現在「流浪」（vagrancy）或「住房」（housing）類別下分散的新聞。1981 年和 1982 年，大約每年只有出現 5 個與「遊民」關鍵詞有關的新聞，但 1981 年卻出現有 61 個、1982 年出現 99 個和「流浪」（vagrancy）類別有關的新聞。1983 年開始，出現了戲劇化的轉變，那年共有 82 則「遊民」新聞出現，流浪類別的只有 5 則。1984 年出現

159 則遊民新聞，流浪類別的只有 2 則。1985 年「遊民」新聞出現 235 則，流浪類別的新聞是零則。新聞的關鍵詞從「流浪」（vagrancy）轉變爲「遊民」（homeless），以及「遊民」在報紙出現的次數，也代表了社會經濟結構和遊民型態的變化。Richard Campbell 和 Jimmie 認爲，流浪（vagrancy）讓人聯想起過去流浪漢和流動勞工的形象，而流浪者是自願選擇遊蕩和生活在社會的邊緣。然而，「遊民／無家可歸者」的概念是美國中產階級的嚴重裂解，它代表的是「缺乏個人選擇」。「遊民／無家可歸者」意味沒有「家庭」的一切美德，包括安全、穩定、家人、溫暖、鄰居、社區等，同時沒有家庭照護的人，經常會被主流社會排擠到邊緣，成爲「低端人口」的一部分（Richard Campbell and Jimmie, 1999: 23）。

　　臺灣北部地區遊民聚集的地方，大都以臺北車站和萬華龍山寺周邊爲主。清朝時期，臺灣多內地偷渡來臺的貧窮、無後之人，他們被稱作「流民」、「遊民」、「羅漢腳」、「棄民」等。「流民」和「羅漢腳」經常聚集公共場所，後來也成爲臺灣民變與族群械鬥的主要參與者。日治時期將遊民和乞丐視爲犯罪者，可強行逮捕與取締，並施以謀生技藝訓練（鍾孝上，1988；王泰升，1999）。1950 年，國民政府來臺後，頒布《臺灣省取締散兵遊民辦法》，1968 年修正爲《臺灣省取締遊民辦法》。1973 年臺北市政府亦頒布《遊民取締辦法》，此一時期，遊民仍被掌權者視爲治安問題，必須囚禁或壓制。一直到解嚴後，1994 年臺灣省政府才把《臺灣省取締遊民辦法》修正爲《臺灣省遊民收容輔導辦法》，臺北市政府也於同年通過《遊民輔導辦法》，並重新定義遊民爲：「於街頭或公共場所棲宿、行乞者」或「疑似罹患精神疾病、身心障礙而遊蕩無人照顧者。」再加上 1997 年政府修正《社會救助法》第 17 條，遊民不再被視爲「街頭犯罪者」或「治安危害者」，而是需要救濟和協助的社會福利政策之一環（陳治慶，2004）。

　　戴瑜慧（2016：208）認爲，「無固定住所者」被稱之爲「流浪漢」、「遊民」，而現在媒體多稱之爲「街友」，甚至出現「街友導覽員」、「街友販售員」等突兀名稱。但「街友」雖強調社會的友善態度，卻未必是真實的友

善尊重，甚至是一種虛假的偽善姿態。臺灣官方最早的遊民問題委託研究調查，是上述林萬億主持的《遊民問題之調查分析》，橫跨臺北市、桃園市、臺中市、臺南市、高雄市、臺東市等六個市區，爲早期對遊民進行較大規模的調查研究。2016 年 12 月，臺北市政府社會局委託東吳大學社會工作學系，進行臺北市 558 名遊民生活狀況調查，發現受訪的臺北市遊民，88.7% 爲男性、11.3% 爲女性；近七成的年齡爲 50 至 69 歲；四成以下的教育程度爲國小及以下；半數以上婚姻狀況爲未婚，三成以上爲離婚。另一個調查發現是，臺北市遊民生活於公共場所高達 10 年以上者占了三成以上；在街頭生活 1 至 5 年者占 26.3%；6 至 10 年者占 20.7%；未滿 1 年者占 12.7%。遊民露宿街頭，經常發生的狀況依次爲：遭人偷竊、被人辱罵、被警察取締及被人毆打。值得注意的是，有 35.2% 的受訪遊民曾經住過收容安置機構，其中近六成遊民表示不願意再住進收容所，而女性遊民表達不願再住進者高達 88.9%，主要原因是：「不喜歡團體生活」以及「沒有個人的隱私」。由以上調查報告來看，政府並非沒有提供遊民臨時安置處所，只是遊民認爲，政府提供租金補助及便宜租屋可能更符合他們的需求（李淑容，2016）。

　　遊民長期處於被主流媒體鏡頭狩獵及論述的「他者」，但遊民自己可以有說話權嗎？如果他們有說話權，那麼他們想說些什麼？戴瑜慧、郭盈靖（2012）的研究，記錄了 2007 年爲了對抗主流媒體對於遊民報導的失真與不友善，遊民及關懷遊民社團，在公民新聞平臺上架設了「漂泊新聞網」（Homelessnews），希望藉由遊民自己製播新聞，以傳達他們的聲音，並改變大眾對遊民的刻板印象。第一則播出的影音專題報導「街友舉牌實錄」，片長 5 分 20 秒。「街友舉牌實錄」在上傳到漂泊新聞網後，獲得社會大眾五大類的回應：第一類是鼓勵類；第二類是表達對遊民刻板印象的改變；第三類是對漂泊新聞網報導形式的意見；第四類是提出聲援與資源支持的意願；第五類是提供其他遊民相關的訊息。該研究最後建議，唯有促進弱勢群體使用資訊科技，同時具體改變弱勢者的社經處境，才能消除科技隔離，釋放弱勢者參與媒體的潛能。

「遊民」的定義也包括「社會底層階級」。所謂社會底層者，在印度指的
是「賤民階級」。印度哲學和社會學者史碧娃克（Gayatri C. Spivak）在〈賤
民可以說話嗎？〉（Can the Subaltern Speak？）中認爲，一旦賤民能夠自己發
言，他們將成爲葛蘭西（Antonio Gramsci）所說的有機知識分子，他們能夠參
與對社會的干預，到時賤民將不復存在（曹莉，1999：175）。但是，由賤民
自己來寫他們的歷史，而不需要菁英分子的幫助，有可能嗎？由於印度長期實
施種姓制度，社會階層和貧富差距有如天壤之別，要印度賤民自己寫歷史，
或者站出來爲自己說話，這幾乎是不可能的事。因此，印度賤民由社會菁英爲
其重新編寫歷史或爲其代言爭取權益，似乎是無可避免的結果。史碧娃克稱這
種情況是「死結」（aporia），但她似乎也沒有更好的辦法。Miller（1993）認
爲，我們應該從「底層的宣告」（claims-making from the underside）這一新的
視角來看待這個問題。Foucault（1979）建議，我們應該放大「他者的聲音」，
方法是「胸懷地方的、不連續的、不合格的、非正統知識的主張。」媒體採訪
者或學術研究者，他們和弱勢者之間存在著權力關係的不對等，在這種鬥爭
中，弱勢者聲音很可能在新聞產製或學術研究過程中，被不知不覺的「消音」
了。甚至，採訪者或研究者可能誤解弱勢者的意思，而往錯誤的方向解讀，造
成「底層人」再一次被權力宰制。因此，我們必須理解弱勢者說話和表達的方
式，爲何呈現爲一種「去政治化」（depoliticization）的形式？如此才能把看
似沒有聲音的弱勢者恢復爲主張者（夏曉鵑，2009：497）。

　　不過，在「去政治化」解讀弱勢者眞正說話意思時，仍有可能誤判。從傳
播效果論來看，不管何種傳播管道，即使是面對面的人際傳播，要百分之百
的「再現眞實」，幾乎是不可能的事。因爲我們個人的「前理解」和意識型
態建構過程，會把對方所傳達的訊息，往自己可以理解或有利的一方解讀。
而考慮到弱勢者表達能力不佳，媒體採訪遊民議題時，大都由社會菁英以「精
準語言」呈現方式作爲遊民的代言人。所謂「菁英」包含二類人，一是遊民關
懷團體，這一類成員多由學者及社會工作人員組合而成；另一類是政府的社
會、衛生單位人員及民間慈善機構人員。英國學者在研究「英國獨立電視台」

批判 和實踐典範的會診初探
　　　　　──以臺灣電視遊民新聞爲例

（ITN, British Independent Television News1）有關遊民新聞的報導時發現，遊民經常被鼓勵講些記者們和閱聽眾想聽的內容，而他們的意見也經常藉由慈善機構代表和專業衛生人員「轉譯」（translated）。遊民們通常只被允許強調他們「缺什麼」，社會大眾也只是關心他們個人的問題。同時，請遊民來參與官方會議，並沒有提供他們充分陳述空間，他們也不能講自己的故事（Darrin Hodgetts, Andrea Cullen, Alan Radley, 2005: 44-45）。不過，若如 Spivak 所言「賤民沒有說話權力」，則現今社會菁英代言仍有其必要性，尤其是遊民關懷團體對於遊民的「代言」。更深一層思考，即使這些菁英們，對遊民意見表達有時可能有解讀錯誤或失真之處，同時也沒有代表大部分遊民意見，但是有「另類媒體」和這些菁英的存在，至少代表的是遊民一部分力量延伸，他們可以透過代言者，表達自己的想法和意願。這種意見表達、發聲管道的可貴，已可彌補代言者的傳達失真之處。至於採訪者或研究者對弱勢者所言「去政治化」解讀，則是另一個層次中，必須重視的努力目標。

　　國外有關遊民新聞的研究，以 Eungjun Min（1999）所編著的《閱讀遊民：媒體的遊民文化形象》（Reading the homeless: the media's image of homeless culture）最為廣泛及深入。該書的 12 個章節，探討了美國電視新聞、報紙、網路和電影等媒體對於遊民的報導及詮釋，同時學者們也運用不同的框架，從現象學、符號學、文化研究，分析媒體傳播遊民的故事和影像的意圖、特徵及其後果。Eungjun Min 引述媒體記者的話說：「新聞界早已愛上了遊民所展現的特點」（The press fell in love with the symptom of homelessness），然而，媒體所呈現出的遊民的形象並沒有完全準確，他們被媒體和社會科學研究者描繪為醉酒、亂扔石頭、瘋狂、生病、吸毒成癮者，但媒體建構出這樣的遊民形象，也使得遊民議題普遍遭到扭曲，同時造成閱聽眾在理解這個複雜的社會議題時會有更多的障礙。該書第七章提到，為了研究電視新聞如何再現遊民形象，Rebecca Ann Linda 和 James A. Danowski 過濾了 3,500 小時的電視新聞，想要知道電視新聞對遊民施加多少「不正常」、「丟臉」的標籤，結果他們發現，美國電視新聞不但對遊民的報導相對較少，甚至連同情的字眼也都懶得

給。不過該書第五章的另一個研究，卻認為主流媒體的報導如果運用得當，也可以為遊民帶來幫助。新墨西哥州大城阿爾伯克基（Albuquerque）最大的遊民收容所「Joy Junction」（喜悅連結），其執行董事 Jeremy Reynalds 就主動聯絡主流媒體記者，並且告訴記者許多遊民的故事，讓他們有更多可以發揮的報導題材，同時也藉由這些報導幫助更多遊民募款、創業和找到新工作，以達到「雙重激勵因素」（double motivational factor），也就是我們常說的「創造雙贏」。而對國內經常接觸媒體的遊民關懷團體來說，要同時滿足「媒體奇觀式報導」並「協助解決遊民問題」，也經常是他們兩難的問題。另外，Reynalds 還發現在 1970 年代，當地和地區的報紙，有一種將遊民視為精神病院「前病人」的傾向。Reynalds 認為，遊民新聞報導經常是被歪曲事實的，如果人們和學者能夠在訊息提供和教育上多盡一點努力，就可以改善媒體的遊民新聞報導（Eungjunmin Min, 1999）。

貳、遊民的人權

　　1980 年 11 月至 1982 年 7 月，美國股市下挫 24%，1982 年底，美國勞工失業率高達 10.8%。到了 1980 年代後期，美國經濟復甦，但美國遊民人數卻是不減反增。Kozol（1988）等學者認為，美國大城市街頭遊民的增加，大都和經濟、政府政策和社會環境變化有關。80 年代初期經濟大蕭條，大企業生產線逐漸外移，美國一年少了 200 萬個工作機會，且平價房子並沒有相對增加，房價、租金水漲船高，政府還削減福利支出，使得中、低階層者生活壓力愈來愈大。80 年代後期美國經濟逐漸恢復活力，不過此時的社會政策反而對遊民極為不利：(1) 低收入戶住房補貼減少，從 1980 年 300 億美元預算削減到 1988 年的 7.5 億美元。(2)「城市優化」（the gentrification of the cities），財團大肆收購老舊空屋進行都更，遊民被迫到街頭流浪。1980 年代，美國的遊民到底有多少人呢？1982 年調查是 25 至 100 萬人；在 1984 年調查的數字是 25 至 300 萬人；1988 年的調查是 50 至 300 萬人（Star Tribune, 1988），不過這

些調查的數字，大都是由當時的媒體或學者各自估算出來的。為什麼數字會落差這麼大呢？當時的學者感嘆，「要數清到底有多少人頭是十分困難的」，同時，「遊民統計數字也和任何政治鬥爭一樣重要！」遊民的人數到底有多少，也涉及到政治利益和政治算計嗎？美國政府首次的遊民普查是在 2007 年，當時單日普查（Point-in-Time）的遊民人數是 64 萬 7,258 人，到了 2015 年，遊民人數下降到 56 萬 4,708 人。其中有三分之一的遊民聚集在全美十大城市，每 5 個遊民有 1 人來自紐約或洛杉磯。官方版的美國住屋與城市發展部統計數據，包含住在收容所、住在街上及車內的遊民。不過，這個官方的遊民調查人數，難道就沒有存在「黑數」嗎？這也是學者和遊民關懷團體不斷質疑的地方。另一個值得重視的問題是，全美國遊民總人數下降，不過在幾個大都市，遊民人數卻是不減反增。在紐約，遊民從 2010 年的 5 萬 3,187 人暴增近42% 至 7 萬 5,323 人；西雅圖也增加 12% 至 10,122 人，這和城市主政者挪移中央的社福補助款、並採取對遊民不利政策有關（Star Tribune, 1988; Richard Campbell and Jimmie,1999: 24; John Fiske,1999: 06; 報導者，2016.2.7；中時電子報，2016.2.28）。

1987 年，美國雷根政府頒布了《麥基遊民救助辦法》（McKinney-Vento Homeless Assistance Act），這個法案可說是美國官方的第一部遊民救濟法案，也是臺灣政府 2010 年開始實施的《社會救助法》的重要參考基礎。不過，同樣在 1987 年，美國紐約市政府也公告了一項旨在消除街頭遊民的新計畫，允許警方和醫院，將在街頭遊蕩的患有精神病遊民強制就醫。當年 11 月初，第一個被列入這個計畫的女遊民喬伊斯・布朗（Joyce Brown，吸毒前科、精神病患，曾經攻擊醫院工作人員），被精神病醫院人員從街頭抓走，並被關進病房強制治療。這個事件先由地方網路新聞披露，接著紐約時報跟進大篇幅報導，引起全美民眾關注，電視媒體包括 ABC、CBS、NBC 也開始製作新聞及新聞節目加入探討。媒體的討論焦點，在於官方授權精神病醫院在街頭強制抓人送醫，是否有違憲之虞？（Richard Campbell and Jimmie, 1999: 25）。1988年 1 月 15 日，國家最高法院法官歐文・柯申鮑姆（Irving Kirshenbaum）裁定，

布朗攻擊行為所造成的危險性並不明顯，紐約市無權強制對她進行治療。不久之後，代理國家最高法院法官羅伯特‧利普曼（Robert Lippmann）命令將布朗釋放。而布朗的判例，自此也成為遊民人權的一個重要指標：政府不能隨便動用公權力，將遊民強制進行安置或將「未具立即攻擊他人危險」的精神病患抓走送醫。臺灣各縣市對於遊民都訂定有收容輔導辦法，但如果遊民不願意被安置，政府並沒有強制執行的公權力，除非遊民有自傷、傷人行為或生病、路倒無人照護，政府單位才能依《精神衛生法》、《老人福利法》等法令強制將他們安置（蘋果日報，2017.12.11：A2要聞版；報導者，2016.2.7）。

日本的遊民權益也是爭取而來的。東京地區自1990年開始，大量出現無住屋者。1994年2月，日本東京都政府動用警察權，驅逐在新宿車站周圍的150至200名遊民，這次的驅逐行動引來了許多關懷遊民團體到場聲援，後來聲援團體和遊民代表合組了一個「新宿聯盟」，進行與政府間的長期抗爭，並且也全力爭取遊民的公民就業權和不被驅逐的生活保障。1999年，日本政府編列了2千億日圓的「緊急地域僱用特別交付金」，在3年內增加3萬個僱用機會，主要目的在解決有工作意願遊民的問題。2002年，日本政府再通過了《遊民自立支援法》（原名：ホームレス自立支援法），這個法案進一步讓日本各地方政府在協助遊民解決居住和就業問題上，取得法源依據和經費來源。日本的遊民人數，在1985年調查還有15,000至20,000人，到了2014年，日本遊民驟降為7,508人，可能跟「遊民自立支援法」的通過有極大關聯。不過學者質疑，日本官方計算遊民方式多是靠人工目測「點人頭」（headcount），實際遊民人數可能高於官方所公布數字（Miki Hasegawa, 2006; 中國時報，2001.5.7）。

高俊宏（2012）認為，日本《遊民自立支援法》的實施，並未真正觸及社會分化本質問題。因為遊民被視為國家系統中失控的人口，他們觸及了主政者對於人口政策的敏感神經，因此東京政府一直把遊民視為「麻煩者」。2000年中期後，以年輕人為主，臨時喪失居所的「網咖難民」開始增加。2008年雷曼兄弟金融風暴衝擊，使得派遣勞工大量失業，勞動者被迫退出勞工宿

舍，進入市區公共空間遊蕩，時至今日，仍有數千位無住屋者生存於東京的公共空間。但是，日本政府單位並不會強行驅離遊民，一方面是輿論觀感的問題，另一方面是日本遊民的生活較為自律，有些人甚至不需要使用到貨幣，他們靠每晚便利商店的剩食以及教會、慈善團體的救濟物資就可以過活。換句話說，日本遊民是生活在一個自律、但卻幾乎完全被社會隔離的生活空間當中。

日本街頭總是乾乾淨淨的，那麼他們的遊民在哪裡呢？日本厚生勞動省2017 年 4 月 13 日發布的一項統計顯示，目前日本全國有 9,576 名遊民生活在城市公園和河川邊上，其中大阪府的遊民最多，占了近三分之一。日本的遊民雖然偶爾也會出現在街頭，但卻幾乎沒有看到乞丐沿街乞討。原因之一是，日本的武士道中有「人窮不能志短」的觀念，不勞而獲在日本社會是最被瞧不起的，因此日本的遊民並非不工作、完全等待救濟，他們還是會從事資源回收等工作換取部分薪資。原因之二是日本《生活保護法》規定，失業或完全無收入者，每月可以領到一定數額的補助金，保障國民享有最低經濟與文化生活水準。可領取的金額，依據地區、家庭人口組成與項目之不同會有所差別。而喪失勞動能力及無人贍養的老人，除了每月可以領取補助金以外，房租可獲減收，用水、看病免費，若有未成年的子女，還可以增加補助金。如此完善的社會福利制度，足以維持個人基本生活，無需上街去流浪。既是如此，為何日本還是會有遊民呢？主要形成原因有二大項：一是社會的失意者、心理的受挫者，透過當流浪漢來逃避現實的挫折或煩惱。二是純粹享受一種自由自在、不受人約束的生活。由此我們可以看出，日本「遊民」的定義顯然跟其他國家不太一樣，日本遊民是「自願流浪」，基本反映的不是「治窮」的問題，而是涉及人生哲學及社會學的另一個層次問題（滕田孝典，2016：11；今日報導，2017.4.22；新唐人，2015.8.25）。

加拿大對於遊民一向是友善的，安大略省政府以一年約 5 千萬加幣（約合新臺幣 11.75 億）經費，在 2017 年試辦「全民基本收入」計畫。這個計畫意指國民不論有無工作、收入或財產，政府都會發給單身者 16,989 加幣（約39.9 萬臺幣）、夫妻 24,027 加幣（約 56.4 萬臺幣），但有工作者需扣除工

作所得 50%，領有退休養老金及失業救助金者也需以 1:1 比例扣除。芬蘭在 2016 年也試辦了類似計畫，它的優點是，失業補助有一定期限，期限到後仍找不到工作及住所，有些人就會淪為遊民，但有了「全民基本收入」的保障，就可以鼓勵失業者投入短期就業市場，有助於公共安全體系。臺灣的遊民跟日本及加拿大、芬蘭等先進國家遊民比較起來，可說是格外的弱勢。臺灣遊民多因經濟因素到街頭流浪，名下大都無產房且居無定所，不符合「低收入戶」每個月 1.8 萬元補助條件。臺灣的「低收入戶」至少有間房子住，還有政府補助；而遊民大都因為名下沒有房產，所以不符合低收入戶要件，他們連政府一塊錢的補助也拿不到，可謂「弱勢中的弱勢」。對於日益增多的遊民，臺灣各縣市社會局僅能提供短期生活照顧、就醫給付、臨時工作安排及協助租屋等服務，但遊民需要的，應該是實際的生活補助金（自由時報，2017.4.26；臺北市政府社會局，2017.4.10）。因此，加拿大、芬蘭、日本的「全民基本收入」政策，應可列入未來臺灣政府相關社會政策的擬定計畫參考。

　　事實上，各國政府與民間團體對於遊民的友善或敵視態度，從他們的公共設施也可看出端倪，如加拿大慈善機構 RainCity Housing，在城市公園內廣設特殊設計的長椅，到了晚上，只要把椅背向上掀開，就能變成為遊民遮風擋雨的臨時庇護所。而英國、西班牙、中國大陸等國家的部分城市，卻刻意在公園長椅或窗臺裝上手把、尖刺等阻擋設施，以防止遊民長時間滯留或睡覺。法國近年來也有不少公共機關和商家，在公共空間或店門口設置障礙物，有的裝柵欄，有的鋪石頭，有人裝置凸起的障礙物或直接裝柵欄圍起來，還有部分地鐵月臺上的長椅，改成單人座或僅可供臀部倚靠的金屬欄，就是不讓遊民有地方可以躺下。甚至巴黎第二區一座停車場門前，還加裝了自動灑水器，除非有通行卡，否則只要有人靠近接近就自動灑水，目的在「逼退」想要到裡面睡覺的遊民。天主教教士皮耶基金會（Fondation Abbe Pierre）認為，在寒冬雪夜裡，這些對遊民不友善行為和設施實在太超過，於是他們發起網路運動，呼籲法國民眾拍下所在城市對遊民不友善的裝置，上傳到「我們要有人性」（soyonshumains.fr）網站。還有許多年輕人把寫有：「與其不讓遊民睡在這

裡，不如在其他地方給他們一個住處」的海報，張貼在使用障礙物排除遊民的公共設施或店門口前，希望能喚起法國民眾重視遊民的生存權，並且向那些對遊民不友善的店家和公家機關表達抗議！（中央社，2017.12.8）。

　　遊民數量和現況，似乎也反映出一個國家的經濟發展條件。「臺灣當代漂泊協會」執行委員郭盈靖曾經投書媒體，指臺灣經濟結構惡化、貧富差距擴大，並且缺乏穩固的社會安全網，各種「敗壞的制度」，迫使愈來愈多無力的年輕人淪為遊民。臺灣社會結構近年來出現了激烈的變化，在經濟景氣多年未見明顯好轉，物價節節升高的同時，人民平均所得卻和 10 年前相同。「22K」血汗勞工充斥，社會階級對立更加嚴重，這些社會現象反應在一個令人驚訝、但卻未獲得普遍重視的數字上：根據衛福部的統計，2010 至 2015 年，全臺灣遊民人數大都維持在 3 至 4 千多人，但到了 2016 年再次統計，遊民人數居然暴增到 8,984 人；但臺大社工系教授鄭麗珍認為，實際遊民數量可能比政府公布數字多上 10 倍。前述美國民間版的遊民人數調查，用「數人頭」方式算出來的數字落差高達 12 倍（25 至 300 萬），因此遊民的真實數量，可能在世界各國都存在著「黑洞」。郭盈靖指出，政府之所以看不見實際數字，在於不願面對遊民結構的改變；同時臺灣政府對遊民的「安置輔導」條文粗糙、亂貼標籤，不但不能解決問題，反加深了社會大眾對遊民的偏見與歧視（ETtoday，2013.12.23；風傳媒，2018.1.3）。因此，若從社會學「癥候診斷」角度來看，臺灣遊民的數量暴增，很可能是「社會生病了」或「政府福利政策失衡」的一種症狀顯現。

　　2011 年 12 月 24 日，「當代漂泊協會」舉行記者會，指控臺北市議員應曉薇，要求公園處更改清潔隊灑水時間，深夜 11 時在萬華艋舺公園噴水驅趕遊民。應曉薇並說：「不能只灑外面，誰往遊民身上灑，就撥獎金，因為這些遊民真的太糟糕了！」新聞發布後，引發社會輿論撻伐，應曉薇為質詢失言道歉（蘋果日報，2011.12.25）。2017 月 3 月 10 日，萬華居民提案「遊民解決，萬華發光！」希望市政府編列 1 千萬元預算，把遊民集中起來，並軍隊化管理其行動和生活作息，應曉薇反批萬華居民提案太誇張，不該標籤化街友（自由

時報，2017.3.24）。戴瑜慧、郭盈靖（2012：137）指出，遊民經常被媒體標誌爲「社會的他者」，進而排除其使用社會公共空間的權利，露宿街頭被稱爲「占據」或「盤踞」，因此驅趕、勸離遊民，就成爲維持社會正常運作之必要手段。在這樣的新聞論述中，市民被二分爲「正常市民」和「不正常市民」，兩者之間的關係是對立衝突的，遊民是市民的安全威脅者。因此「正常市民」檢舉「不正常市民」（遊民），要求國家權力機關介入，驅趕不正常市民（遊民）。但在市民要求國家機關介入的同時，也將公共空間使用的裁量權，自社會群體讓渡給國家機器，並將遊民對公共空間的使用就地非法化。

另外，自2014年開始，臺北火車站實施新規定，必須要「人」和「物」都同在現場，若「人」在「物」不在，那麼這些留在臺北車站的「物」，就會被當成「棄物」，並授權由清潔隊將之清理丟棄。而這些被當成「廢棄物」的東西，其實是遊民賴以爲生的家當，有棉被、拖鞋、衣服、鋼杯、牙刷等。他們的這些家當全部被丟棄之後，遊民就真的成了「孑然一身」，完全不知如何生活下去，爲此「當代漂泊協會」曾多次召開記者會，批判警方此舉有違憲之虞。「當代漂泊協會」也曾在2015年10月17日至11月15日，於臺北市萬華剝皮寮舉辦了「遊民棄物展」，希望社會大眾能從遊民的角度，關切一般人眼中的「棄物」，可能是遊民賴以生存所需，不能隨便丟棄。棄物展中的主題照片，是一名遊民用紅色尼龍繩，將其他遊民的生活日用品集中起來看管，以防止鐵路警察利用遊民們白天出去打零工時進行「突襲」，把他們的家當任意丟棄。2017年3月，臺北市政府打算驅趕臺北火車站周邊遊民；同年4月，中華民國體操協會及臺北市議員也要求臺北火車站周邊必須「清理門面」，目的都是爲了迎接世大運的到來。但在遊民關懷團體的多次關切及媒體報導之下，警方已暫停對臺北火車站周邊遊民進行驅離或丟棄他們個人的生活用品（自由時報，2015.5.10）。

壹、媒體奇觀的形成與運用

　　Kellner「媒體奇觀」的理論概念，根源於狄葆（Debord）的「奇觀社會」。Debord 是情境主義國際（Situationist International）的創始人，這個組織於1957 年成立，並在 1968 年法國巴黎「紅色五月風暴」中大出鋒頭。情境主義國際企圖結合前衛派的藝術論題以及馬克思主義，將馬克思對於經濟產製的分析，延伸至文化與媒介等相關產製。而 Debord「奇觀社會」主要的論點，在於引用馬克思有關勞動者「疏離」與「異化」的概念，移轉到私人的生活，成為他最主要的理論貢獻（Nick Stevenson, 2002／趙偉妏等譯，2009：210；Debord, 1994／王昭鳳譯，2007）。王昭鳳（2007：02）認為，「奇觀社會」概念精髓為：「Debord 把馬克思曾經面對的資本主義經濟物化現實，抽離為一幅現代資本主義意識型態的總體視覺圖景。」Debord 強調，資本主義用經濟力量統治人們，使得人們從「存在」擴大野心到「占有」；而奇觀社會則是更進一步，把「占有」轉向為「顯現」，所謂顯現，也就是一種表象的浮現（Debord, 1994: 12）。總體而言，Debord 重新改寫了馬克思的「異化」及青年盧卡奇的「物化」概念，然後把它顛倒、置換為自己所主張的「奇觀」。所不同的是，勞動者的身分，已由過去的「被壓迫者」轉變為「消費者」，而奇觀的影響力，也更加的擴散到我們的日常生活中。從 Debord 的角度來看，「奇觀」具有以下特質（Nick Stevenson, 2002／趙偉妏等譯，2009；Debord, 1990, 1994）：

1. 奇觀不僅僅是一個影像或影像加聲音的問題，奇觀是對人類活動的逃避，是對人類實踐的重新考慮和修正的躲避。
2. 大眾媒體的單向性對主體的積極性進行一定程度的壓制。
3. 奇觀的本質是拒斥對話。奇觀是一種更深層的無形控制，它消解了主體的

反抗和批判否定性。

4. 人們所消費的是由他人所構造的世界，而非自己在實踐中創造的世界；生活是透過其他技術性裝置表現出來的，生活與實踐被迫分離。

5. 讓人目眩的「奇觀秀」主導我們的生活模式，但卻暗藏意識型態功能。

　　Debord 的「奇觀論」強調，人們在電視媒介看見的新聞報導影像，其實是經過產製端揀選和輸入意識型態後的結果，但人們不知道這些影像「暗藏玄機」，還以為媒體再現的是「眞實社會」。同時，人們也傾向於相信，影像世界就是眞實世界。Debord 的《奇觀社會》描述了一個以影像與商品的製造為中心的消費社會，在這個社會中，視覺與影像占據了主導位置，與現今社會普遍化的抽象相應。Debord 同時強調，奇觀的消費者與日常生活的製造過程脫離，迷失在消費主義的幻夢與媒體的魔術幻燈之中。奇觀是精彩刺激又迷人的，反而「眞實生活」才是既不眞實、不光鮮亮麗，又無趣的（林芝禾，2009：213）。「奇觀社會」概念，講的是少數人（或資本家）利用煙花般的幻象欺騙多數人，造成這多數人喪失本眞生活的渴望性與創造性，舒適的活在影像編織而成的虛假世界裡，最後淪為奇觀的奴隸而不自知，而具有野心的少數人，也從此具有控制世界的權力。

　　另一方面，「奇觀社會」所強調的控制，並非以武力或暴力達成，而是不著痕跡的操控多數人的意識型態，是一種長期而隱形的監控，但可悲的是，人們卻完全察覺不出來。Debord 主導的情境主義國際一向認為，唯有「改變人們看世界的方法」，才能徹底改造社會，因此情境主義國際主張採取激進的「革命」過程：(1) 揭露：揭發奇觀虛假且具邪惡的本質。(2) 打破：藉由參與罷工、怠工等活動打破常規。(3) 改造：自我解放、改變。(4) 重建：重新建立「共產主義式的社會」。梁虹（2007）認為，這裡的「共產主義式社會」指的比較接近於「無政府主義」與「空想主義」。Debord 在 1988 年再出版《奇觀社會評論》（Comments on the Society of the Spectacle），除了鞏固「奇觀社會」理念之外，更因應時勢，把奇觀範圍再擴及全球化、恐怖主義、科學技術

等層面。不過情境主義國際烏托邦式的改造社會主張，終究是失敗的，情境主義國際這個組織也於 1972 年解散，此後，Debord 一直鬱鬱寡歡，一直到 1994 年自殺身亡。但「奇觀社會」概念，對於現代文化的批判、創造性倡導及日常生活的改造，以及後來的無政府主義、婦女解放運動及文化批評等，仍然具有深刻及廣泛影響，同時也為後來的布希亞（Baudrillard）「符號政治經濟學」及哈伯瑪斯、Kellner 等「後馬克斯」學者，提供了重要的批判理論參考依據（Debord, 1990, 1994）。

　　承接 Debord 的「奇觀社會」主張，Kellner 將 Debord 的「奇觀」發展為現今全球知名的「媒體奇觀」（media spectacle），「媒體奇觀」概念也比「奇觀社會」更為具體化。在 2003 年出版的《媒體奇觀》中，Kellner 雖承認「奇觀」的概念取自 Debord，但他也提出了三個層面不同的地方：(1)Debord 的「奇觀社會」概念是較為單一和抽象的，而他的「奇觀」概念則較為具體化。(2) 對具體的「奇觀」現象進行了闡釋和質疑，這部分是 Debord 比較欠缺的。(3)Kellner 認為他著重在分析「媒體奇觀」中的矛盾和逆轉現象，而 Debord 則堅持所謂「奇觀社會」一向是無往不勝的。Kellner 同時強調，雖然資本主義體制內出現了矛盾和衝突，但這並不影響它愈來愈強大的力量，媒體和消費社會透過奇觀效應不斷複製奇觀，一個以市場為主導的全球社會，隨著由不同集團、人物和名人的興衰所構成奇觀文化的起落而逐漸成形（Kellner, 2003）。

　　在研究方法上，Kellner 一改 Debord「奇觀社會」理論的單向性，他在《媒體奇觀》中提到的社會各階層奇觀現象，都是採用多重視角來進行解讀。如在〈消費文化奇觀：麥當勞與全球文化〉中，Kellner 將麥當勞所造就的消費文化奇觀問題，區分為「麥當勞現象」（McDonald's）和「麥當勞化」（McDonaldization）。「麥當勞現象」指的是一個勢力遍及全球的速食集團，而「麥當勞化」，則是融合多種理論來進行解讀與批判。Kellner 用韋伯「生產與消費的工具理性」及馬克思「跨國集團剝削勞動力和消費者來提高利潤」，這二種不同的理論視角來揭發「麥當勞化」奇觀現象中，麥當勞表面營造「散播歡樂和愛」的形象，但實地卻是個壓榨勞工、性別歧視的血汗工

廠。Kellner 同時也從文化研究的微觀視角，比較了美國麥當勞餐廳「吃完即走人」，而臺灣的麥當勞餐廳卻成為年輕人逗留、學習和社交場所的不同文化差異（Kellner, 2003）。因此，Kellner「多重視角觀」的媒體奇觀研究和批判方式，已經與 Debord「奇觀社會」主張單一線性式「改造革命」，在概念上有了一些差異。Kellner 雖可視為新一代的「奇觀論修正主義」，但在主要的理論主張上，二人最明顯的共同點，仍是在於對隱藏奇觀背後意識型態和商業陰謀的揭露。

Kellner（2003）認為，當代媒體文化的顯現，一是「名人」：這些經常出現在媒體的名人，集金錢、美貌、名氣和成功於一身，他們是娛樂社會的神祇，也是億萬人口的目標和夢想。另一個則是「科技」：人類用奈米技術探索外太空，並且用生化科技改善人種，這種科技進程顯現在媒體上，也把我們推向一個「後人類的冒險」，它向我們展示的是精神和機器變革的人類終結後奇觀景象。Kellner（2005）認為，「9‧11」事件是美國媒體的恐怖奇觀，媒體散播恐懼之時，創造了一個歇斯底里的條件，媒體不自覺的落入了恐怖主義圈套，因為恐怖攻擊的目的之一，就是讓媒體傳播恐懼和焦慮，賓拉登被媒體塑造得愈邪惡，愈能提高他在阿拉伯世界的地位。Kellner 也指出，「9‧11」之後美國媒體已經被各種奇觀新聞所主導，並且從報導公共事務本質，移轉到馬戲團式的「媒體奇觀」。

Kellner（2003）在《媒體奇觀》中，將媒體所創造的奇觀分為三種層次。第一個層次是「超級奇觀」，包括美國橄欖球明星辛普森殺妻案、英國王妃戴安娜之死、「9‧11」恐怖攻擊等屬之。以辛普森殺妻案為例，之所以成為「超級奇觀」，是因為它匯聚了謀殺案奇觀、電視奇觀、網路奇觀、多元文化奇觀、性別奇觀、階級奇觀、名人奇觀、消費文化奇觀等，而成了一個媒體傳播奇觀。第二個層次是社會各領域「奇觀」，如麥當勞的全球文化代表「消費文化奇觀」、喬丹和 NIKE 代表的是「體育文化奇觀」、《X 檔案》中的異形生物、陰謀及生化技術展現的是「電視文化奇觀」。此外，美國總統政治被「好萊塢化」呈現，也是媒體奇觀的一種。Kellner 表示，虛構的影視作品常

用戲劇化手法，再現總統任內發生的重大事件及其私生活，美國民眾逐漸將總統政治視爲敘事奇觀。從這角度而言，成功的總統任期（如甘迺迪、雷根）就像一部好萊塢佳片，它取得愉悅觀眾目的，而失敗的總統任期（如尼克森、詹森）就像一部爛片。政治意識型態的置入電影或電視影集，現在例子就更多了，而且手法也愈來愈細膩。從 2015 年開始，在美國和世界各地熱播的《國務卿女士》（Madam Secretary）影集，就不斷被媒體猜測，是在向前美國國務卿希拉蕊致敬。Kellner「媒體奇觀」的第三個層次，則是「日常生活領域奇觀」，它透過媒體每天的「突發新聞」來進行體現，亦可解釋爲「媒體日常奇觀」。Kellner 認爲，現今傳統意義上的新聞已經屈從於奇觀邏輯，因而被「小報化」（Kellner, 2003）。因此從 Kellner 角度來看，「小報化」、「感官主義」、收視率等因素和「媒體日常奇觀」是息息相關的。

至於「spectacle」應該譯爲「景觀」、「景象」、「奇觀」或是「壯麗的景象」，《媒體奇觀》譯者史安斌也特別在序言中提到：Debord 在 20 世紀 60 年代提出「奇觀社會」時，媒體還不像今天這樣發達，因此以那時的社會情境而言，spectacle 譯爲「景觀」，的確比較適合。但當代媒體的跳躍式發展，把這些「景象」或「景觀」，變成了一個個讓人瞠目結舌的「奇觀」。因此，以現今的社會情境和語境而言，spectacle 譯爲「奇觀」，更爲貼切。

Kellner（2003）在《媒體奇觀》中對於重要案例的研究方法，主要是採用英國文化研究學者霍爾（Stuart Hall）的「製碼／解碼」理論（encoding and decoding）和「接合」理論（theory of articulation）作爲切入，並且特別關注文化研究最爲重視的種族、性別、階級等社會問題，這也是一種「診斷式批判」的文化研究形式。Kellner 同時也將「媒體奇觀」理論，當作是抗拒媒體和政治霸權合流的一種武器：「我們需要具備一種批判式的媒體認知力，它能使我們把握和有效抵抗媒體文化奇觀中，迷惑並且操控我們的方方面面，批判式的文化研究有助於我們揭開媒體文化中的各種『神話』，從而達到洞悉當代社會和文化的目的」（Kellner, 2003: 105）。「診斷式批判」研究，可以深入探討媒體文化奇觀文本中暗藏的

意識型態與社會意義，有助於我們針對當代社會集體焦慮、政治衝突和文化多義性，進行深層文化研究和批判，並藉以喚醒閱聽眾脫離奇觀的操控。Kellner 認為，再完美的媒體奇觀都會有漏洞，而觀眾也不是完全沒有自主意識的行屍走肉，差別只是在於觀眾何時從這個奇觀中覺醒而已。媒體奇觀研究者的角色，就是當大部分觀眾還沉迷於媒體奇觀的幻象和意識型態時，研究者要從揭發和解構的角度著手，如同拿著一把手術刀，將病灶從身體裡挖出來，讓閱聽眾能夠了解，媒體和商業集團構築奇觀的目的及其真相，而這也就是「診斷式批判」的力量所在。此外，Kellner 也採用符號學和後現代理論，對於電視新聞、節目和廣告文本進行拆解與批判。

Kellner（2003: 89）表示，批判式的文化研究，有助於揭開媒體文化所建構的各種神話，以達到洞悉當代社會和文化的目的，而其理論精髓，則來自於批判理論精神所在的陰謀和偏執思維（conspiracy and paranoid thinking）。因此，Kellner 的這些重要觀點，本書也將運用於奇觀式遊民新聞的解構之上。從 Kellner《媒體奇觀》（2003）一書中，我們歸納出下列幾種奇觀發展的特徵、樣態與歷程：

1. 奇觀力量再大，也無法一手遮天

大財團和跨國公司動用媒體、公關公司、廣告宣傳，並結合政治、司法、商業力量，無所不用其極的建立奇觀有如天堂般的假象。但奇觀建構的幻象世界並非牢不可破，研究者要找出奇觀的漏洞和隱藏在背後的醜惡事實，並將它公諸於世，讓大眾不再繼續被奇觀矇騙。例如：麥當勞以「美國夢」作為包裝，並利用名人、電影、玩具對其產品進行大規模宣傳，而龐大的律師團則等著控告對其不利的研究和報導。實際上，麥當勞隱藏的是具有商業掠奪性、大量製造廢棄物、產製不健康產線食品、打擊工會、剝削勞工的驚人事實。奇觀在造就主宰、征服和霸權擴張的同時，也孕育了反抗力量，因此奇觀並不是堅不可摧的，只要人們開始對它質疑，真相自會慢慢顯露。

2. 奇觀的內容呈現，對於不同族群的人來說，並非都具相同意義

對新聞產製端來說，有時新聞報導會暗藏某種意識型態，它有意無意的，在導引大眾往某些方向去思考。例如：美國籃球明星麥克·喬丹（Michael Jordan）代表的是融入美國主流社會的黑人，實現了成功、財富和被主流同化的美國夢。但媒體一方面引導大眾著迷於他的身體和魅力，另一方面，媒體又在某些報導中，把他塑造成黑色人種對於白人主流社會的威脅。對新聞接收端來說，不同種族、階級、性別、地區的個體和觀眾，會對奇觀「文本」加以詮釋和挪用，這就是霍爾「製碼／解碼」的概念精髓。美國黑人橄欖球明星辛普森（O. J. Simposon）殺妻案，創造了美國極為少見的一次「超級奇觀」。美國觀眾雖然觀看的是同樣的新聞報導和評論節目，但在審判過程中，卻有超過 70% 的黑人相信辛普森無罪；同樣也有超過 70% 的白人堅信他是殺人犯。因此，不同族群會對現實進行不同的社會建構，這是奇觀現象所呈現的另一個特點。同時，奇觀政治也具有高度不確定性和模糊性，效應經常難以預料。例如美國前總統柯林頓在位期間犯了很多錯，還差點被彈劾，但對手攻擊愈激烈，柯林頓獲得支持的民調愈高，這就是奇觀的「回火現象」。

3. 破解奇觀現象中，主流媒體的二元對立與民粹主義論述

主流媒體經常以二元對立模式處理新聞，比如「正常」與「不正常」；「恐懼」與「自由」；「野蠻」與「文明」，但很多事情並非以二元對立論就可以解釋或解決。Kellner 表示，「9·11」事件發生後，美國主流媒體配合小布希政府策略，用二元論的恐懼訴求把美國社會逼向「戰爭歇斯底里症候群」，軍事手段解決全球恐怖主義，似乎成了唯一的方法。但是電視媒體鼓吹戰爭、迎合民粹，卻缺乏理性辯論，其實是十分危險的。許多觀眾在電視上看到「9·11」之後，美國的打擊恐怖主義軍事行動，但觀眾卻不知道，這其實是政府和主流媒體設定好的「軍事奇觀」演出。事實上，美國殺了賓拉登之後，國際恐怖主義非但沒有就此受到打擊，反而變本加厲，西方國家城市汽車衝撞殺人事件和自殺爆炸行動頻傳，恐怖主義化整為零，更令世界各國頭

大。因此，主流媒體易受政府和財團影響，營造的媒體奇觀經常具有其商業和政治的目的性，同時易流於民粹主義，鼓吹非理性思維與行動。研究者要能從這些龐大的媒體奇觀中，破解它的二元對立論述，並找出奇觀背後的幕後黑手。

4. 注意奇觀文本中暗藏的懷疑論和陰謀論，奇觀未必全然是不好的

所謂懷疑論，指的是對於政府、軍隊和大財團等擁有霸權機制者，進行合理性的懷疑。媒體工作者建構奇觀，有時候是因為商業機制或揣摩上意而不得不為，但有些創作者，會把反抗政治、商業霸權的意識型態植入奇觀文本中，藉由新聞或戲劇文本表現出。例如在美國電視影集《X檔案》，創造的是電視文化奇觀，它質疑了人們對真理的認識和非黑即白的迷思，跳脫了傳統意義上的二元對立，帶有解構主義色彩和後現代隱喻和反思。更重要的是，《X檔案》帶有一種「抵抗」、「挑戰」和「批判」權威的特性，暗喻政府和霸權集團其實才是異形和妖魔的製造者。Kellner認為，如果奇觀的文本可以做到像《X檔案》這樣「技術高超」的境界，那麼對於觀眾來說，這種奇觀形式反而是好的。就怕觀眾只是「看熱鬧、而不是看門道」，因此研究者的任務，就是要點出奇觀之中，少數具有批判力道與反思力量的文本所蘊含的意義。

臺灣有關「媒介奇觀」或「奇觀社會」相關的學術論文仍在少數。黃順星（2009）在〈廣場到劇場：阿扁的媒介奇觀〉中指出，早期臺灣「黨外」的政治演講場，充滿了嘉年華的歡愉氣氛，只有親身到現場的人才能感受得到。這種狀況，一直延續到1997年，臺灣出現全天候播放新聞的有線電視後才開始改變。SNG即時連線，讓民眾不必親臨演講場也能看到整個活動過程，眩目的舞臺設計及盛大的場面，不斷誘惑媒體的目光，並一再的複製與蔓延政治奇觀。王泰俐（2006：202）則認為，臺灣政治和社會自2000年政黨輪替後開始陷入媒體奇觀，以致危害民主政治正常發展。臺灣主流媒體與保守勢力盤根錯節的歷史淵源，主導了一場又一場的媒體奇觀，並且也遮蔽了閱聽人獲取正確訊息的管道。從上述二位學者劃出的時間軸可以得知，1997年SNG車的出

現，再加上 2000 年總統大選的媒體宣傳運用，應該是臺灣開始跨入媒體奇觀的關鍵歷程。

貳、媒體奇觀與傳播政治經濟學

「奇觀論」認為，大眾媒體掌控閱聽眾娛樂消遣、思想和認知，但尤其應該要特別注意的，是掌控大眾媒體的背後「影武者」。「媒體奇觀」擴散的速度愈來愈驚人，主要的原因在於「新技術」和「全球化」的快速發展。因為媒體和娛樂產業大規模的合併，會造成媒體技術和產品擴張更為迅速，而這種擴張性，關聯著資本主義生產關係、商業集團的占有和控制、國家政治力量與跨國集團結盟產生的霸權。Kellner 認為，我們不能只看到新技術、網路化的表面現象，而是要進一步研究全球社會組織形式的改變和奇觀文化之間的內在聯繫。因此「媒體奇觀」關切的是政治經濟學領域中，跨國集團和統治集團合流所產生的力量，這種影響力，已經藉由新技術和全球化，擴散到政治、經濟、社會和日常生活的各個領域中，並且藉由奇觀控制人們的意識型態和世界觀（Debord, 1994; Kellner, 2003）。

Kellner 在〈體育文化奇觀：喬丹和 Nike〉及〈消費文化奇觀：麥當勞與全球文化〉二篇文章中一再提到，跨國性商業集團、公共關係和廣告宣傳聯手，共同匯聚成媒體奇觀推手的強大力量。透過併購，許多媒體被納入商業集團旗下，商業集團內有娛樂商品產製、藝人（運動員）形象包裝、品牌行銷宣傳及新聞內容產製等各種部門，因此必須藉由相互宣傳產生綜效。集團內的旗下藝人（運動員）代言自家出產商品，再透過自家媒體宣傳或置入性行銷，將訊息傳送給消費者；同時，商業集團與遊樂園、電影公司、跨國廣告公司結盟，也進行互相代言或商品置入。跨國性商業集團對於媒體奇觀的建構，可謂鋪天蓋地，Kellner 因此指出，媒體工業和娛樂產業的大規模合併，將會加速推動新形式奇觀的出現，而這種新形式奇觀的出現，會進一步改變人們的消費觀和價值觀。

Kellner 認爲，麥當勞代表的是一股全球化浪潮，它向非西方世界傳播了美國中心的文化帝國主義觀念。同時，麥當勞和迪士尼、可口可樂宣傳結盟，形成了三位一體的消費文化奇觀，更是在世界各國攻無不克。但全球化在主宰、征服和霸權擴張的同時，也孕育了反霸權的抵抗力量。2000 年，反全球化的勢力在世界各地開始蘊釀，2001 年「9・11」事件後，反美、仇美浪潮達到最高點，麥當勞代表的是標準美國文化，因此遭到池魚之殃。許多城市的麥當勞餐廳，成爲發洩反全球化情緒的首要目標，恐怖分子開始聚眾打劫、砸毀和引爆炸彈，麥當勞已從散播歡樂之地變成危險、恐怖之境。此外，過去麥當勞標準化生產流程所製造的食物，曾是速食業標竿，但如今也被批評是沒營養又傷身的垃圾食品。同時，動保團體緊盯麥當勞非人道宰殺雞隻，勞工團體也批判麥當勞低薪壓榨勞力，負面批評排山倒海而來。Kellner 因此指出，全球化本身就是一個高度矛盾的現象，它推動資本主義霸權的擴張，但也爲鬥爭、抵抗和民主化提供了很多「突破點」，而麥當勞全球化的海市蜃樓破滅，也爲媒體奇觀的興衰上了寶貴一課（Kellner, 2003）。

　　另外，Kellner 認爲「9・11」事件後所衍生出的恐怖奇觀和媒體操控格外嚴重。「9・11」事件的發生，以及美國爲了報復賓拉登而對伊拉克實施的「斬首」軍事行動，使得美國媒體陷入歇斯底里症候群。Kellner 指出，美國媒體集團一直煽動戰爭的狂熱情緒，戰爭對軍火商有利，因此這些大型媒體集團早就淪爲軍事工業集團的傳聲筒，爲發動戰爭搖旗吶喊，它們也正逐漸被那些大發戰爭財的公司和財團兼併、操控。同時，美國電視媒體缺乏理性的辯論，卻充斥著戰爭宣傳和軍事奇觀，製造大眾歇斯底里，也淪爲美國政府和軍方用來給民眾洗腦的工具（Kellner, 2003）。一直以來，美國的主流媒體都把賓拉登妖魔化，但這個喝過美國奶水的「邪惡」領導人，卻成爲阿拉伯世界敢與西方霸權作對的超級英雄，Kellner 認爲，美國媒體愈妖魔化賓拉登，他就愈強大。雖然賓拉登政權最後還是被美國扳倒，且賓拉登也被美國軍方成功「斬首」，但恐怖主義和恐怖活動的蔓延卻更加嚴重，造成美、英、法等國無辜人民傷亡慘重。這證明美國式的媒體霸權，只是激發出民眾仇恨、反智和報

復的情緒，人民沉溺於主流媒體聯手製造的軍事奇觀，並且瘋狂支持這種戲劇化的軍事行動，但在戲劇落幕、奇觀散去之後，真正的恐怖主義對西方世界的反撲，才正要開始。

參、媒體奇觀與感官主義、收視率

若依新聞類別區分，王泰俐（2004）將：「犯罪或衝突、人為意外或天災、性與醜聞、名人或娛樂、宗教或神怪、弱勢族群」等六類，歸類為感官主義新聞。同時，王泰俐（2006）也採取實驗法，針對192名閱聽人進行控制變項實驗，結果發現「感官主義」的新聞操作手法，的確可以提高閱聽人對新聞的注意力，而且也提高新聞辨識程度。但是實驗也發現，閱聽人對於感官主義新聞的「正確回憶程度」降低，也就是說，閱聽眾對於此類新聞較容易「看過就忘」。王泰俐的研究同時發現，臺灣的閱聽人對感官主義新聞，不但沒有排斥或厭惡感，反而還非常肯定這種手法可以「提高新聞資訊性」，這個結果和國外研究有極大不同。

就遊民新聞來看，由於它在新聞類別中是屬於「弱勢族群」，因此它一開始就被歸類為「感官主義新聞」。因為遊民新聞多與犯罪、衝突、名人有關，且足以促使閱聽眾感動、驚奇與好奇，因此遊民新聞可說與感官主義緊密相連。與「感官主義」接近的是電視新聞的「小報化」。McLachlan 與 Golding（2000）認為小報的特點有：國際新聞、政治新聞、文本較少；圖片、人情趣味新聞、娛樂八卦新聞較多。「小報新聞」因為非菁英取向特性，它被衛道人士批判「煽情、過度簡化、表現民粹」，甚至是「滑眾取寵、簡單化、喧囂化、視覺化、濫情化、降低公共品味、羶色腥」等。但小報新聞也有：民粹主義、顛覆性、反菁英、反傳統、批判性等特性（Örnebring and Jönsson, 2004）。Kellner 認為，媒體創造一個又一個的奇觀，使得電視新聞愈來愈「小報化」，類似的奇觀消解了媒體的合法性，它也愈來愈像是一個狗仔橫行的馬戲團。主流媒體的調查報導日益減少，取而代之的是小報式的扒糞挖掘，以及

感動人心的故事化包裝，它的出現，是以犧牲傳統新聞觀念和規範作爲代價的（Kellner, 2003: 141）。

媒體奇觀的製造原因，也與電視新聞收視率緊緊扣連，而收視率又與新聞商品化息息相關。我們先回顧新聞商品化的相關文獻：McManus（1994: 1）指出，當新聞室內開始運用企業管理手法產製新聞更甚於傳統方式時，讀者與觀眾將被視爲「顧客」，而新聞則被視爲一項「商品」，發行量或收視率被看成一個「市場」。Smythe（1977）持不同意見，他認爲：「閱聽人才是大眾媒體的主要商品」。也就是媒體公司生產閱聽人，然後把他們販賣給廣告公司，而媒體節目及流程安排，目的只是要吸引閱聽人而已。Sut Jhally（1982）呼應 Smythe 的說法，他認爲，閱聽人的觀看即爲「勞動」，廣告費由閱聽人創造，電視台卻沒有把它全數投入節目製作，即爲資方「剩餘價值的剝削」（馮建三，1992b）。不過，米罕（Meehan, 1984）認爲交換的不是訊息，也不是閱聽人，而是收視率。收視率是電視節目商品化的重要元件，但收視率本身也是收視產業的核心商品。電視工業本身重視的，可能不是收視率調查能否「反映」眞實閱聽人的問題，而是閱聽人如何被電視節目、流程、收視率調查與其他環繞電視的後設論述所「召喚引導」（Hartley, 1987: 136）。也就是說，電視媒體雙元市場，把新聞和觀眾全部商品化，收視率等同一種可以換成錢的貨幣。

政經學派當中，岡罕（Nicholas Garnham）等人採取了法蘭克福學派所發展的學說，來分析媒體和娛樂事業的幾個特殊面向，爲傳播事業提供一套更爲複雜的分析方法。岡罕等人認爲，媒體產製端的分析，不應該只著重在意識型態上，生產的經濟關係在權力架構中其實扮演相當重要的角色。政治經濟依靠的，是強而有力的經濟決定權，可得的預算和勞力分工的架構，能影響你說什麼與如何去表達（Garnham, 1990）。不同流派的傳播政治經濟學者，有不同的主張，但不管電視媒體所生產的「主要商品」，到底是新聞、閱聽人或是收視率，最終控制權都在資方手上。因此，媒體奇觀若是邪惡的，那麼刻意製造它的人，原因之一可能是爲了提高新聞收視率，因爲收視率等同現金，所

以，若能成功製造出媒體奇觀，當然也就愈能爲電視台創造可觀營收。

　　從 Kellner 的角度來看，媒體奇觀可以讓閱聽眾沉迷其中而無法自拔，但奇觀指的並非是單獨的一則重要新聞，而是在一件重大事件發生後，它會在一定期間內吸引媒體不停瘋狂追逐及閱聽眾持續關注，它的影響性，也會從原本的新聞事件蔓延到政治、社會、文化、影劇、體育、教育等各個層面，形成一種「奇觀風暴」。在電視台經營者來看，新聞事件能夠形成「奇觀風暴」，代表全民都十分關切這個事件的後續發展，因此必能帶動電視新聞收視率，而收視率又等同於現金，所以對於「奇觀」的形成，電視台經營者可說是樂觀其成。在這樣的論述角度下，新聞工作者也就成了電視台刻意製造「奇觀」的執行者，也可說是奇觀「共犯結構」的一環。Kellner 以辛普森殺妻案爲例，在 1995 年 1 到 9 月，美國三大電視網（ABC、NBC、CBS）晚間新聞有關該案的相關報導，總長達到 1,392 分鐘，超過波灣戰爭和奧克拉荷馬爆炸案。即使後二者加起來，報導總長度也才 1,292 分鐘，仍舊不敵辛普森殺妻案的觀眾關注強度。甚至辛普森案判決時，「股市暫停交易、飛機延遲起飛」，美國民眾聚集在家中、公共場所、學校等地收看電視直播。判決書宣讀時的收視率高達 42.9%，等同 4,100 萬家庭收視戶同時收看。CNN 民調顯示，白天收看判決直播的觀眾高達 1 億人，當天晚間新聞的收視戶更高達 6,240 萬、總數超過 1.5 億人收看，占美國成年人 90%，追平甘迺迪總統遇刺葬禮。1995 年成爲美國的辛普森奇觀年，Kellner 認爲這是「一個國家的悲劇」（Kellner, 2003: 117）。

　　辛普森案代表著美國主流電視媒體「小報式新聞」和「名人扒糞」時代的來臨。不過，如同前述，Kellner 認爲有些暗藏反抗和懷疑意識型態的電視奇觀，如同《X 檔案》，不但爲電視台和製作公司帶來收視率、廣告和商業利益，同時也對啓發觀眾是有利的，因此，電視奇觀不能說全然都是負面的。

肆、臺灣的媒體奇觀

　　Kellne 所關切的「媒體奇觀」，大都是由重大的新聞事件所引發。會形成奇觀的新聞事件，通常具有極強的震撼性、爆發性、話題性與展延性，但它需要一些時間去發酵和醞釀，因此單一事件的發生，不會立刻就形成媒體奇觀。在奇觀的發展期間，各媒體會不斷的追蹤報導新聞事件的主角及其周邊人物，並且不斷吸納閱聽眾加入這個事件的討論行列，一直到整個事件的關注度已成為「全民風潮」，媒體奇觀於焉成形。當一個媒體奇觀向整個社會席捲而來之時，它會成為民眾日常生活當中的「顯學」，如果跟不上奇觀話題的進度，個人有可能會被同儕或朋友嘲笑。為了能儘快融入團體中的共同話題，於是有更多的人自願且主動的接觸奇觀內容，導致其影響性不斷往社會各階層擴散，並在一定期間內，實際改變人們的想法與行為模式，這就是媒體奇觀的「風暴期」。當新聞事件的發展告一段落後，舊的媒體奇觀熱度漸漸退去，但新的媒體奇觀正在養精蓄銳，等待趁著下一波的重大新聞事件而崛起。

　　臺灣能跟美國「9‧11」比擬的「超級奇觀」，可能勉強只有 1999 年的「921 大地震」。當時的臺灣電視新聞，幾乎一整個月都是「921 大地震」的相關報導，罹難者家屬的哀傷和家庭故事、建商偷工減料和官商勾結的政治醜聞，日日占據所有新聞時段，非「921」相關新聞的能見度極低，而觀眾感受也從一開始的震驚、焦慮、憂傷，到最後的感官麻木，甚至厭煩。至於「媒體奇觀」的第二個層次「社會各領域奇觀」，臺灣較為接近這個層次的新聞事件或現象包括：(1) 2014 年 3 月的「太陽花學運」。學生團體攻占立法院後，網路 24 小時直播立法院議場占領實況，如同美國電視節目的實境秀。原本大眾關注的是政治議題，但後來卻被媒體移轉為學運領導人的造神運動，媒體在學運期間，每日追逐林飛帆及陳為廷的一舉一動，一直到學運落幕，這是屬於臺灣「政治文化奇觀」。(2) 2014 年鄭捷「捷運殺人事件」、2013 年八里媽媽嘴「謝依涵殺人事件」，大篇幅驚悚的新聞內容不斷刺激閱聽眾感官極限，同時媒體記者也扮起柯南，進行現場模擬及猜測凶嫌犯案動機，可謂臺灣「恐怖奇

觀」。(3) 2012 年在臺灣播出的大陸劇《後宮甄嬛傳》，除了創下超高收視率及重播次數之外，並掀起臺灣一陣「雍正熱」，劇中對白「賤人就是矯情」也成了家喻戶曉的口頭禪，這種現象可稱之為臺灣「電視文化奇觀」。(4) 另一個臺灣的電視奇觀，則是各類型「名嘴」把持電視談話性節目，操弄的大都是寰宇搜奇議題或藍綠政治意識型態，使得現今電視媒體的「公共領域」幾乎已消失殆盡，這是臺灣的電視「名嘴奇觀」。

　　對 Kellner 來說，美國的「媒體奇觀」表現在政治、經濟、社會、體育和流行文化等各個層面上，當今奇觀式的社會和文化正在打造一種新型的「訊息娛樂社會」，這種變化是全面的、深刻的。Kellner 認為，美國從娛樂經濟、名人圈、消費奇觀、電影視聽效果、電視真人秀、廣告、流行音樂、電子遊戲等的各個領域，都已經遭到「奇觀」入侵，媒體奇觀並已經成為經濟及文化全球化的一個重要特徵（Kellner, 2003 ／ 史安斌譯，2003）。臺灣受到美國文化影響甚深，Kellner 在研究中提到的麥當勞、喬丹和 NIKE、《X 檔案》，在臺灣亦有極高的知名度和產品愛好者，因此「媒體奇觀」的影響力可謂無遠弗屆。另外，連續七季熱映的美國恐怖影集《陰屍路》（The Walking Dead），在臺灣也累積了不少影迷，「活屍生存哲學」及背後龐大商機，勢必又是另一個「電視文化奇觀」。

　　如同「奇觀論」創始人 Debord 所言，當我們所處的世界被商品覆蓋之後，人就已經被排除在外，與真實世界相分離了。而所謂的「商品」，就「奇觀社會」理論來說，指的是「影像的商品」。Debord 認為，這個世界充斥著資本主義主宰的影像商品，人被這些影像所異化、操控、奴役而不自知，最後連人與人之間的社會關係都開始改變，並就此形成了「奇觀社會」。Kellner 看到美國社會各個領域都遭到奇觀入侵，「媒體奇觀」發揮了令人難以想像的影響力，遠比它身為「影像商品」更加威力強大，同時美國社會、文化、政治、經濟等層面，也都受到奇觀的影響與支配。因此，如果說美國已進入 Debord 所說的「奇觀社會」，殆無疑義。臺灣受到美國文化影響，「媒體奇觀」的發展情況，在情境上與美國十分接近，我們從種種跡象可以研判，臺灣實際上也

已進入「奇觀社會」。不過，「媒體奇觀」和「奇觀社會」非一朝一夕可以形成，也並非單一媒體或單一種類型的新聞事件可以造成。前述黃順星（2009）和王泰俐（2006）認為，臺灣「媒體奇觀」成形的關鍵時間點，可能是 1997年電視 SNG 車的引進，經過 1999 年「921 大地震」的擴大運用，然後在 2000年總統大選激烈的媒體宣傳戰達到高峰。如今，另一個更加爭奇鬥艷的「奇觀世界」已在網路形成，透過無處不在的社群媒體直播與影片上傳，「媒體奇觀」範圍早已超出 Kellner 和 Debord 所關注的傳統媒體，而往新媒體擴散。甚至訊息擴散過程也已經被翻轉：新聞訊息可能先由社群媒體傳播給網路使用者，等到「網民」大都已知曉後，最後傳統媒體再跟進報導。因此，較大範圍的「媒體奇觀」研究，可能必須涵蓋網路社群媒體，因為現今資訊社會，不再只靠傳統媒體才能形成「媒體奇觀」。

事實上，Kellner 和臺灣學術界關係也相當密切。2015 年 10 月 21 日，Kellner 應交通大學文化研究國際中心之邀來臺進行講座，題目是：〈2011 年起義：「大拒絕」，由阿拉伯之春，到全球占領行動〉[4]。Kellner 認為 2011 年發生的阿拉伯之春、利比亞革命、美國占領華爾街、倫敦暴動以及在西班牙和希臘等地蜂起的反政府示威運動，與 1968 年的全球左派運動（法國六八學運、美國反越戰抗爭和民權運動）有革命的系譜關係，必須互相參照。不過，新型態人民政治與 1968 年的不同之處在於，新世代的運動戰場已經擴散至網路媒體，媒體奇觀牽動著閱聽者的日常生活情感、身體和知識，改變了運動的結盟形式和實踐位置，促成新民主政治得以產生的契機。但在演講現場的交大客座教授 John Hutnyk 提出質疑：若我們只關注運動發生的當下，僅僅透過媒體的再現來理解運動，我們將會忽略及錯估阿拉伯之春與英國暴動各自的、盤根錯節的在地歷史環節。所謂懶人包式的媒體奇觀，服膺於資本主義的商品生產模式和意識型態，會阻礙我們真正花工夫去思考和理解運動的複雜性及歷史性。同月 23 日，世新大學舍我研究中心也邀請 Kellner 到校演講，講題為〈媒

4　資料來源：http://iics.ust.edu.tw/2015_Kellner/index.htm

批判和實踐典範的會診初探
　　——以臺灣電視遊民新聞為例

體、民主與奇觀：一些批判性反思〉（The Media, Democracy, and Spectacle: Some Critical Reflections）[5]。Kellner 在演講稿中提到，2008 年美國總統大選的「歐巴馬奇觀」、2010 年的「9‧11」攻擊事件、阿拉伯之春、利比亞革命和英國暴動等，媒體應接不暇的關注著這些奇觀，但卻逐漸背離了他們應為公眾利益把關的「第四權」和看門狗角色，而甘心成為商業集團和政府的利用工具。不過 Kellner 也強調，雖然主流媒體競逐奇觀，但只要有另類媒體[6]和新媒體的存在，那麼民主就不會消亡，因為它具有對抗媒體奇觀的一種批判性觀點和強大力量。

第三節　布赫迪厄的實踐理論

壹、慣習的結構偏向

　　Bourdieu 的「再製理論」，結合了「慣習」、「場域」、「資本」、「階級」等概念，這些概念並非各自孤立的主張，而是龐雜的概念與理論的結合與滲透，構成一套綿密的理論系統，以解釋社會結構再製的過程（邱天助，1998：109-110）。什麼是「慣習」呢？依照 Bourdieu 個人的解釋為：它是行動者在其活動內已被結構與結構化的才能體系，同時也是一種被歷史與社會所

5　資料來源：http://csw.shu.edu.tw/Seminar/AcademicSeminarsDetail/16244

6　什麼是「另類媒體」呢？成露茜（2012）說：「與主流媒體對抗的就是另類媒體。」管中祥（2011：107）認為，另類媒體一定是非主流，但並不是主流媒體中的分支，它反而是提供那些被排除在媒體生產體制外的人，一個民主發聲的管道。雷蒙‧威廉斯（Raymond Williams, 1980）歸納另類媒體的操作有三個主要的原則：(1) 另類經營手法：不會有很高的資金門檻，必須以低成本的方式營運。(2) 去專業化：另類媒體從採訪寫作、編輯到排版、拍片剪輯，一般來說都是 DIY 的。(3) 去制度化：所有的政策都是集體制定的，決策也是透過參與式的民主方式共同產生。

決定的秉賦。比較通俗的說法是：「慣習」意指在社會各個不同階層活動者的日常行為中，一種經由環境而形成或被加以塑造的行為傾向系統，它同時是透過歷史與社會環境的脈絡而支配或被支配的行為體系（舒嘉興，2001：5-6）。因此，慣習的形成具有二大因素，一是「時間」面向，二是「環境」面向，這二大面向同時透過歷史文化和社會演進相互交織與影響，最後萃取出一種人們內化形成的遊戲規則，就是「慣習」。

「慣習」雖然存在於社會每個成員的精神之中，並表現於其行動，但它在社會中的運作，是按照各個場域力量關係網絡的具體狀況，而自律地進行的。他們在不知不覺中，按照他們所在場域的慣習而行動，並自行調節自身和他人的相處關係，因此慣習也具有一種「自律」特性。Bourdieu 把這種行動者與所屬場域內的階級鬥爭和整個社會實踐的關係，稱之為「交響樂式演出」（orchestration）。當社會的實踐性實踐被看作一種象徵性的交響樂演奏時，它會呈現出一種象徵性的和諧，這種和諧性來自於演奏成員的自律性與配合性，它甚至不需要一個指揮來進行調度或控制，整個樂團成員也可以靠彼此的默契而完成整場演奏（高宣揚，2002）。因此「自律性」、「無意識性」、「自發性」，也成了慣習結構的三個重要特徵。

「慣習」是 Bourdieu 自己的表達，其他學者則稱之為「知曉」（know-how）或「實踐理解」（practical understanding），這些技能使得遵守規則成為可能，也是他實踐理論的主要的關切點（Stern, 2003: 192）。Bourdieu 相信，規則的概念能幫助解決終極實踐論或機械實踐論所提出的疑問，因為它為慣習理論提供了基礎。張錦華（2013）認為，Bourdieu 的「結構／主體」並非二元對立關係，社會文化活動是一種「正在建構中的結構」（structuring structures）與「被結構的結構」（structured structures）。前者指的是社會行動主體實際行動的衍生原則，後者指的是社會環境所形成的結構條件。因此，Bourdieu 更注重的是行動主體與場域結構之間動態的交互歷程分析。邱天助（1998）則指出，Bourdieu 構思「慣習」的意義與功能有三大項：

1. 突破主智主義的行動哲學：指的是「慣習」給予社會行動主體一種「遊戲的感覺」，亦即提供個體在日常生活中如何動作與反應的感覺，這種觀點和經濟學家所言「理性的選擇」，有很大的不同。

2. 突破實證物質主義的觀點：「慣習」並非「習慣」或一種實證物質主義。「慣習」在稟性上有強烈的實行支配感，它是一種「創作藝術」。

3. 突破個體與集體的爭論：突破涂爾幹「社會共識」假象，提供新策略以分析文化在再製資本主義結構中的中介作用。

　　Bourdieu「慣習」的理論根基來自於季登斯的「結構化」（structuration）理論。「結構化」強調的是一種「雙重性」（duality），即在日常生活運行中，互動中的人們運用構成社會結構的規則和資源，同時，互動者又再生產出結構的規則和資源。於是，個體行動、互動、社會結構並非各自獨立，而是構成同一實在中的雙重性。因為，「社會系統的結構特徵，同時是構造那些社會系統實踐的媒介與結果」（吳曲輝等譯，1992）。Bourdieu 雖強調，結構的「慣習」特性，讓人在不知不覺中，會遵遁結構中設定的規則，但實踐活動不全然是有意識操縱或操控，這種情境並非行動者所創造，而是行動者在場域中長期涵化、內化而發展出來的認同。同時，場域也提供一定的資源給行動者，因此 Bourdieu 認為，慣習具有創造性：「慣習深刻存在於性情傾向裡，做為一種技藝存在的生成能力，這是完全基於對實際作為的掌握，可看成某種創造性技藝」（Bourdieu & Wacquant, 1992: 165）。我們可以說，「慣習」是行動主體在日常生活的實際行為中持續形成的，它是一種意義的結構系統，並非依照任何機械的形式或代數的邏輯（邱天助，1998：117）。

　　雖說 Bourdieu 的文化社會學觀點，能從行動者實踐的角度，同時詮釋主體性和結構的影響，但就整體來說，Bourdieu「慣習」的主張，還是具有一種本質上的「結構偏向」。張錦華（2013）認為，Bourdieu 的文化社會學解釋偏向社會既有秩序的再製，仍具較強的結構主義色彩，並沒有進一步說明行動者如何超越既有的場域或生存心態結構。張錦華並從 Bourdieu 另一本著作《論

電視》（2002）中，看出 Bourdieu 對於新聞場域的描述，也是偏重既有權力結構的運作，而忽略其中可能的衝突和變遷。邱天助（1998）指出，Bourdieu「慣習」兼備建構性、創造性和再生性的稟性系統，強調「某種強而有力的衍生性事物」，但生存內化的心理結構，仍傾向複製客觀條件的客觀邏輯。換言之，Bourdieu 傾向於認定，行動者對於場域規約的內化機制，可能受到結構長時間的形塑和影響較大，而主體的能動性和抗爭，在結構面前則顯得力道微弱，後來的研究也大都偏向這一結果，但這並不是說主體不可能改變社會結構。

貳、場域遊戲

Bourdieu 認為當前社會的問題依然圍繞在資本的分配與再分配、生產與再生產的關係上，但因後工業社會的急速變化，原有的資本關係網必須借助「場域」的概念加以解釋，否則就無法掌握問題的關鍵。什麼是場域呢？Bourdieu 認為是一種「勢力與鬥爭的界域」，場域的特質是一種環境的屬性，在此界域中各種不同的力量匯聚，支配者與被支配者為了保有自身的優勢或企圖變更所屬的力量關係，因而在這個界域中彼此鬥爭（舒嘉興，2001）。高宣揚（2002：231-232）認為，Bourdieu「場域」的相互關係網絡，在社會生活中，主要是靠行動者的不同社會地位、資本力量、文化因素、權力範圍及其精神力量（主要指行動者的「慣習」）所組成。也就是說，場域具有階層性、權力性和鬥爭性，它也取決於行動者在實踐中所接受的歷史條件及其未來發展趨勢的因素所組成的。不過，與其說場域內進行的是一種鬥爭，Bourdieu（1992）寧可把場域視為一個遊戲，任何參與者都被要求在這個場域中全心全意的「玩遊戲」。而制度既是遊戲規則自身，也確保遊戲規則不會被反省，因為一旦遊戲規則被反省，人們就會試圖從遊戲規則中脫離出來，進而發現遊戲中種種荒謬、武斷的規定並不合理，同時也會開始衡量參與遊戲的必要性（Bonnewitz, 1997／孫智綺譯，2002：212）。

既然遊戲得要一直玩下去，Bourdieu 也提供了場域遊戲者的「謀略」運用。Bourdieu 說，在我們眼裡，每一個遊戲者的形象就好像面對一大堆不同顏色的符號標誌，每一種顏色都對應一種他所擁有的特定資本。場域中的遊戲者，都得衡量他手上握有的各種資本總數量和結構的函數，還有這些因素向他所保證的「機會函數」（lusiones），以決定他採取攻勢或守勢（Bourdieu & Wacquant, 1992／李康、李猛譯，1998：136-137）。因爲一個人在場域中所擁有的經濟資本和文化資本比重都不同，行動者必須知道自己有什麼資本，然後再評估自己需不需要在此時放手一搏，或者應該再等下一個機會來到？需要設下陷阱讓敵方對號入座，或是要以實力見眞章？需要拉攏長官人馬、成黨結派，還是要滴水不沾、獨來獨往？這些就是 Bourdieu「謀略」的主要概念。

　　Bourdieu 認爲，我們在日常生活的潛移默化中學到很多行爲，這些行爲在經過時間的淬鍊後，會導引我們漸漸的深諳生活藝術（art of living），而我們也就成爲他所謂熟手（virtuoso）。熟手在日常生活中，不是一味的遵循規則，而是熟悉一套處世的藝術，也就是他所主張的實踐謀略。Bourdieu 指出：「實踐型知識就像是一套自動調節的裝置」（Bourdieu, 1972/1977: 11）。因此，Bourdieu 的「謀略」，在電視新聞產製端可解釋爲「悠遊職場的生活藝術」，而前提是要懂得如何運用自身擁有的各種資本。至於「技能」（skill）的概念，則可解釋爲「產製高品質新聞的實力」。如果此人在電視場域中，既可「悠遊職場」又具有「產製高品質新聞的實力」，那麼他就比其他的競爭者更有機會成功。當然，如果說在場域中要個「小手段」或「小心機」，就是 Bourdieu 所說的「謀略」或「技能」，似乎也無不可。不過 Bourdieu 的這些主張，比較貼近於成語中的「知己知彼、百戰百勝」！

參、社會資本與象徵暴力

　　Bourdieu 指出，在我們的社會空間有「經濟資本」、「文化資本」、「社會資本」和「象徵資本」。「經濟資本」是由生產的不同因素（如土地、工廠、勞動、貨幣等）、經濟財產、各種收入和經濟利益所組成的。「文化資

本」有三種形式：被歸併化的形式（長期內化後所成爲的一種秉性和才能）、客觀化的形式（物化或文化財產，如油畫、骨董和歷史文物）、制度化的形式（合法化和正當化制度所承認的各種學校學位和文憑）。「社會資本」是指藉助於所占有的持續性社會關係網而把握的社會資源或財富，它有二種主要概念，一是「勞動」，二是「交換」。所謂「勞動」，指的是它必須經過某種創建和維持性的勞動過程，特別是經過行動者長期經營、有意識的籠絡、交往及反覆協調，才能形成。而所謂「交換」，指的是作爲社會投資的策略產物，它是透過交換活動而實現的，這些交換，Bourdieu 稱之爲煉金術（Calchemie），文化研究者則批判爲「利益掛勾」。而「象徵資本」是行動者以聲譽或威信累積出來的一種概念，它被經濟學家稱爲「不被承認的資本」，但有時卻比「被承認的資本」更具有效用。更確切地說，它是透過「不被承認」而「被承認」，它是透過無形和看不見的方式，達到比有形和看得見的方式更有效、更正當化目的一種「魔術般」手段和奇特的競爭力量。各種類型的資本轉化爲象徵資本時，會以更曲折和更精緻的形式，掩飾地進行資本的「正當化」和權力分配的過程，也就是各種資本匯集到社會菁英和統治階級手中的過程。Bourdieu 把這種轉換，以期貨或證券及貴金屬之間的「匯率」或「兌換率」交換來比喻（Bourdieu, 1980a, 1980b; 高宣揚，2002）。

至於「象徵性暴力」，Bourdieu 的解釋是：象徵性暴力就是一種暴力的形式，暴力的施行並非以實際的體能加以實現，而是透過各種不同的社會機制，以隱性的樣態對某些事件或行動者做出公眾事先的「預審」，形成極端的壓力，且導致事件的完全扭曲（舒嘉興，2001：8）。「象徵性暴力」強調的是「無法辨識」，也就是當人們認不出暴力時，才會同意暴力的施行。且正因爲社會施爲者接受這整套不需經過思考的基本預設，他們才會把世界當成是自然而然，或認爲世界本來就是這麼一回事。因此，「象徵性暴力」以社會認知範疇的灌輸爲基礎，也就是主流意見（doxa）的再現。這種大眾「理所當然」的認知，有可能形成「多數暴力」，但多數人並不認爲自己實行或實踐的是一種暴力，他們認爲自己維護的是一種正確的價值觀。象徵性暴力是一種內化的

意識型態，它經常會藉由語言或文字展現，所有被宰制者的範疇，不管是性別、年齡、種族、宗教或職業，都時常會被人拿來貶低，只是貶低的手法粗俗或細膩罷了（孫智綺譯，2002）。

Bourdieu 認為，象徵暴力的運作是建立在社會行動主體的「共謀」關係上，而行動主體之所以會涉入共謀的結構，是因為其心理的建構，係依照世界結構所產生的認知結構。忍受象徵性暴力者，係因其在社會空間位置結構而形成的慣習，將現存的社會體制視為理所當然。這種共謀關係透過「承認」（reconnaissance）和「誤認」（meconnaisance）的交錯過程而產生，也就是主觀的「無知」（blindness）與客觀的「合法化」（legitimation）這二種意識型態的結合。Bourdieu 特別舉了魔術師營造幻覺的例子，來說明象徵性暴力的特性。他說，大家都覺得魔術師非常神奇，表演簡直是出神入化，但魔術師的權力來源，並不在於他的手法和使用的道具有多厲害，而在於觀眾的「集體塑造」和「集體誤認」。另外，還有一個象徵性暴力的例子，是中低下階層家庭出身的考生，參加大學甄試入學口試，他隱藏自己的地方口音，而儘量使用「學術性」語言，讓自己有一種受過貴族學校教育的假象，希望能夠增加自己的錄取機會。但這名學生運用的「學術性」語言可能是不成熟的，他反而因此破綻百出，讓口試的老師認為他很虛假而得到低分，因此這名學生可說遭受到教育體制下的「象徵性暴力」。然而，他自己並沒有意識到這種暴力的存在，他可能只是抱怨自己家庭環境不好，或者是太急就章，沒有把「學術性」語言的使用給偽裝好（Bourdieu & Wacquant; Bourdieu, 1980; 邱天助，2002：167-168）。

第四節　本章小結

從理論形成的脈絡來看，Debord 的「奇觀社會」概念來自黑格爾、馬克思和青年盧卡奇的思想，在權力控制和意識型態的主張上，接近於法蘭克福學

派；Kellner「媒體奇觀」則是承接這種觀念之後，再加以延伸、擴大和修正。Debord 希望藉由《奇觀社會》，宣告馬克思面對的資本主義物化時代，已經過渡到他所認爲的「視覺表象化篡位爲社會本體基礎的顛倒世界」（Debord, 1994／王昭鳳譯，2007）。這種主張如同布希亞（Jean Baudrillard）「地圖肇生領土」（The map that precedes the territory - precession of simulacra -it is the map that engenders the territory）的概念。但是從實踐典範來解釋，如維根斯坦著名的主張：「我的語言的極限，意味著我的世界的極限」（the limits of my language mean the limits of my world），是從一種建構論的觀點出發，強調的是「我所知道和操作的世界，是由我掌握的一種形塑、形式和涵蓋」。這是一種「命運操之在我」的實踐哲學，與「奇觀論」或布希亞的「擬像超越再現」，都有本質上的不同（Gunkel & Taylor, 2014）。

Debord 在《奇觀社會評論》中，對於訊息產製者及閱聽眾都是毫不留情的大加批判，顯示在電視成爲媒體主流及奇觀主要製造者之後，Debord 對它的厭惡是有增無減。Debord 認爲，媒體王國內，充滿「無法證實的故事、無從查證的數據、沒來由的解釋及站不住的推理」，媒體從業人員對此心知肚明，卻從來不敢越雷池一步，因爲他們「受制於工資、獎金及主子的恩惠，他們隨時是可能被替換掉的人」（Debord, 1990／梁虹譯，2007：09）。Debord 認爲，奇觀產製者包藏禍心，傳播歪曲事實、過度且無用的訊息，造成閱聽眾麻木不仁，被媒體愚弄一番後還兀自拍手叫好。而新聞工作者則被打入「統治者」同路人，他們只是被監管的一群「媒體工人」，爲了保全職位卑躬屈膝，不會對現況表達抗議，也不會爲自己爭取權益。但從實踐典範的角度來看，媒體工作者並不像機器人一樣只會聽命行事，相反的，他們會使用各種場域內的規則和資源，來增加自己競爭力，並且見機行事，避開可能降臨在自己身上的災禍。如同上述 Bourdieu 所主張的「場域遊戲」、「謀略」或「技能」等主張，實踐典範讓新聞工作者成爲一個「鮮活」的社會行動者，他帶著一身的配備和一顆靈活的頭腦，在新聞場域中求生存。綜合 Debord「奇觀社會」與 Bourdieu 的實踐理論主張，我們整理出雙方差異如下表 2-4-1：

批判 和實踐典範的會診初探
　　　　——以臺灣電視遊民新聞爲例

表 2-4-1　Debord「奇觀社會」與 Bourdieu 實踐理論差異

	閱聽眾	媒體工作者	媒體主控者	媒體科技	媒體內容
奇觀社會	1. 麻木吸毒者。 2. 任人操控的木偶。	1. 犬儒主義者。 2. 無知者。 3. 共犯結構。	1. 邪惡特質。 2. 操控世界意圖。	加強奇觀統治權威的工具。	1. 單向性。 2. 去脈絡化。 3. 是謊言和毒品。
實踐理論	1. 主動閱聽人。 2. 文本意義生產者。	1. 具謀略與技能。 2. 有自主能力可改變或影響結構。	1. 結構力量強大。 2. 主體反抗力量微不足道。	提供行動者改變結構的資源和工具。	1. 受慣習和場域潛規則影響極大。 2. 商業機制產品。

　　從上表可以得知，Debord「奇觀社會」認為閱聽眾是沉溺於奇觀的吸毒者或任人操控的木偶，沒有判斷真與假、是與非的能力；而 Bourdieu 實踐理論主張的閱聽眾，則是「主動閱聽人」的概念，他們會從文本中去找尋對自己有利的資訊，並且做出合理解釋與判斷。在新聞工作者部分，Bourdieu 認為，「慣習」是行動主體在日常生活的實際行為中持續形成的，它是一種意義的結構系統，而非依照任何機械的形式或代數的邏輯（邱天助，1998：117）。因此「慣習」並非是一種強制性職場規範，或者只是把新聞工作者視為資本主義控制下的一群「僵屍」。在新聞場域中，結構力量雖強大，每個新聞工作者卻也是獨立的「行動主體」，他們有「決定自我命運」的權力，並且也能夠運用場域提供的資本和自身習得的謀略、技能（skill）創造職場優勢。因此媒體工作者有可能改變結構的遊戲規則，這跟「奇觀社會」主張媒體工作者是無知者、犬儒主義者或是控制社會的共犯結構，有很大的差異。在媒體主控者部分，Debord 認為，奇觀的影像製造者居心叵測，極具操控社會意圖，是個十分具有野心的個人或集團；而 Bourdieu 則從慣習角度出發，他認為結構的力量強大，個別員工縱使有「反抗意識」，但經過更長時間場域洗滌或工作職位改變之後，他們的反抗意識終究會消彌於無形，這是 Bourdieu 特有的「結構偏向」主張（孫智綺譯，2002：105）。媒體科技部分，Debord 認為，科技只

是主控者用來加強奇觀統治權威的工具，並不值得頌揚；Bourdieu 則認為新科技是一種場域資源，可以協助媒體工作者增強自身技能與穩固場域中地位，雙方看法差異甚大。至於媒體內容，Debord 一再強調，媒體是主要的奇觀製造者，奇觀經過精美包裝再餵食給閱聽眾，讓他們麻木後便於操控，因此奇觀內容是一種糖衣毒品。Bourdieu 則認為，媒體內容反映的是新聞工作者的「慣習形成」，慣習指的長時間的規則內化之後，新聞場域會產生一種無需言明的「自動運轉」機制，媒體生產的內容，主要是受到這個機制所牽引與規範，它是一種商業機制下的產品。

　　從理論觀點來看，Debord 的「奇觀社會」與 Bourdieu 的「實踐理論」，就像是個性截然不同的二個人，一個自律甚嚴、對人充滿警戒；一個樂觀開朗、應變能力極佳。而 Kellner「媒體奇觀」，則嘗試調和「奇觀社會」較為偏激、唯我獨尊式的主張。例如：Debord「奇觀社會」認為媒體閱聽人是不會思考的僵屍，但 Kellner「媒體奇觀」捨棄這個概念，他在方法論上採用霍爾「製碼／解碼」理論，並強調主動閱聽人的概念；同時「媒體奇觀」也不認為奇觀文本永遠都是負面或有害的，端看奇觀產製者植入文本的意識型態為何。Debord「奇觀社會」只是一個原則式或概念式的主張，而 Kellner「媒體奇觀」則向文化研究和符號學借薪取火，讓它能夠重新擁有一個針對奇觀現象進行社會病癥式診斷的好工具。不過「媒體奇觀」，雖然能夠協助我們了解社會和媒體所呈現的「癥候」問題，但它最大的缺陷，是不重視結構中的主體意識與個別行動意義，因此本書在新聞工作者動機部分，主要採用的是實踐典範中 Bourdieu 的相關理論，如此才有可能化解「媒體奇觀」理論的僵化性。有關於 Kellner「媒體奇觀」和 Bourdieu「實踐理論」上的差異，本書整理如表 2-4-2：

表 2-4-2　Kellner 媒體奇觀與 Bourdieu 實踐理論之比較

典範及概念	Kellner的媒體奇觀	Bourdieu的實踐理論
優點	1. 源自馬克思對於經濟產製的分析，強而有力的媒體批判取徑。 2. 提供具體化的案例參考及操作方式。	1. 重視結構與主體的辯證關係。 2. 強調主體能動性及結構規範力。 3. 提供場域生存術。
缺點	較難以對新聞產製端動機及個別意義進行探究。	具結構偏向並強調遵守場域規則，批判力道較弱。

　　從上表可以得知，Kellner 的「媒體奇觀」，是以 Debord「奇觀社會」作為理論基礎，經過修正、調整和借用新的研究方法後，成為一種可以顯現社會病癥的診斷式理論，它可以用來探討許多重大新聞事件所衍生的光怪陸離社會現象，並提供具體可行的研究案例參考。但「媒體奇觀」不重視新聞產製端的動機研究，是其最大的缺陷。因此，本書經由電視遊民新聞作為一個切入點，除了以「媒體奇觀」解釋及批判遊民新聞現象面，更經由 Bourdieu 實踐理論的結構與主體之辯證關係，探討電視新聞工作者產製前述具有特定偏向的遊民新聞之動機何在，以嘗試連結並補足雙方的理論缺口。

Chapter 3

研究設計與方法

第一節 研究設計

　　為了進一步了解前述臺灣主流商業媒體報導的遊民新聞，為何會出現某些特殊的類型和樣態偏向，本書蒐集 2015 年 1 月至 2017 年 1 月，近 2 年臺灣有線和無線電視媒體所播出的遊民相關新聞報導，作為主要的研究文本。這些新聞的文字和影像文本，在經過分類和歸納後，將會得出初步的分析結果。這個分析結果，將分別導入 Kellner「媒體奇觀」及 Bourdieu 的「場域」、「慣習」、「資本」等實踐理論進行解讀。經由理論，我們首先可以解釋遊民新聞與「媒體奇觀」的關係為何，並作為電視媒體及社會結構「診斷式批判」之依據；另一方面，我們也藉由深度訪談，並結合文本分析及實踐理論，以探討新聞工作者產製特定類型偏向的遊民新聞之動機為何？現今臺灣電視新聞場域又出現了哪些結構性的問題？最後並進行媒體奇觀與實踐理論之間的理論連結與互補，並導出本書之結論、發現及具體建議（本文研究設計圖如 3-1-1）。

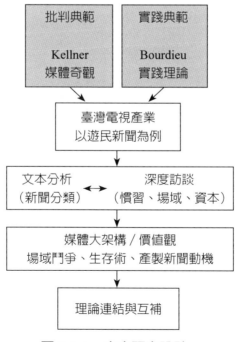

圖 3-1-1　本文研究設計

　　本書從 Youtube 上傳的新聞影片中，以「遊民」及「街友」作爲關鍵字，搜尋 2015 年 1 月至 2017 年 1 月共 2 年期間，有線新聞台包括：「年代新聞台」、「東森新聞台」、「東森財經新聞台」、「中天新聞台」、「民視新聞台」、「三立新聞台」、「TVBS 新聞台」、「壹電視新聞台」及無線電視台：「台視」、「中視」、「華視」等 11 家國內電視台，總共下載 307 則完整的新聞影片。其中「東森新聞台」及「東森財經新聞台」雖各自有新聞產出，但因共用一個新聞大平臺，且遊民相關新聞以東森新聞台占絕大多數，因此遊民新聞則數將採合併計算，並以「東森新聞台」概稱。民視無線台與民視新聞台是同一個新聞編採平臺，並未各自產出新聞，因此所有遊民新聞計入民視新聞台，而不列入「無線台」中。而中視與中天新聞台在體系上較偏向新聞採訪及供稿各自獨立，因此中視與中天新聞台將分開計算則數。由於「台視」、「中視」、「華視」總共僅蒐尋到 50 則遊民相關新聞，將統整成一個「無線老三台」類目，不再細分台視、中視、華視。而搜尋「壹電視新聞台」，僅在 Youtube 發現一則遊民相關新聞，有可能其每日新聞較少上傳 Youtube，因不具研究代表性，故將「壹電視新聞台」及該則新聞剔除。最後列入本書範圍的，包括「年代新聞台」、「東森新聞台」、「中天新聞台」、「民視新聞台」、「三立新聞台」、「TVBS 新聞台」及「無線老三台」等七個類目，總共 306 則完整的新聞影片，作爲本書遊民新聞的主要研究文本，且 306 則新聞已也足夠涵蓋本書分類所需之樣本。

　　接下來，我們將針對 306 則新聞影片進行文本分析，在經過分類、歸納和分析程序後，將可以了解臺灣有線及無線電視台新聞所建構的遊民形象，大致呈現的樣態爲何？接著，我們挑出各類型中具有代表性的一些遊民新聞，進行較爲深入的敘事和影像分析，以了解各類型遊民新聞的操作公式爲何？文本分類及分析的作用，在於看出 306 則遊民新聞具有何種類型偏向，以及各類型遊民新聞中，遊民被電視新聞所設定和建構的角色爲何？除了遊民電視新聞之

外，我們也從「東森財經台」新聞性節目──《進擊的臺灣》，找出 2015 年曾播出的「遊民尾牙宴」、「580 協會送愛心」、「石頭湯計畫」、「億萬富豪淪街友」等四個與有遊民有關的專題報導單元，進行初步的文本敘事結構和鏡頭語言分析，以進一步了解，電視新聞性節目中，遊民社會問題的脈絡是否被深入的探討？以及遊民在專題報導中被形塑的角色與這個角色所代表的社會意義，是否和一般即時新聞有所差異？

　　文本分類和分析初步完成後，我們將以此結果作為問題，進行電視新聞工作者的深入訪談，以解釋與印證前述文本分析結果，並且進一步了解，電視台為何對某些類型遊民新聞特別有興趣？它跟「媒體奇觀」的建構有何關係？同時，電視新聞工作者為何對產製某些類型的遊民新聞較有興趣？這些特殊類型的遊民新聞是如何產製出來的？它們又如何反映出電視新聞場域的規則和機制問題？本書研究方式與對應目的如表 3-2-1：

表 3-2-1　研究方式與對應目的

	內容	對應目的
文本分析	1. 2015 年 1 月至 2017 年 1 月，「年代新聞台」、「東森新聞台」、「中天新聞台」、「民視新聞台」、「三立新聞台」、「TVBS 新聞台」及「無線老三台」，共 306 則新聞影片。 2. 東森財經台《進擊的臺灣》節目之〈遊民尾牙宴〉、〈580 協會送愛心〉、〈石頭湯計畫〉、〈億萬富豪淪街友〉等 4 單元專題報導。	1. 為遊民相關新聞進行分類，以了解電視台及新聞工作者對遊民新聞產製類型之偏好。 2. 了解各類型遊民新聞的操作公式為何。 3. 了解遊民在電視新聞性節目中被建構的角色及其代表的社會意義為何。

深度訪談	1.針對「年代新聞台」、「東森新聞台」、「中天新聞台」、「民視新聞台」、「三立新聞台」、「TVBS新聞台」及「無線老三台」等有線及無線電視台之新聞工作者共25人進行深度訪談。 2.訪談《進擊的臺灣》節目：〈遊民尾牙宴〉、〈580協會送愛心〉、〈石頭湯計畫〉、〈億萬富豪淪街友〉等單元，負責採訪及製作專題的4名文字和攝影記者。	1.說明即時新聞和新聞性節目專題單元的文本分析結果。 2.電視新聞工作者為何偏愛產製某些類型的遊民新聞？這些類型的遊民新聞是如何被產製出來的？ 3.結構提供新聞工作者何種資本與工具？他們如何運用？ 4.新聞工作者在場域中生存策略與技能為何？ 5.「慣習」結構是否能使主體反抗意識消彌於無形？

壹、電視新聞文本

本書從「年代新聞台」、「東森新聞台」、「中天新聞台」、「民視新聞台」、「三立新聞台」、「TVBS新聞台」及「無線老三台」等國內有線及無線電視台，在Youtube上傳的資料中，搜尋出306則新聞影片，各台遊民新聞數量及占比整理如表3-2-2：

表 3-2-2　306 則遊民相關新聞在各台之數量及占比統計

台別 數量	年代 新聞	東森 新聞	中天 新聞	民視 新聞	三立 新聞	TVBS 新聞	無線 老三台	合計
合計	33	53	36	70	30	34	50	306
占比	11%	17%	12%	23%	10%	11%	16%	100%

遊民相關新聞報導數量，以「民視新聞台」70則最多、占比23%；其次「東森新聞台」有53則、占比17%；「無線老三台」有50則、占比16%。數量最少的是「三立新聞台」，計有30則、占比10%。

Widdowfield（2001）將主流媒體遊民新聞概分為三大類，第一類是「不

正常他者」：遊民被強調和一般「正常人」不一樣，他們被歸類為反常的、低等的和非我族類。第二類是視遊民為「犯罪者」：他們多是詐欺活動和行為失控的犯罪者，對公眾充滿威脅。以上二個概念反映出遊民是「讓人不屑一顧的窮人」。而第三個概念剛好相反，遊民被視為「可憐的受害者」：遊民應該是被救援的窮人；在這樣的概念下，遊民被定位為失去靈魂或令人同情的可憐蟲。Darrin Hodgetts 等三位學者，發展出第四種遊民概念：遊民被視為「反敗為勝的男演員」。這種概念下的遊民，通常都會經歷一段悲慘的遭遇，但他們終能戰勝命運，重回社會，並且反思自己過去的流浪街頭生活（Darrin Hodgetts, Andrea Cullen, Alan Radley, 2005: 33）。戴瑜慧、郭盈靖（2012）則是將臺灣主流平面媒體遊民新聞「犯罪類型報導」，細分為「遊民是犯罪者或加害者」及「遊民是受害者」二類；而「假日慈善報導類」則細分為「遊民是被嫌惡或歧視者」、「遊民是可憐者或被施恩者」二類。本書參考上述學者對於遊民新聞的分類，整併為「遊民是犯罪者或加害者」、「遊民是受害者」、「遊民是被嫌惡或歧視者」、「遊民是可憐者或被施恩者」、「遊民獵奇」等五大類目，其操作型定義如表 3-2-3。正式登錄前，與另一名編碼員進行信度測試。經筆者提供編碼員需知，並仔細說明各項類目之操作型定義，在雙方對類目操作型定義及分析單位皆有共識下，各自進行五大類目編碼工作。測試結果互相同意度／信度為 0.81/0.90，已達內容分析（信度達 0.8 以上）之要求（王石番，1999）。

表 3-2-3　五大類目之操作型定義及新聞內容

代號	分類	操作型定義	新聞內容
A	遊民是犯罪者或加害者	新聞報導內容中，遊民被界定為「加害人」。	遊民恐嚇他人、遊民毆打他人、遊民傷害或殺害他人、遊民偷竊、遊民縱火、街友聚眾鬥毆、遊民搶奪食物。
B	遊民是受害者	新聞報導內容中，遊民被界定為「受害人」。	遊民遭毆打、遊民遭殺害、遊民被驅趕、遊民被辱罵、遊民被當人頭、警察踹街友、遊民被潑水及囚禁、親人棄養。

代號	分類	操作型定義	新聞內容
C	遊民是被嫌惡或歧視者	遊民行為未涉及犯罪，但新聞報導中有嫌惡遊民行為之用語或政治人物明顯歧視遊民之言論。	1. 龍山寺遊民、臭味、噪音多。 2. 柯文哲：萬華遊民洗乾淨變遊客。 3. 建中校長：名校生、遊民選票不等值。 4. 鍾小平：把遊民載到陽明山。 5. 街友露宿車站及公共場所惹人嫌、有損城市形象。 6. 遊民當街便溺、騷擾路人、醉倒路邊令人厭惡。
D	遊民是可憐者或被施恩者	新聞報導內容中，遊民是被施捨、受幫助者或令人覺得可憐、不捨者。	1. 遊民尾牙宴及寒士宴。 2. 藝人、宮廟、民間團體捐贈物資或金錢給遊民。 3. 協助遊民做事。 4. 遊民野外受凍。 5. 提供遊民避寒住所。
E	遊民獵奇	1. 定義「獵奇」為：刻意蒐尋奇異特殊的事物。 2. 遊民具特殊身分或在當遊民之前有較佳之學歷、職業或社會地位。 3. 遊民逆轉勝故事。 4. 遊民之最。如：最年輕遊民、最帥遊民、最美遊民。 5. 一般人因好奇或任務需求而體驗、扮演遊民。 6. 以遊民為主題的社會實驗影片。 7. 非屬前列各項類目範圍，而遊民行為奇特、怪異足以吸引閱聽眾注意者。	1. 老闆或主管變街友、銀行副總變街友、黑道幫主變遊民、19歲遊民、神似藝人遊民、高學歷遊民、遊民變老闆、街友變英雄、遊民成現代原始人、遊民變咖啡店員工或導遊、赤裸遊民出現女宿舍、女街友霸住警所及法院等。 2. 遊民體驗營、一日遊民、假扮遊民辦案。 3. 社會實驗影片 (1) 人情冷暖？富人、街友跌倒，待遇大不同。 (2) 街友給錢是羞辱？實驗影片引發熱議。 (3) 男偷塞錢讓街友開心購物，後續發展感動百萬網友。

在確認各自類目的操作型定義之後，本書將開始進行 306 則遊民新聞影片的分類工作。我們希望先從五大類目中的每個類別遊民新聞數量統計，看出電視遊民新聞具有哪些**類型偏向**。因為唯有先找出電視台偏愛哪一類型的遊民新聞，我們才能依此結果，進行訪談電視新聞工作者：「為何這類遊民新聞產製的數量特別多？這對電視台和電視新聞工作者有什麼好處？」另外，從特定類型偏向的遊民新聞文本中，我們也將分析出它的敘事和影像表現特色，並以此結果訪談新聞工作者：「為何遊民新聞會以如此的敘事和影像結構呈現？這是記者個人創意的發想？還是電視台長官的要求？遊民新聞的呈現方式和電視新聞的收視率表現，有什麼樣的關聯性嗎？」上述本書所列的問題，都需要先找出遊民新聞的類型偏向與呈現模式，才能繼續往下探究本書想要得到的答案。

貳、深度訪談

一、受訪者挑選

本書蒐集 306 則新聞文本，將依各電視台遊民新聞數量之占比，挑選出 25 位電視新聞工作者進行深度訪談。占比 10-14% 者，挑選出 3 人；15-19% 者，挑選出 4 人；20-24% 者，挑選出 5 人；總計新聞文本部分，共需挑選出 25 人。訪談人員將涵蓋電視新聞場域的文字記者、攝影記者、主播、主編、新聞製作人、新聞部主管等人，以深入了解遊民新聞之訊息來源、遊民新聞如何被判定具有採訪價值、如何決定表現形式、如何剪輯、後製、包裝、把關等完整產製流程。由於筆者工作場域之便，找到了代號 Z1 至 Z4 的 4 位受訪者，正好是列入本書四個新聞節目文本的採訪者，他們可以針對遊民新聞專題的產製流程及採訪動機進行深度訪談。雖然其他電視台的新聞性節目，也曾在本書文本蒐集期間（2015.1-2017.1）製播過相關遊民專題，但因無法訪談到產製這些專題的記者，因此僅能以東森財經台《進擊的臺灣》節目之「遊民尾牙宴」、「580 協會送愛心」、「石頭湯計畫」、「億萬富豪淪街友」等四個單元，作為新聞性節目專題的研究文本。在以電話及 LINE、FACEBOOK 等通

訊軟體確認部分鎖定的電視新聞工作者有意願受訪之後，研究者即寄出訪談大綱（如本書附錄），並再次確認受訪者約定之訪談時間。

　　本書採取質性研究之深度訪談法，以印證Bourdieu的所提出的「場域」、「慣習」、「資本」等理論，是否可以用來解釋電視新聞工作者產製特定類型偏向的遊民新聞動機？深度訪談法有幾個重要特點，包括：1.結合結構與彈性。2.強調互動本質。3.具有深入性、探討性及解釋性，並注重細微差異。4.可以在研究的某個階段創造出新知識和新想法（藍毓仁，2008：142）。在訪談過程中，本書採取的是「半結構式訪談法」，雖然訪談內容及順序，大致照著訪談大綱進行，但是當受訪者談到某個重要關鍵點，筆者認為可能極具價值時，仍可順著受訪者留下的線索繼續追問，或者插入一個新的訪談問題，使得訪談內容能夠更具展延性與深度。為了保護受訪者，本書受訪的 29 位新聞工作者一律匿名，並以英文代號呈現。訪談人員之挑選過程及身分如表 3-2-4 及表 3-2-5：

表 3-2-4　新聞文本訪談人員之挑選

台別 統計	年代 新聞	東森 新聞	中天 新聞	民視 新聞	三立 新聞	TVBS 新聞	無線 老三台	合計
新聞則數	33	53	36	70	30	34	50	306
占比	11%	17%	12%	23%	10%	11%	16%	100%
取樣人數	3	4	3	5	3	3	4	25

　　本書蒐集之 306 則新聞文本中，以「民視新聞台」的遊民新聞占比最高，因此需訪談 5 位民視新聞台人員；其次為「東森新聞台」、「無線老三台」，各需訪談 4 位受訪者。新聞文本較少的「年代新聞台」、「中天新聞台」、「三立新聞台」及「TVBS 新聞台」，則各挑選 3 位受訪者。另外，還包含了「東森財經新聞台」製作新聞節目遊民相關專題的 4 位電視新聞工作者，總計有 29 位受訪者。

表 3-2-5　本書訪談人員一覽表

項次	台別及職稱	姓名代號	年資（年）	性別	訪談日期	訪談時間（分）
01	民視新聞台文字記者／主播	A	6	女	2017.06.30	30
02	民視新聞台攝影記者	B	1	男	2017.06.30	31
03	民視新聞台文字記者／主播	C	7	男	2017.07.04	33
04	民視新聞台主任	D	16	男	2017.07.08	40
05	民視新聞台南部中心主管	E	25	男	2017.07.10	33
06	東森新聞台編輯	F	16	女	2017.06.23 2015.12.28	30
07	東森新聞台新聞時段製作人	G	12	男	2017.06.23 2015.12.31	35
08	東森新聞台調查中心 文字記者	H	20	男	2017.06.26 2015.12.31	30
09	東森新聞台攝影記者	I	11	男	2017.06.27	44
10	無線老三台文字記者	J	2	女	2017.06.07	30
11	無線老三台文字記者／主播	K	4	女	2017.06.08	30
12	無線老三台主管／主播	L	15	男	2017.06.08	31
13	無線老三台攝影組主管	M	17	男	2017.06.09	32
14	年代新聞台文字記者／主播	N	18	女	2017.06.27	35
15	年代新聞台攝影記者	O	11	男	2017.06.21	35
16	年代新聞台文字記者／主播	P	13	女	2017.07.10	29
17	三立新聞台新聞部主管	Q	25	女	2017.06.21	31
18	三立新聞台專題組文字記者	R	17	男	2017.07.05	30
19	三立新聞台資深攝影記者	S	20	男	2017.07.10	31
20	中天新聞台專題組文字記者	T	12	女	2017.06.09	28
21	中天新聞台主管／主持人	U	16	女	2017.06.13	30
22	中天新聞台攝影記者	V	7	男	2017.07.13	34
23	TVBS 新聞台專題文字記者	W	17	女	2017.06.06	33

項次	台別及職稱	姓名代號	年資（年）	性別	訪談日期	訪談時間（分）
24	TVBS 新聞台組長	X	18	男	2017.06.21	35
25	TVBS 新聞台資深編輯	Y	22	女	2017.07.01	38
26	東森財經台文字記者／主播	Z1	17	女	2017.06.09	45
27	東森財經台資深編導	Z2	30	男	2017.06.15	39
28	東森財經台攝影記者	Z3	5	男	2017.06.16	32
29	東森財經台文字記者／主播	Z4	5	男	2015.12.30	30

表 3-2-6　本書訪談人員職別統計

職別	人數	比例
新聞部主管（召集人以上）	7	24%
文字記者兼任主播	7	24%
文字記者	5	17%
攝影記者／編導	7	24%
編輯、主編	2	7%
新聞時段製作人	1	4%
合計	29	100%

　　在受訪者職別中，召集人以上的新聞部主管（含召集人、組長、主任、經理、總監）共有 7 位，由於是匿名訪談，因此若新聞部或單位中僅有一位總監或經理，容易被辨識出，則受訪者職別以「新聞部主管」模糊呈現。受訪者中，文字記者兼任新聞主播有 7 位；一般文字記者有 5 位。攝影記者、資深攝影記者、編導，共有 7 位；編輯、主編有 2 位；新聞時段製作人有 1 位[7]。總計

7　電視新聞製作人為任務性質所設置之職務，不具真正管理權，因此不列入新聞部主管統計。

本書共有 29 位深度訪談的受訪者，工作年資統計如表 3-2-7：

表 3-2-7　本書訪談人員新聞工作年資統計

年資區段	人數	比例
1-5 年	5	17%
6-10 年	3	10%
11-15 年	6	21%
16-20 年	11	38%
21-25 年	3	10%
26-30 年	1	4%
合計	29	100%

在新聞工作者的年資部分，由於本書的訪談設計，是針對較資深的電視新聞工作者，希望由他們多年的工作經驗，來印證 Bourdieu 的「慣習」、「資本」、「謀略與技能」等理論是否適用於新聞工作場域？因此受訪者的挑選，是以 10 年以上電視新聞工作者優先。但是，10 年以上年資的資深新聞工作者，跟 10 年以下較資淺的新聞工作者，在新聞場域中，對於遊民新聞採訪、新聞處理、人際關係、場域鬥爭、資源的運用、價值觀、人生觀等，可能在想法和做法上都有很大的不同。因此，在考量之後，本書在受訪者的挑選上，仍然保留部分 10 年以下的中等年資及較資淺的新聞工作者，大約占總訪談人員比例三分之一以下的數量。至於訪談人員的性別統計如表 3-2-8：

表 3-2-8　本書訪談人員性別統計

性別	人數	比例
男	17	59%
女	12	41%
合計	29	100%

在受訪人員的性別比例上，男與女的比例約爲 59：41。目前臺灣有線新聞頻道及無線電視台新聞部，攝影記者絕大部分是男性，女性攝影記者極爲少見。再加上受訪的新聞主管、文字記者等，也有一半是男性，因此本書受訪者的性別比例，男性較高於女性。

二、擬定訪談大綱

在進行深度訪談之前，筆者已從 306 則遊民新聞文本中進行初步的文本分析，並得知各類新聞文本中，以獵奇類的遊民新聞數量爲最多，並以此結果爲基礎，進行 8 大題訪談問題的擬定，每一大題當中又包含許多子題，所以受訪者實際回答的問題大約有 20 題。設計成 8 大題的主要原因，在於讓受訪者收到訪談大綱時，認爲自己「只需回答 8 題」，而不是「需要回答 20 題以上」，藉此降低受訪者的心理壓力，並防止受訪者臨時打退堂鼓，提高深度訪談的成功機率。訪談問題及對應之訪談目的如表 3-2-9：

表 3-2-9　訪談問題及目的

問題	目的
1. 請問您在電視台擔任什麼職務？年資多久？您個人對臺北火車站和萬華龍山寺附近的遊民，印象和感覺是什麼？	1. 了解受訪者背景。 2. 了解受訪者個人與遊民有關的生活經驗。
2. 通常遊民新聞的訊息來自何處？電視台爲什麼會對獵奇類的遊民新聞特別有興趣？多產製這一類的遊民新聞，對電視台有什麼好處？	1. 了解遊民新聞類型偏向的形成原因。 2. 了解電視新聞工作者對遊民新聞的揀選方向爲何？ 3. 了解電視新聞工作者在新聞場域的慣習形成。
3. 對於獵奇類或具有特殊故事性的遊民新聞，在新聞稿的撰寫、攝影技巧及後製包裝上，您會比較強調哪些方面呈現？處理這些獵奇類或具有特殊故事性的遊民新聞時，長官會特別關切或交待什麼事嗎？如果長官不喜歡您的處理模式，	1. 了解電視新聞工作者對於被列爲「日常奇觀」新聞的可能處理模式。 2. 了解電視新聞工作者處理「日常奇觀」新聞時可能遭遇的壓力來源及其處理模式爲何？ 3. 了解電視新聞場域的慣習形成。

問題	目的
他通常會怎麼做？而您又會如何回應或調整？	4. 了解新聞場域中「象徵性暴力」的可能形成原因。
4. 過去在製播遊民新聞時，有沒有出現過什麼特殊狀況？在保護遊民隱私方面，比較需要特別注意的有哪些？	1. 了解製播遊民新聞的特殊狀況。 2. 了解保護遊民個資及隱私措施。
5. 在電視的工作環境中，您認為「獲得長官的讚許」及「和長官的想法一致」，哪一項比較重要？另外，「新聞專業能力表現」和「與長官交情好」這二件事，哪個比較重要？	1. 了解電視新聞場域的慣習形成。 2. 了解新聞場域的資本和工具面向。 3. 了解新聞工作者在場域中如何運用謀略與技能。
6. 您曾經激烈反抗過長官對新聞處理的指示嗎？是為了什麼事？後來怎麼解決？您如何在工作場中保護自己，以避免自己製作的新聞被控告或被長官找麻煩？	1. 了解新聞工作者在場域中的反抗意識、反抗能力與反抗效果。 2. 了解新聞場域中「象徵性暴力」的可能形成原因。 3. 了解新聞工作者在場域中如何運用謀略與技能。
7. 一個新進的人員，您認為他應該如何做才能更容易適應這個環境？「特立獨行」和「關係良好」的人，誰在這個場域中比較能存活？外界批判電視新聞品質和電視記者素質愈來愈低落，您認為這是主管或是記者的問題較大？	1. 了解電視新聞場域的慣習形成。 2. 了解新聞工作者在場域中如何運用謀略與技能。 3. 了解現今新聞場域中，影響新聞品質的主要因素為何？ 4. 了解電視新聞場域的結構性問題。
8. (只訪談線上記者) 您認為記者的作品，如果在各種新聞獎項中得獎，那麼記者在這個場域中可以獲得更多的資源嗎？	了解新聞工作者在新聞場域中如何運用資本和工具。

　　上述有關本書深度訪談的八大題，主要是根據Bourdieu對「慣習」、「場域」、「資本」等理論的相互關係而設計，筆者希望藉由訪談，了解電視新聞工作者建構「日常奇觀」的動機、方式、過程、心態、想法，及其個人在新聞工作場所中的慣習形成、場域鬥爭、資本及策略運用。筆者依據 Bourdieu 理論作為基礎，先假想新聞工作者在場域中可能會遭遇到的狀況，並藉由獵奇類

遊民新聞的建構作為切入點，將筆者想要了解的問題及疑惑，全部拆解進這 8 大題問題及其子題中。

例如：第一題的設計，除了記錄受訪者年資和工作職位之外，主要用意在於了解受訪者個人對遊民的觀感及生活經驗連結，因為行動者「慣習」的形成，必須追溯至個人日常生活經驗形成的「前結構」。雖然新聞工作者可能依場域規則或潛規則處理遊民新聞，但是我們仍然需要了解，受訪的新聞工作者，他個人對於遊民的真正觀感及想法，因為個人真正觀感和想法，仍有可能在無意識中影響他於遊民新聞的處理。第 2 至 4 題的設計，主要在了解電視媒體為何偏愛獵奇類遊民新聞，其產製動機為何？並試圖了解場域規則和慣習的力量，是如何影響新聞工作者產製遊民新聞？新聞工作者的壓力來源，又是如何改變他產製遊民新聞時的自主意願？我們在電視新聞中所看到的遊民新聞，是經過多少新聞工作者彼此之間的合作、爭吵、折衝、鬥爭和利害算計所形成的結果？在受訪者回答這些問題的同時，也等於在印證上述 Bourdieu 對「慣習」、「場域」、「資本」等理論相互關係的論述是否合理。

第 5 至 8 題的設計，將範圍拉大，我們進一步探討的是，這樣的遊民新聞的產製過程，是在什麼樣的新聞場域結構與環境所孕育出來的？Bourdieu 所主張的「新聞工作者的反抗意識」，在現今臺灣電視新聞場域是否仍然存在？若它真的存在，對於電視新聞場域與結構，能夠發揮多少影響力或改變的力量？另外，藉由這次的訪談，我們也要深入了解，電視新聞場域中「象徵性暴力」所表現出來的樣態及其可能形成原因為何？同時，第 5 至 8 題的設計，也在於了解新聞場域中的鬥爭遊戲是如何進行的？以及新聞工作者如何在新聞場域中，運用資本、人脈、謀略與技能，以期能改變自己在場域中的既定位置。

另外，針對新聞性節目專題，除了上述 8 大問題之外，我們也為 4 位文字記者及攝影記者所製作的專題內容，設計了一些比較不一樣的訪談問題。主要的目的在於了解這 4 位記者是否因採訪遊民專題，對於遊民問題及遊民在鏡頭前扮演的角色，有比一般採訪每日即時新聞的記者，有更深一層認識與反思。新增訪談問題如表 3-2-10：

表 3-2-10　代號 Z1 至 Z4 新增訪談問題

訪談人員	新增訪談問題
代號 Z1、Z3 （遊民尾牙宴）	1. 當初為什麼會想要去做刈包吉這個專題？ 2. 做這麼長的遊民尾牙宴單元，跟做那些短新聞比起來，除了長度之外，您覺得最大的差別何在？ 3. 遊民來吃這一餐尾牙宴，但是有更多餐沒有著落，您覺得來吃這餐對他們是什麼意義？ 4. 裡面有一個鏡頭大家印象很深刻，就是 3 秒掃完一盤蝦子，您覺得他們是真的餓肚子餓到那種地步嗎，還是當時的氛圍，大家覺得這樣搶很有趣？ 5. 這個搶食物的鏡頭，您會覺得是專題最大的亮點嗎？它對專題是有加分呢，還是您希望它達到什麼效果？ 6. 採訪及播出之後，跟後續觀眾給你的回饋當中，您怎麼重新看待刈包吉這個人呢？ 7. 鏡頭表現出來的遊民形象，如果跟他們實際的形象有落差，或者如果您為了突顯新聞的元素而強化了某個部分的遊民形象，您個人對於採訪的遊民會產生歉疚感嗎？您怎麼去調適這種心情？怎麼說服自己？
代號 Z2、Z4 （580 協會送愛心、石頭湯計畫、億萬富豪淪街友）	1. 同樣是善心團體，您覺得在採訪「580 協會」和「石頭湯計畫」，感覺有什麼差別嗎？ 2. 報導內容提到，當地有很多人反應說這些遊民聚集在這裡，你如果愈施捨，他們就愈不工作，您覺得這些人的質疑跟反彈是否有道理？ 3. 您會不會擔心在採訪這些單元過程中，有些人所謂的「幫助遊民」其實只是在表演一場秀？媒體也只是他們被宣傳及利用的工具？ 4. 在遊民專題的拍攝過程中，鏡頭語言的呈現和即時新聞有何差別？您怎麼去抓住文稿當中所要表現的情緒？ 5. 為了縮短拍攝時間或是讓拍攝更順利，有時候攝影記者需要「下指導棋」，類似於導演的角色，指導遊民進行模擬動作，會有這樣的需求嗎？ 6. 假設要求遊民做一些你們需要的模擬動作是必要的，您覺得這種手法的呈現，會不會使您的專題變成一種情境劇？ 7. 您覺得在拍攝專題過程中，遊民的角色會比較像是臨時演員嗎？

三、訪談過程

　　確認受訪人員訪談意願及訪談大綱後，開始執行訪談和錄音工作。訪談地點以研究者工作場所之小型會議室爲首選，因爲環境安靜且不會隨時被打斷訪談，受訪者也較能暢所欲言。其次的訪談地點是受訪者的工作場所，大都在受訪者辦公室、休息區或電視台一樓會客區。但在訪談過程中，受訪者可能因公務電話鈴響或辦公室工作人員詢問公務而必須被迫中斷訪問，訪談情緒上也因此受到一些影響，但錄音品質還在可以控制的範圍內。當受訪者表明不希望在其工作場所內接受訪談，也不方便到筆者工作地點受訪，在不得已情況下，最後的選擇是受訪者附近的咖啡廳或簡餐餐廳。這類地點的共同缺點是大都會播放音樂，且人員出入頻繁，背景音吵雜，容易受到鄰桌談話干擾，錄音品質並不佳，但談話內容還算可以辨識。

　　由於電視新聞工作者，平日工作繁忙，受訪者大都是利用中午或晚間下班後休息時間接受訪談，因此本書訪談時間大都控制在 30 分鐘左右，以免影響受訪者工作及休息時間。當受訪者表明可以有多一點時間進行訪談，則訪談時間可能延長到 40 至 45 分鐘。訪談內容中，若受訪者明白透露個人或其相關同事姓名，本書將自動隱藏這些姓名，或以代號呈現。若訪談內容涉及受訪者個人或其相關同事、長官隱私，而與研究主題及範圍無太大相關聯時，本書將會保留這些談話內容，不引用至研究內容中。

　　另外，由於筆者也是電視新聞工作者，與本書受訪者身處各自不同的新聞場域，但卻是在同一個電視新聞的大環境中。雖然深度訪談法強調，研究者不宜在訪談問題外，多發表個人看法或試圖導引受訪者回答，但有時受訪者在回答問題後會反問：「我們這裡的長官是這樣做，那你們台的長官會怎麼處理？」；「我們最近好幾個組的人全部被 × 台挖走，× 台沒有去你們那裡挖人嗎？」諸如此類的問題，如果筆者不以同樣是新聞工作者的身分與受訪者進行一些互動或回應，只一味要求受訪者專心回答研究問題，整個訪談過程恐會陷入儀式性討論，無法讓受訪者眞正的放鬆心情或信任筆者，將其日常工作場

域中所遭遇最真實的情景及個人最深刻的感受表達出來。因此，訪談過程中會出現一小部分，筆者與受訪者類似於聊天的內容，可能與訪談主題並無太大的關聯性，其目的在於讓受訪者卸下心防，融入真實而自然的訪談情境中。這些訪談內容，看起來都只像是在談論彼此工作上的瑣事，但其實這正是「實踐典範」理論的特色。因為「實踐典範」的研究，是要從眾多行動者所經歷看似模糊、沒有邏輯性的日常生活實踐中，提煉出一定程度的共同規則和邏輯出來，但是這種邏輯性又不能提煉得太超過，否則反容易失真（Giddens, 1984／李猛、李康譯，1998）。那麼電視新聞工作者生活實踐的邏輯性該如何提煉得「恰到好處」？這正是本書緊接著要進行的功課。

由於在訪談前已向受訪者表達，在本書發表時，29 名受訪的電視新聞工作者都將以匿名呈現，因此受訪者大都能針對訪談問題暢所欲言，較少出現欲言又止或言不由衷、言不及義的情況。以表達能力而言，文字記者兼任主播、新聞主管、文字記者等，都表現極佳；部分攝影記者會出現誤解研究者問題、離題或研究者不太了解其回答的語意狀況發生，此時，筆者必須再重新提問一次問題，例如：「您說的部分我了解！但我剛問的問題，您可能沒有聽懂，我的意思是說……」；「我問的如何包裝新聞問題，指的是後製效果而言，您可以重新再回答一次嗎？」雖然攝影記者口條沒有文字記者、主播、新聞主管來得好，但有些資深攝影記者，因為人生閱歷豐富，他們會從另一種視角來解讀新聞場域問題，這些也是筆者在訪談過程中意想不到的收穫。

Chapter
4

電視新聞的遊民形象
呈現

● 第一節　遊民新聞的獵奇偏向

　　本書蒐集「年代新聞台」、「東森新聞台」、「中天新聞台」、「民視新聞台」、「三立新聞台」、「TVBS 新聞台」等六家有線電視新聞台及「無線老三台」，總共 306 則與遊民相關的新聞影片，經以五大類目進行分類之後，可以發現各個電視台遊民新聞呈現的樣態如下：

1. 年代新聞台以「遊民是受害者」及「遊民是可憐者或被施恩者」這二大類最多；其次是「遊民獵奇」；最少的是「遊民是犯罪者或加害者」。
2. 東森新聞台以「遊民獵奇」最多；其次是「遊民是受害者」；最少的是「遊民是被嫌惡或歧視者」。
3. 中天新聞台以「遊民是受害者」最多；其次是「遊民獵奇」；最少的是「遊民是犯罪者或加害者」。
4. 民視新聞台以「遊民是可憐者或被施恩者」最多；其次是「遊民獵奇」；最少的是「遊民是受害者」。
5. 三立新聞台以「遊民獵奇」及「遊民是犯罪者或加害者」最多；其次是「遊民是受害者」；最少的是「遊民是可憐者或被施恩者」。
6. TVBS 新聞台以「遊民獵奇」及「遊民是犯罪者或加害者」最多；其次是「遊民是被嫌惡或歧視者」；最少的是「遊民是可憐者或被施恩者」。
7. 「無線老三台」以「遊民獵奇」最多；其次是「遊民是可憐者或被施恩者」；最少的是「遊民是被嫌惡或歧視者」及「遊民是犯罪者或加害者」。

　　上述統計可以看出，東森新聞台、三立新聞台、TVBS 新聞台、及「無線老三台」最常出現的都是「遊民獵奇」類相關報導。年代新聞台、中天新聞台、民視新聞台最常出現「遊民是受害者」及「遊民是可憐者或被施恩者」的相關報導。總計 306 則與遊民相關的新聞影片中，各臺平均統計數量以「遊民獵奇」類最多，有 88 則、占比 29%；其次是「遊民是可憐者或被施恩者」類，

有 69 則、占比 22%；「遊民是受害者」類也有 67 則、占比 22%；數量最少的是「遊民是被嫌惡或歧視者」類，僅有 37 則、占比 12%（如表 4-1-1）。整體來說，「遊民獵奇」類的數量明顯偏高，而新聞當中對遊民有嫌惡及歧視報導內容者占最少數。上述現象顯示臺灣主流電視台，普遍對於具特殊身分、新奇、有趣、怪異、逆轉勝等元素的遊民新聞較有興趣；另一方面，因為近年遊民關懷團體的介入及人權、個資保護意識的提高，主流電視新聞出現明顯嫌惡或歧視遊民的內容及用語，這二年來也明顯的減少。

表 4-1-1　306 則遊民相關新聞影片之分類結果

台別 類別	年代 新聞	東森 新聞	中天 新聞	民視 新聞	三立 新聞	TVBS 新聞	無線 老三台	合計	占比
遊民是犯罪者 或加害者（A）	4	11	2	7	10	8	3	45	15%
遊民是 受害者（B）	9	14	14	6	5	6	13	67	22%
遊民是被嫌惡 或歧視者（C）	5	6	4	9	3	7	3	37	12%
遊民是可憐者 或被施恩者 （D）	9	7	4	28	2	5	14	69	22%
遊民獵奇（E）	6	15	12	20	10	8	17	88	29%
合計	**33**	**53**	**36**	**70**	**30**	**34**	**50**	**306**	**100%**
占比	11%	17%	12%	23%	10%	11%	16%	100%	

一、遊民是犯罪者或加害者

　　這個類型的 45 則新聞中，聚焦在「臺灣導演林伯勳在大陸珠海遭遊民攻擊昏迷」這則新聞當中，6 家有線新聞台總共出現 6 則相關報導，占比約 13%。新聞內容大都是報導臺灣導演林伯勳，在大陸珠海想幫一名穿著短袖衣

服的遊民披上外套，結果可能因為驚嚇到睡覺中的遊民，反而遭到該名遊民持凶器刺傷而陷入昏迷。新聞中出現林伯勳滿身是血在醫院急救的畫面，但僅有林伯勳助理及海基會官員的電話訪問，而無行凶遊民的相關畫面或說法。其餘值得重視的新聞，還包括一些車站遊民鬥毆及犯罪事件，新聞標題分別是：「北車街友聚眾鬥毆　一人頭破血流倒街頭」、「街友聚集臺北車站　『占地為王』成群聚熱點」（東森新聞）；「扯！遊民占北車　向觀光客乞討還嗆打人」（民視新聞）；「街友客運站乞討！不給用搶的　婦人嚇壞」（TVBS 新聞）。

東森新聞台在 Youtube 上傳的「臺北車站遊民鬥毆事件」，分為二則新聞：一則是事件主新聞；另一則是探討臺北車站「遊民為患」的搭配稿。在主新聞中，出現一名男子橫躺在人行道上，旁邊散落著一堆酒瓶及免洗杯，隨後一名拄著拐杖的男子，走過來用他的拐杖打了地上的男子一下。不久，警方到場，開始抓捕涉嫌鬥毆的幾名男子，其中一名被捕男子和警方發生激烈口角及拉扯。新聞旁白說，三名遊民酒後圍毆另一名遊民，並將他打得頭破血流後一哄而散。記者最後對該則新聞下的結論是：「可怕的行徑，這是臺灣社會底層看不見卻又一痛再痛的傷疤！」而另一則搭配稿，則是以鏡頭記錄臺北車站遊民景象，並且也拍到了在主新聞中，與警方發生衝突的那名男遊民在臺北車站大聲咆哮畫面。警方在接受記者的訪問中說，會加強臺北車站周邊巡邏，以防止遊民不斷滋事。最後，該則新聞再剪輯一名女遊民，用掃把打掉遊客雨傘的畫面，以顯示遊民的「凶狠」與「霸道」。不過在主新聞中，發生鬥毆的幾位遊民，衣著明顯比較整齊，似乎與長期夜宿臺北車站的遊民有所不同，可能是剛從外縣市來到臺北車站的人。但東森新聞的這二則新聞，並未探究其中差異，也未深入了解遊民生活圈中的結構變化，使得原先「安分」生活的臺北車站周邊遊民，因為這起鬥毆事件，都被媒體一起形容為「占地為王、民眾不堪其擾」的都市之瘤。這一類的新聞中，媒體形塑遊民的身分是：**危險的攻擊者、治安不定時炸彈與街頭犯罪者**。

二、遊民是受害者

「遊民是受害者」類型的 67 則新聞，聚焦「二名少年拿安全帽毆打 73 歲老遊民並錄影 PO 上網路」新聞，總共出現 18 則這個事件的相關報導，占比約 27%。在第一天的新聞報導中，6 家有線新聞台及「老三台」都播出二名少年狂暴毆打老遊民相關畫面。這則新聞，TVBS 新聞台有 2 分鐘的報導，東森新聞台則有 1 分 45 秒的報導，但二則新聞，老遊民被毆打哀嚎的現場實況都各自占了 1 分鐘的時間。少年落網後，老遊民僅透過電視媒體要求 2 名少年賠償 300 元，由於案情戲劇化的發展，被毆打遊民的「仁慈」及施暴少年的「不知悔改」形成強烈對比，該案也連續三天成為電視媒體關焦點。電視新聞的出現的標題分別是：「屁孩毆濺血！遊民現身僅要 3 百醫藥費」（年代新聞）；「遭惡少毆打的遊民找到了！『賠償我 300 元就好了』」（中天新聞、東森新聞、老三台）。

「遊民是受害者」類型新聞，還包括另一則受到社會矚目的新聞，其內容是：「鐵路警察在高雄火車站狠踹遊民，還翻包倒滿地！」該新聞總共出現 10 則相關報導，占比約 15%。電視新聞畫面，出現一名穿著制服的警察，先是出聲質疑一名坐在高雄火車站月臺上的遊民，隨即猛踹這名遊民一腳，並把他背包內的東西全部都倒到地上。文本中的大多數電視新聞，都質疑這名警察執法過當，新聞標題並出現「粗暴」、「流氓警察」、「欺負弱勢」的字眼，僅有民視新聞台引用警方聲明說，對方（指遊民）是酒醉嗆警，警方只是依法執行公權力。以上二則引起社會震撼及關切的新聞，電視媒體建構的遊民身分是：被欺負的弱勢者或是公權力濫權下的無助受害者。

三、遊民是被嫌惡或歧視者

這個類型總共 37 則新聞中，有 11 則報導集中在臺北市政府的遊民處理政策上，占比約 30%。新聞標題分別是：「臺北市長柯文哲語出驚人：萬華遊民洗乾淨就變遊客」、「柯 P：流浪狗過多讓我想起街友」、「臺北市議員鍾

小平提議應該把遊民載到陽明山」等。對於鍾小平提議，文本中的電視新聞大都引用柯文哲說法來暗諷鍾小平：「街友載上山是要幫他們蓋別墅嗎？」其中的「三立新聞台」及「民視新聞台」新聞標題並出現：「鍾小平挨轟議會之恥！」顯然電視媒體對於鍾小平的提議，多認為有歧視遊民之嫌。而對於柯文哲說：「遊民洗乾淨就變遊客」，電視新聞大都提到：「這是柯P自認為最得意政績」，來諷刺柯文哲敝帚自珍。「三立新聞台」及「年代新聞台」新聞標題也質疑柯文哲又失言，還認為自己很幽默。另一則引起社會討論的電視新聞報導是：「建國中學校長說，遊民跟高學歷的人投票，二種人都一票公平嗎？」相關報導多偏向批判建國中學校長失言，有知識分子的傲慢。其他明顯對遊民顯露出「鄙視」或「歧視」的新聞標題還包括：「遊民、臭味、噪音多！龍山寺『地下街三寶』」、「艋舺公園遊民聚集　市議員：打強力探照燈驅趕」（東森新聞台）；「街友露宿臺北車站　恐損臺灣城市形象」（民視新聞台）；「減少街友聚集　艋舺公園推『禁餵食令』」（三立新聞台）；「街友占地為王！地下道飄臭酸味」（老三台）。在這些報導中，遊民被電視媒體定位的身分是：政治人物、學者、媒體眼中被嫌惡者或歧視者。

四、遊民是可憐者或被施恩者

這個類型的 69 則相關報導中，絕大部分是「名人送愛心」，也就是政治、企業或影劇名人捐助遊民物資或飯食，但僅止於一次或一餐。如：「吳念真宴請街友　郭台銘捐千萬買棉被」（年代新聞台）；「前國手買粽送街友　網友瘋傳健美暖男」（中天新聞台）；「張鈞甯脫華服　飛奔高鐵捐錢助遊民」（三立新聞台）；「遊民尾牙募款差 40%　林昶佐贈紅包送暖」、「林佳龍佝僂關懷街友　送厚外套禦寒」、「林書豪下廚做煎餃　農曆春節陪街友」（民視新聞台）。以「前國手買粽送街友　網友瘋傳健美暖男」這則新聞為例，內容重點在於「身材健美」的輕艇國手吳士良，被網友拍到用獎金買肉粽送給遊民，並陪他們聊天，吳士良也接受電視台記者訪問，說明他為何會有這樣的「義舉」。整則新聞都聚焦在吳士良身上，至於粽子送給哪個地區的

遊民？遊民對吳士良此舉的反應如何？吳士良一年送幾次食物給遊民？新聞中並未提及。類似的「送愛心給遊民」新聞，以民視新聞台出現最多，計有 18 則，占比 26%。在這些新聞當中，遊民的身分是：政治人物、藝人、名人施捨行為中的配角，突顯的是這些名人的「仁慈」及「義舉」。至於遊民對於名人這樣的行為，以及隨著名人蜂擁而至的媒體採訪記者，到底是表達感謝或反感？這並非是電視新聞關切的重點。

五、遊民獵奇

「遊民獵奇」類新聞計有 88 則，是五大類目中新聞數量最多的一類，在所有遊民新聞的文本占比約 29%。根據其新聞內容，又可再細分為如下幾種型態：

1. 身分落差大

白領、富豪、有身分地位者、黑幫老大淪為遊民，例如：「一夜輸 5 千萬！富豪淪街友」（年代新聞台、TVBS 新聞台）；「昔銀行副總月入十萬白領街友淪窩速食店」、「老闆變街友睡茅草屋！警抓賊發現現代原始人」（東森新聞台）；「前總統府參議後代　今淪無業遊民靠救濟」、「百萬年薪房仲情傷淪街友」（三立新聞台）；「西門五霸淪街友　吸毒沒錢搶醉漢」（中天新聞台）；「萬國幫幫主吸毒墮落　淪街友搶劫被逮」（民視新聞台）。

2. 遊民逆轉勝

遊民在習得一技之長後重回社會，例如：「街友學包水餃　習一技之長重拾人生」（中天新聞台）；「賣黑糖糕翻轉人生　街友重生當導遊」、「翻轉人生　街友變身咖啡店老闆」、「街友變身導覽員　找到重回社會的路」、「街友徵才　提供工作住宿助街友重回社會」（民視新聞台）；「遭脫光逐出門　知名主廚扭轉人生！」（老三台）。這類新聞，最符合前述 Darrin Hodgetts 等 3 位學者所說的「第四種遊民概念」，亦即遊民被視為「反

敗爲勝的男演員」。

3. 遊民之最

年齡最大或最小的遊民、最帥或最美的遊民，例如：「這是我們住的臺灣！臺灣最年輕街友僅 19 歲」（東森新聞台）；「5 歲街友流浪　驚！小身體住 22 歲大人（三立新聞台）；「情傷走不出！新竹『大仁哥』淪街友偷超商」（TVBS 新聞台、老三台、三立新聞台）；「街友撞臉彭于晏　網友盼星探挖掘」（中天新聞台）。

4. 體驗遊民

爲了體驗遊民生活或任務需求必須扮演遊民，例如：「花千元體驗街友生活　教育部活動惹爭議」、「這樣辦慈善？CEO 飯店開冷氣當街友　網友：何不捐錢！」（東森新聞台）；「體驗街友生活　民眾夜宿街頭」、「低溫 7 度飯店打地鋪　CEO 體驗一夜街友」（民視新聞台）。這一類「體驗街友」活動，電視新聞大都是以批判角度，質疑舉辦或參加體驗遊民生活者，其動機爲何？是眞的抱持「人飢己飢」精神，想要體會遊民眞實街頭生活？抑或假借體驗遊民之名，其實只是辦個「刺激活動」而已？另一種類型的「體驗遊民」，則是警方辦案必須假扮遊民，如：「警察輪班扮街友　穿破爛睡商圈抓慣竊」、「男偷衣『貨比三家』　警扮街友埋伏逮人」（三立新聞台）；「賊專偷新崛江　警變裝睡商圈月餘埋伏」（年代新聞台）。

5. 街頭實驗

這一類新聞大都引用國外有關遊民的街頭實驗影片，目的是爲了測試人性或滿足觀眾的好奇心。例如：「人情冷暖？富人、街友跌倒待遇大不同」、「街友給錢是羞辱？實驗影片引發熱議」、「男偷塞錢讓街友開心購物　後續發展感動百萬網友」（東森新聞台、老三台）。此類街頭實驗影片，大都出自東森新聞台及老三台，其他新聞台較爲少見。

6. 怪奇遊民

遊民令人驚訝或啼笑皆非的異於常態舉止，可能吸引觀眾好奇心。例如：「一例一休唱空城？女街友法院當自家」（年代新聞台、三立新聞台、老三台）；「有警方罩　女街友賴派出所不走」、「遊民酒醉路倒一晚　Call 8次救護車」（民視新聞台）；「保全咧？　開門購物去　街友夜闖歌劇院睡覺」、「成大驚見不明裸男躺女廁　老師發抖通報」（TVBS 新聞台）；「夾縫中求生存！『橋民』起居彎腰進出靠繩索」、「玩過頭！男遭膠帶五花大綁黏公園牆上」（年代新聞台）；「趁老闆不在……街友『客串店員』賣冰撿來吃！」（東森新聞台、年代新聞台）；「沒吃到尾牙心情差　街友連兩天爬電塔」（老三台、TVBS 新聞台）。

在這一類「遊民獵奇」的新聞中，遊民的出現是爲了讓觀眾感到好奇、好笑、感動、驚訝、驚嚇。遊民被建構的身分是：電視新聞鏡頭下，被窺探隱私、滿足觀衆好奇心的情境劇主角。

上述五大類新聞及遊民在電視新聞中被建構的形象，統整如表 4-1-2。我們可以發現，主流電視新聞特別偏好有關「遊民獵奇」的相關新聞，他們把遊

表 4-1-2　遊民在五大類新聞中被建構的形象

類別	遊民被建構的形象	新聞則數	占比
A 類	遊民是危險的攻擊者、治安不定時炸彈與街頭犯罪者。	45	15%
B 類	遊民是被欺負的弱勢者且是公權力濫權下的無助受害者。	67	22%
C 類	遊民的身分是政治人物、學者、媒體記者眼中被嫌惡者或歧視者。	37	12%
D 類	遊民的身分是政治人物、藝人、名人，施捨行為中的配角，突顯這些人物的「仁慈及義舉」。	69	22%
E 類	遊民是電視新聞鏡頭下，被窺探隱私、滿足觀衆好奇心的情境劇主角。	88	29%
合計		306	100%

民設定爲被窺探隱私、滿足觀眾好奇心的「臨時演員」，必定有其特殊原因。因此探討電視遊民新聞「獵奇偏向」產生的原因，以及新聞工作者產製此類新聞的動機何在？將是本書後續要進行的重要工作。

第二節　新聞性節目的遊民形象

東森財經台新聞性節目——《進擊的臺灣》節目，在 2015 年播出了四個與遊民相關的專題報導單元，包括：〈遊民尾牙宴〉、〈580 協會送愛心〉、〈石頭湯計畫〉、〈億萬富豪淪街友〉等，每個單元長度大約 15-25 分鐘左右。四個單元的敘事結構與重要影像呈現，茲分述如下：

壹、遊民尾牙宴

這個單元的主角是人稱「刈包伯」的廖榮吉，故事主要在說明廖榮吉爲何每年都自行籌款舉辦「遊民尾牙宴」，並且細膩的描述，他是如何克服募款的困難及尾牙宴當天要應付的各種突發狀況。總長 25 分鐘單元，鉅細靡遺的介紹廖榮吉家庭、婚姻狀況、人生觀、舉辦遊民尾牙宴初衷、宴會當日食材的準備及料理細節。整個單元中有關遊民部分的描述，長度僅有不到 2 分鐘，呈現出來的卻是令人瞠目結舌的畫面。尾牙宴才剛開始，菜餚一端上桌，遊民全都站起來搶食，每盤菜大約 5 至 10 秒鐘即全部被掃光，動作稍慢就會搶不到食物。在一陣狼吞虎嚥之後，記者開始隨機訪問尾牙宴中的食客，成員當中有遊民、低收入戶，但也有衣著整齊的人混在遊民之中，享受著免費的一餐。記者簡短的進行訪問，受訪者大都是說食物好吃、感謝主辦人廖榮吉的愛心等。隨後專題報導的焦點，再度轉回廖榮吉的人生故事上，敘述他年輕時如何發跡，後來生意失敗，在歷經人生大風大浪後，他每一年都要舉辦遊民尾牙宴的決心卻不曾改變。整體看來，這則新聞專題的重心都擺在廖榮吉一個人身上，而遊民在報導中的身分則被建構爲：一群飢不擇食而又絕對必要的「臨時

演員」，與前述遊民新聞的「D 類」相近，只是新聞節目專題把主角的故事包裝得更完整，並且敘述更爲詳盡而已。

貳、580 協會送愛心

「580 協會」是一個社會慈善團體，這個單元的主角是「580 協會」創辦人胡定一。雖然全長 18 分鐘的報導內容中，有一半的篇幅在介紹胡定一及「580 協會」送餐給萬華龍山寺附近「遊民」的行動，但單元也探討了可能有所謂「假遊民」的存在，以及當地居民對於「遊民」盤據的厭惡及反彈情緒。單元報導鏡頭，清楚的拍到排隊領免費便當及麵包的人群中，大都是老人、低收入戶、附近住戶、賭徒，甚至還有衣著光鮮的中年人，狀似遊民者反而是少數。記者訪問當地住戶，他們痛心龍山寺現已形同遊民代名詞，送餐的慈善團體不絕於途，反而造就更多好吃懶做、遊手好閒的人常年盤聚於此，形成生態與環境的惡化，因此當地有不少住戶反對慈善團體經常到這裡發送免費餐食。在這個單元中較爲難得的是，探討到臺北車站及龍山寺遊民群聚的可能成因，以及從各種不同角度來看「送愛心給遊民」所引發的社會效應。這則專題也體現了，遊民被定位爲「既是被施捨者、也是被嫌惡者」的矛盾與衝突，並且適切的回應前述戴瑜慧、郭盈靖（2012）的研究結果：「社會對『不正常』遊民的態度，擺盪於敵視與同情的混雜情緒中。」因此「580 協會送愛心」這個單元，對於龍山寺遊民聚集的誘因，以及臺灣社會對於遊民態度，爲何是「既厭惡又可憐」，有了比一般新聞或專題更深一層的探討。

參、石頭湯計畫

這個單元的主角是 2014 年 5 月成立的行動志工團體「人生百味」，他們的理念是「石頭湯計畫」，亦即將有用的剩餘食材經過烹煮調理後，提供給有需要的弱勢團體和遊民。在 15 分鐘的報導內容中，大都聚焦「人生百味」志工，如何從採集剩食、烹煮再到與社區老人分享過程，其中與遊民的互動僅在

最後的 3 分多鐘的影片中呈現。同時，報導內容仍是強調發送愛心食物給遊民的過程，以及這個行動對於「人生百味」志工的意義何在？報導中並沒有任何探討臺北車站遊民如何求生存，以及「人生百味」的不定期送食對遊民有何意義的角度出現。因此這個單元裡，遊民的身分仍只是**襯托行動志工團體善行的配角**而已，與前述遊民新聞的「D 類」雷同。

肆、億萬富豪淪街友

　　這個單元的主角是西門町遊民「阿俊」，標題是：「億萬富豪淪街友 西門王大起大落的人生」。15 分鐘的報導內容，詳盡敘述阿俊如何從西門町的西服大王崛起，後因沉迷股市慘賠，最後淪落街頭成為遊民的完整故事。影片後段，阿俊對著攝影鏡頭表示，無論再怎麼貧窮與困頓，他都不要別人的可憐與同情，但他人生唯一的心願，就是希望存到一筆錢，回家鄉阿里山看阿嬤與祭祖。阿俊邊流淚邊講述他的未完成心願，鏡頭穿插臺北車站，人人趕著搭車回家過年的畫面，記者再以感性的旁白敘述：「有多少遊民和阿俊一樣，蜷縮在街頭過日子，不敢想自己的明天！」這個單元的內容呈現，接近於前述「E 類」遊民新聞，也就是遊民獵奇類。整體而言，「億萬富豪淪街友」的類似題材，在一般新聞中也出現過，只不過新聞節目找了一個典型的例子，用更為故事化的敘事角度包裝與呈現而已。這個單元雖以「獵奇」為主，但內容仍提到了慈善志工團體「芒草心協會」，在幫遊民尋找免費暫住的公寓時，出現了「鄰避效應」──附近住戶擔心遊民住在這裡，房價會下跌，安全也會有疑慮，因此讓協會一度找不到合適的遊民安置地點。但可惜的是，「鄰避效應」的探討只是點到為止，並沒有進一步的採訪內容呈現，因此這個單元主軸仍是包裝遊民故事，以滿足觀眾窺探遊民隱私的好奇心，遊民依然是電視節目中的「情境劇主角」。

　　上述四個與遊民有關的新聞性節目單元，遊民在專題中被建構的形象，統整如下表 4-2-1。從表 4-2-1 中我們可以看出，〈遊民尾牙宴〉和〈石頭湯計畫〉二個單元，強調的是行善團體或個人的「義舉」，而被施恩的遊民，並

不是新聞節目報導的重點，充其量只是襯托主角善行的「臨時演員」或「配角」。〈遊民尾牙宴〉鏡頭下呈現的是遊民爭搶流水席食物的「年度奇觀」；而〈石頭湯計畫〉主要在描寫義工們為遊民料理食物的過程以及他們的心得，被施恩的遊民在鏡頭下是一群「面目模糊」的人（鏡頭刻意避開拍攝遊民正面），內容探討的是「義工為何要來送熱食」，而不是「遊民為何成為遊民」；而且這樣的熱食，臺北車站遊民平均一個月才能吃到一次。〈580 協會送愛心〉，鏡頭下拍到的龍山寺附近公園接受慈善團體送食的「遊民」，大部分衣著乾淨、整潔，與臺北車站周邊大都是衣衫襤褸的遊民，在形態上有很大的差異。這個單元也質疑，是否因為龍山寺周邊福利太好，而使得「遊民」愈聚愈多，反而造成當地社區民眾對於治安有所憂慮。因此，這個單元呈現的遊民形象，在於真、假遊民混雜，假遊民甚至比真遊民更加貪婪。至於〈億萬富豪淪街友〉，則在講述一個昔日「西門王」阿俊大起大落的一生，成為遊民，是他人生中最悲慘時刻。但新聞節目拍攝阿俊故事時，他已經有暫時收容的公寓居住，而且也成為西門町導覽員。為了配合節目內容對他的描述，阿俊必須不斷重回現場，講述他仍為遊民時的慘狀讓攝影鏡頭拍攝，報導中並不時穿插遊民在街頭遊蕩、睡在騎樓、飽受風吹雨打的畫面。在這個單元播出時，阿俊儼然成為「情境劇主角」，是媒體鏡頭下關注的焦點，但採訪記者和觀眾有興趣的，並非是他今後將何去何從，而是他為何從一個「西門王」淪為遊民的過程。當故事結束、節目播完，阿俊仍然是無人聞問、蜷縮在暫時收容公寓的「打工遊民」。

表 4-2-1　遊民在新聞節目中被建構的形象

新聞節目單元	遊民被建構的形象
遊民尾牙宴	一群飢不擇食而又絕對必要的「臨時演員」。
580 協會送愛心	突顯遊民被定位為既是被施捨者、也是被嫌惡者的矛盾與衝突。
石頭湯計畫	遊民的身分只是襯托行動志工團體善行的「配角」。
億萬富豪淪街友	滿足觀眾窺探遊民隱私的好奇心，遊民依然是電視節目中的「情境劇主角」。

整體來看，遊民在新聞節目中扮演的角色與被建構的形象，與一般新聞呈現沒有太大的差異，只是新聞節目有足夠的時間，可以探討新聞中較難觸及的重點。比如「580協會送愛心」單元，提及龍山寺附近住戶反對慈善團體經常到這裡發放免費餐食，因爲可能吸引遊民或慣於不勞而獲者聚集，造成更多難解的社會問題。同時，萬華龍山寺附近愈來愈多「假遊民」，也會被外界質疑愛心及資源遭到濫用。「億萬富豪淪街友」單元，報導了慈善團體爲遊民租屋作爲臨時庇護所，卻不斷遭到鄰居抗議而必須四處搬遷問題。只不過這些單元在「獵奇」主軸之外所觸及的議題雖然重要，但大都只是略爲帶過，並未深入探討。電視新聞節目所製作的遊民相關專題，有了更長的篇幅，卻不願意進行較爲全面性的政府政策及社會福利檢討，到底是爲什麼？後續我們將會在第五章的內容進行更爲深入的探討。

第三節　遊民新聞與媒體奇觀

壹、「媒體日常奇觀」的建構

Bourdieu指出，電視新聞的壽命愈來愈短，觀眾的情緒藉由血腥暴力、性醜聞、悖亂倫理、自然災害等新聞的刺激，從雲霄飛車頂端的驚嘆，逐漸轉爲麻木不仁的健忘症候群。新聞事件在這種競爭的型態下，則成爲生產者與產品間的一種「生產癖好」（舒嘉興，2001：25）。也就是說，新聞媒體藉由「暴力、震撼、色情、衝突」的奇觀元素來抓住觀眾，但當電視新聞每天充斥的內容都是這些有如興奮劑的元素時，時間一久，觀眾的情緒會慢慢的轉爲麻木，甚至無動於衷，於是媒體就必須產製出更大強度的「暴力、震撼、色情、衝突」新聞，才能再吸引觀眾收看。但是所謂「媒體日常奇觀」，指的未必是這些突發性的社會新聞，它強調的元素是「新奇的故事」。就遊民新聞來說，一個充滿故事張力且經過特殊包裝的遊民新聞，可能會比一般性的「遊民殺

人」或「遊民被殺」新聞來得吸引人。「當眞實的世界變成眞實影像之時,影像就會轉變成眞實的存在(Debord, 1994: 17)。臺灣的媒體奇觀發展,已經從政治嘉年華往社會各層面蔓延,而獵奇類遊民新聞則更是電視媒體「日常奇觀」的一種縮影或是典型呈現!

電視媒體報導的遊民新聞是一種「媒體奇觀」嗎?答案可以說「是」,但也可以說「不是」,因爲只有一部分特殊的遊民新聞可以列入「媒體奇觀」。Kellner(2003)「媒體奇觀」第三個層次所說的「日常生活奇觀」,就電視新聞而言,指的是能迅速抓住觀眾目光的「突發新聞」(Breaking news),也就是所謂的「媒體日常奇觀」。但什麼樣的新聞,稱得上是「重大突發新聞」?所謂「極度令人震驚」的突發新聞未必天天都有,現今臺灣有線電視媒體,爲了讓新聞台一直保持在「奇觀刺激」當中,即使只是一般性的車禍、火警、凶殺案,也都以黃色直標題的「快訊」方式,在新聞中不斷插播這些「突發新聞」訊息。電視新聞頻道主播,無法坦白告訴觀眾:「今天眞的沒有什麼新聞」或「今天的新聞眞的很無聊」,於是電視新聞工作者,必須從一大堆「小新聞」中,找出幾則「具奇觀特性、可供操作」的新聞,以便進一步動用新聞部專業人力進行包裝及操弄。至於什麼是「具奇觀特性、可供操作」的新聞?獵奇類遊民新聞因爲具小報化及感官主義特性,一直都是很好的選項。這也說明了,主流媒體出現的遊民新聞,爲何會有本書在問題意識中提到的「奇怪的偏向」。而後續我們也將在電視新聞工作者的深度訪談中,印證爲何各個類型的遊民新聞中,只有獵奇類遊民新聞可以列入「媒體日常奇觀」。

貳、獵奇類遊民新聞與社會診斷

Kellner強調,「媒體奇觀」文本,可以從霍爾的「製碼/解碼」和「接合」理論切入,作爲種族、性別、階級等社會問題的一種「診斷式批判」研究。他以美國黑人籃球明星喬丹及橄欖球明星辛普森爲例,說明在美國以白人社會爲主的媒體價值觀之下,唯有喬丹和辛普森「神乎其技」的演出,才能跨越種族

和階級，實現成功、財富和被主流同化的美國夢。但事實上真的是這樣嗎？種族、階級和膚色，真的這麼容易被跨越嗎？當媒體開始揭發喬丹嗜賭，以及他父親的命案可能和黑人犯罪組織有關後，部分媒體開始有意無意的，把喬丹塑造成危險人物，以符合白人對黑人「通常有個問題家庭」的想像；而他的壯碩身材和在球場上的驚人爆發力，也開始被塑造成對白人主流社會的威脅。除了喬丹之外，辛普森案掀起的黑白種族對立，則更加明顯。當辛普森涉入殺妻案後，《新聞週刊》初期的民調顯示，有 60% 的美國黑人，相信他是遭人陷害的，只有 23% 的美國白人相信他是清白的。這個時候，再也沒有所謂「跨越種族、階級的成功」及財富、美國夢，有的只是源自於對膚色和種族的原始偏見。這個例子也說明了，美國社會看似人人平等，其實早已按照不同階級的現實進行構建，人們被分成相互平行的、但完全不同的社會群體，而電視媒體的新聞報導則更加強化了這種偏見。（Kellner, 2003）

從 Kellner 的角度來看，霍爾的「製碼／解碼」理論，既然可以用來分析「媒體奇觀」文本，當然也可以用來分析本書的獵奇類遊民新聞文本。因為獵奇類遊民新聞是研究電視新聞「日常奇觀」極為適合的切入點，這些文本，不但可以反映媒體追求奇觀化新聞的操作模式，循著它的蹤跡，我們也可以找出它所潛藏的社會、政治、經濟和文化等問題。通常，獵奇類遊民新聞會以感官化、故事化、聳動性形式出現，新聞工作者基於「職業敏感度」，知道特殊遊民新聞容易引起閱聽眾注意，於是他們的工作重點，就是把它包裝成更具有賣點的「新聞商品」。但是眾多種類的「媒體奇觀」匯聚之後，整個社會環境就會開始朝向 Debord 所主張的「奇觀社會」發展而產生質變。就 Kellner「媒體奇觀」角度而言，獵奇類遊民新聞反而呈現的是一種社會問題的「癥候」，在剝去這類遊民新聞的形式包裝之後，呈現在我們眼前的，將會是臺灣社會結構、制度和電視媒體的「病灶」之所在。因此，獵奇類遊民新聞，可說扮演著社會診斷「一葉知秋」的功能和角色。

臺灣的電視媒體之所以報導遊民，一般來說是因為有人傷害遊民或遊民傷害他人，所以必須當成一般社會新聞來處理。除此之外，如果遊民的身分夠奇

特、表現夠怪異、夠感人，或者電視記者突然對遊民生活大感興趣，那麼他們才能被電視新聞關注，有機會扮演娛樂閱聽眾的角色。假始有人看到他們的賣力演出，願意對他們伸出援手，那麼這些遊民就有機會翻身。例如：大陸媒體過去曾經瘋狂報導衣著混搭風遊民「犀利哥」，使他成為 2010 年最火的網路紅人，他除了有機會上電視走秀之外，還獲得了農莊提供的工作。但在新聞熱度退去，生活回歸平淡後，「犀利哥」再度成為街頭遊民，他的遭遇卻已無人關切[8]。「犀利哥」是獵奇類遊民新聞的典型之一，雖非本書蒐集的文本，但它和「19 歲最年輕遊民」新聞、「西門町之王阿俊」的故事一樣，代表的都是一種遊民新聞的「媒體日常奇觀」。在這樣的奇觀建構之下，獵奇類遊民新聞存在的目的，只是為了滿足「正常市民」喜歡窺探遊民隱私的癖好，它看似演出的是娛樂大眾的喜劇，但其實戲中透露的是社會底層者被一再壓榨的無助、悲哀和無奈。獵奇類遊民新聞演出一幕又一幕的荒謬劇，其實也是對於臺灣社會福利政策提出最深沉的抗議！Kellner 說，奇觀文本的「解碼」，其實就是一種社會病癥的診斷，用意即是在此。

我們看到在電視媒體上呈現的獵奇類遊民新聞，總是以一種充滿爭議或令人瞠目結舌的故事型態出現，這些十分聳動的遊民議題往往會不斷往媒體、家庭、政治、教育、經濟、文化等各個層面擴散，但在獲得社會短暫關注和熱議後，遊民問題卻依然存在，且似乎沒有任何改善的跡象。由於獵奇類的遊民新聞極適合包裝成為「媒體日常奇觀」，因此在電視新聞的產製手法和呈現樣態上，可能也與一般新聞有所不同。在新聞平淡的日子中，新聞工作者會想盡辦法製造出仍具有話題性和刺激性的「突發新聞」來，以確保新聞收視率能

8　新聞來源：http://www.ettoday.net/news/20161104/805313.htm?t=%E8%A8%98%E5%B
E%976%E5%B9%B4%E5%89%8D%E7%88%86%E7%B4%85%E7%9A%84%E7%8A
%80%E5%88%A9%E5%93%A5%EF%BC%9F%E3%80%80%E4%BB%96%E7%9A%8
4%E6%B5%81%E6%B5%AA%E6%9C%89%E6%AE%B5%E3%80%8C%E6%B7%B1
%E6%83%85%E3%80%8D%E6%95%85%E4%BA%8B

夠保持穩定，不至於上下波動太激烈。但這樣的操作手法，可能只是強化了觀眾對遊民的既有偏見，一再出現的獵奇式遊民新聞，口味必須愈來愈重，觀眾才會持續有興趣收看，而遊民在真實生活所遭遇的困境，也許就更加無人聞問了！

第四節　遊民、權力、價值觀

　　深入探討電視遊民新聞文本，我們可以發現遊民和電視新聞工作者及社會組織之間存在著巨大的價值觀與權力觀落差。或許這些觀點和作為早已進到電視新聞工作者的日常慣習之中，他們自己也無法察覺有這種落差的存在，但透過進一步對於遊民新聞的文本分析，我們還是能夠還原新聞工作者和社會組織加諸於遊民的「體制暴力」。傅柯認為，權力是具有生產力、多層而細微且進入我們日常生活當中的，透過「知識／權力」的主體設定，權力的細緻性將如同「毛細管」一般，穿透身體、器官及各種組織（張錦華譯，1994：173-174）。權力既然無所不在，因此包括電視遊民新聞中，記者的口白、問話、遊民的行為、說話、情緒、表情、反應等，我們都必須進行細緻描繪，以跳脫一般研究只看問題表象，卻不追問細節或問題癥結的缺失。

　　John Fiske（1999: 02-03）把遊民當作是一種文本進行研究，他認為研究遊民，必須以多層次（從宏觀結構到微觀功能）、多模態（包含文本、實踐、經驗數據等），以及從明確的理論和社會政經因素著手，如此才能釐清在美國社會流動的遊民，到底代表的是什麼意義？遊民被放在什麼社會地位？還有如何詮釋和評估他們？John Fiske 發現，在他鎖定觀察的一個教會所附屬的遊民收容所（或稱庇護所）內，有二個遊民休息室。其中不能吸菸的休息室明顯傢俱設備較好，但遊民們卻寧可擠在另一個較為簡陋的吸菸室中，煙霧迷漫的看著布魯斯·威利所主演的《終極警探》錄影帶。隨著劇情的推演，當暴徒大肆劫掠大樓金庫時，遊民們大聲叫好，可是當布魯斯·威利所飾演的英雄警探

逐漸掌控局勢，並制服大多數暴徒時，遊民們就關掉放影機一哄而散，不想再繼續看下去。遊民收容所客廳裡也擺了許多「正經」的雜誌，比如《Life》、《Time》、《People》、《Newsweek》和地方報紙、宗教書籍，但遊民在這些「好的雜誌」的掩護下，裡頭夾帶的卻是自己真正喜歡看的八卦、色情雜誌。遊民們不喜歡收容所裡被安排好的起居作息、24 小時警衛監控和許許多多的規定，他們普遍具有一種反框架化、反權力階級、反主流價值觀和反菁英的情結，因為他們放棄的不只是物質條件，連「傳統」、「框架」、「制約」的觀念也一併被他們揚棄！

　　John Fiske 所觀察的遊民收容所，和所屬教會之間有一道門相通，但這道門終年上鎖，因為教會不希望遊民跑到教會來「驚擾」到做禮拜的民眾。收容所也有嚴格的入住規定，每個遊民在這裡最多只能待 30 個晚上。每天上午 8 點到下午 5 點，遊民們會被趕出收容所，因為這是「正常男人」外出工作時間，遊民也被期望要在這段時間出去工作。不過，乞討，通常是他們白天打發時間的方式之一。對遊民來說，晚上在遊民收容所是大家能聚在一起的溫暖時刻，遊民之間可以彼此熱絡的互動，所以他們很珍惜晚上的相聚時刻，並不想浪費時間在這裡睡覺。白天，當他們不乞討時，他們會找個地方補眠。這也顛覆了一般人的想像，以為收容所提供遊民的是一個能遮風蔽雨的夜晚臨時住所，但對於美國一些遊民來說，其實收容所只是他們的「交誼廳」（John Fiske, 1999: 04）。對於無家可歸的人來說，他們充滿了社會邊緣化的意義，包括異化和被遺棄或被拋棄。《終極警探》影片的警探角色，呈現出主流社會中心的生存意義和價值觀；但遊民卻對這個角色不屑一顧。遊民收容所在天亮後，把遊民趕出門外，希望他們像正常人一樣出去工作，晚上太陽下山後才准回來；但遊民們卻寧可去乞討和找地方睡覺。就社會價值觀而言，工作、朝九晚五、賺錢、儲蓄、計畫生活、休閒旅遊，才是「正常人過的生活」，遊民「好吃懶做又不工作」，所以解決遊民問題最好的方法，就是「給他工作機會」、「讓他自立更生」、「給他魚吃不如教他如何釣魚」，這就是主流社會自認為能讓遊民「從谷底脫困」的唯一方法。但這種價值觀，其實暗藏著主流

社會的霸權心態，也是對於解決遊民問題的一種偏執思想，因為「為社會中心與被邊緣化這二者帶來不同意義的，不是自由主義的多元和寬容，而是社會和符號的鬥爭」（John Fiske, 1999: 4-5）。

對遊民來說，社會差別是他們意識的一部分，這種差異會顯現在他們的說話和行為上，也會顯現於他們的邊緣性格上。對於優勢支配階級而言，這種社會差異必須被消除，因為如果低端人口不消滅，形同「進步、繁榮、富裕」的社會出現了汙點。而消滅遊民最快又有效的方法是「眼不見為淨」，也就是在公共場所及商店門口放置阻絕設施，以防止遊民靠近。較為「人道」的消滅遊民做法，是以遊民收容所的門禁等規訓，以及給予或剝奪資源的方式，半強制遊民上街去找工作。如果有遊民經過社會輔導而能找到固定工作，重新回到「正常人」的生活軌道上，那它就會是主流社會消滅遊民的極大成效，也會成為一個能夠振奮人心的最佳電視遊民新聞素材。

在本書「遊民獵奇」類新聞中，「遊民逆轉勝」型態的新聞尤其為主流電視媒體所偏愛。不管是遊民學會包水餃習得一技之長、遊民賣黑糖糕翻轉人生、遊民重生當導遊、遊民變身咖啡店老闆，他們都是值得喝采的「反敗為勝之人」。以民視新聞台 2016 年 12 月 8 日播出的「街友人生　呂慶龍演出布袋戲為寒士募款」及 2017 年 1 月 28 日播出的「捷運站外擺攤賣黑糖糕　街友自力更生」的這二則新聞為例[9]，故事主角都是在捷運站外賣黑糖糕的黃先生。第一則新聞是黃先生和前駐法國大使呂慶龍出席「人安基金會」寒士尾牙宴記者會，黃先生從遊民變身攤販自立更生的故事，成為遊民「逆轉勝」的最佳典範，也是媒體鏡頭的焦點。記者的口白首先說明，故事主角黃先生原是電子業的科長，後來因為投資房地產，建商捲款潛逃、積蓄全部化為烏有而淪為遊民，他一度在街頭過著餐風露宿的生活。但後來因為「人安基金會」的安置，讓他鼓起勇氣到捷運站外擺攤賣黑糖糕，而有一份養活自己的收入。第二

9　新聞來源：https://www.youtube.com/watch?v=zWLgVV-eeXU
　　https://www.youtube.com/watch?v=EnHWUa3cJ5k

則新聞內容，只是把黃先生故事重複再講述一遍。記者的口白強調，黃先生「逆勢求生」的消息傳出後，吸引許多民眾專程來購買黑糖糕。新聞接著出現一名女顧客的訪問：「因爲有聽過他的故事，所以來買黑糖糕鼓勵他。」黃先生也在訪問中說：「人只要有努力，就不會墮落下去！」記者最後用充滿正向能量的口白說：「黃先生現在也是艋舺地區的文化導覽員，他找回了自信，勇敢面對人生挫折，也正式翻轉人生！」這二則電視新聞都是十分典型的遊民「逆轉勝」故事，也是遊民獵奇類新聞中的一大特色。但是，仔細推敲這一類型的新聞，故事主角大多是事業失敗之後的「暫時受挫」，他們成爲遊民的時間並不會很長，所以經過政府單位或民間團體介入輔導後，比較容易重新再回到人生「正常軌道」上。而根據前述臺北市政府的調查，成爲遊民超過 6 年以上者，占了 50.7%，其中流浪 10 年以上者占了三成以上（李淑容，2016）。這些超過半數的「資深遊民」，他們爲什麼不願意重新回到主流社會所認定的「正常生活」？恐怕才是臺灣社會遊民問題的眞正根源所在。

從鉅觀的角度來審視遊民政策，爲了讓遊民都能住進收容所，2003 年，美國紐約臨床心理醫師史貝瑞斯（Sam Tsemberis）提出「住房安置優先」（Housing First）的新概念，也就是在沒有任何條件或前提下，先幫助遊民安排住房，等安頓好生活之後再展開後續的就業輔導。因爲過去美國的社福政策，要先評估遊民是否已戒除「不良習慣」，包括整潔、戒酒、戒毒等，確認合乎標準後才能安排住房。「Housing First」在紐約試辦成效良好，2005 年後擴大到西雅圖、波特蘭、羅德島等 11 個城市實施，結果證實遊民精神狀況好轉，公部門支出大幅下降。2010 年「Housing First」政策全美實施後至今，未接受安置的遊民人數減少 25%、長期街友減少 21%、流浪退伍軍人減少 33%（報導者，2016.2.7）。但是，就臺灣的現況來說，「安排遊民住房」並非政府社福主要政策，部分遊民能夠被暫時安置在老舊公寓的住房中，靠的都是民間的社會團體協助和補貼，政府能做的，只是一般性遊民收容所的提供。只是，把遊民都帶進收容所裡，就能解決無家可歸者的一切社會問題嗎？本書第二章曾提到，臺北市政府委託調查，有六成遊民表示不願意再住進收容所，而

女性遊民表達不願再住進收容所者高達 88.9%，主因是：「不喜歡團體生活」以及「沒有個人的隱私」（李淑容，2016）。但官方單位始終不願意認眞思考：「爲什麼遊民不喜歡住在所容所裡？」雖然美國和臺灣的社會現況不盡相符，但從 John Fiske 研究的結果來看，其實主要原因，並不是因爲遊民在收容所吃、住得不好或設備不佳，而是收容所對大多數遊民來說，其實就是個「小型社會監獄」！裡頭的所有設備分類、電視節目單、閱讀物、生活起居規定、24 小時監視，正是主流社會想要強加給他們的價值觀和不對等權力霸凌，這也是他們一直想要逃離的壓力所在。

　　Eric Mark Kramer 和 Soobum Lee（1999: 150）指出，浪跡街頭的遊民基本上有三種類型：第一種是「僞尼采主義英雄（the pseudo-Nietzschean hero），他們蔑視所有社會的道德規範和習俗，不想被生活瑣事給綁住，並把物質享受欲望降到最低，是不折不扣的個人浪漫主義者。他們在都市的冒險之中漂流，用眼去觀察、用心去體會，活得就像是無憂無慮的城市遊俠一樣。第二類的遊民是「可憐的難民」（the pathetic refugee），這類遊民基本上是沒有權力或沒錢生活的。第三種遊民是「自我封閉者」，他們拒絕正常社交活動，也不想跟人有任何接觸。所以，遊民的社會意義除了「沒有家」和「占據公共空間」的概念之外，要分析遊民，還必須在文化意義的脈絡下去建立新意義，它是一種來自系統內部的意義。有些遊民，可能眞的需要工作、食物、住所；有些遊民是「尋求心靈的解放」（像是日本多數的遊民）；而有些則是性格使然或曾受到重大打擊，把自己給封閉起來，並且靠四處流浪來麻痺自己，工作對他來說並沒有意義，他比較需要的可能是心理輔導。但我們的政府及社福單位，並沒有根據不同的遊民屬性去進行援助，他們認定的遊民，全部都是「可憐的難民」，就像是美國的遊民收容所一樣，白天把遊民趕出大門，以爲他們就會去找工作了。John Fiske（1999: 05）認爲，就社會菁英階級來說，這個規定是在告訴收容的遊民，溫暖和舒適只是暫時的，自立自強者才配得到這一切享受。但對遊民來說，這樣的規定代表著這些所謂的善心人士，和他們之間存在著「巨大的社會

階級差異」。而本書「獵奇類」遊民新聞文本中的「逆轉勝」故事，大都是複製這種主流社會想要消滅遊民、輔導遊民就業的「菁英觀點」。同時，在長時間的內化下，觀眾也認同並且歡迎這類「逆轉勝」的遊民故事，但遊民的真正想法、感受及需求，其實並不是官方社福單位、民間慈善團體、電視新聞工作者及觀眾，所想要進一步關心的事。

第五節　本章小結

　　本章除了將本書所蒐集的 306 則遊民新聞文本進行分類與分析之外，並確認各類文本所建構的具體遊民形象為何。我們發現，獵奇類遊民新聞因為具有感官主義和小報化的特性，因此最受到電視新聞工作者的喜愛，這一類遊民新聞所產製的數量也明顯偏多。當獵奇類遊民新聞在電視媒體出現，它是以「媒體日常奇觀」的手法進行包裝，通常是去脈絡化的呈現，並以聳動的標題和故事化的包裝，刺激閱聽眾的感官，希望閱聽眾多停留在這個新聞播出頻道。但我們從 Kellner 引用霍爾「製碼／解碼」理論的角度來看，獵奇類遊民新聞其實代表的是一種社會制度和媒體結構隱藏的「病癥」之所在。獵奇類新聞把遊民當作情境劇主角，遊民在知情或不知情的情況下，成為被電視新聞消費的客體，也成為被閱聽眾窺探隱私的對象。部分名人和慈善團體假藉關懷遊民，其實是另有所圖；而政府單位除了急難救助，也少有對遊民伸出援手，遊民必須靠著打零工、善心團體送食和撿拾廢棄物維生。Kellner「媒體奇觀」理論，最重要的目的是在揭露被奇觀所包圍和隱藏的社會真相，而「解碼」獵奇類遊民新聞可以讓大眾得知，在這一類遊民新聞的商業包裝之下，其是臺灣遊民被主流社會剝削和壓迫的一頁頁真實血淚史！

　　綜上所述，獵奇類遊民新聞因具感官主義及「日常奇觀」特性，且也適合作為社會「診斷式批判」文本，因此本書將獵奇類遊民新聞視為「媒體日常奇觀」的一種表現形式。但是 Kellner 的「媒體奇觀」，是以文本分析和媒體批

判爲主，並不觸及媒體產製這些奇觀式新聞的動機，有些批判角度亦有作者獨斷的疑慮。因此，本書後續主要探討的，是電視媒體工作者製造「媒體日常奇觀」的動機何在？這些「媒體日常奇觀」的產製流程及其影響內容呈現的因素爲何？本書藉由訪談一定數量的電視新聞工作者，並導入文本分析和 Bourdieu 相關理論進行詮釋，希望能有一個全新的理論視角產生。同時，我們也關切「媒體日常奇觀」在建構過程中，Kellner 和 Bourdieu 的理論，是否可以在彼此的辯證過程中產生互補性？

Chapter

5

遊民新聞與慣習形成

Bourdieu 認為，「慣習」呈現出一個人的稟性，是已經構成內在心態結構的生存經驗，也是構成思維和行為模式、具有持久效用的稟性系統。同時，「慣習」也是集體價值觀的內在化，形成某種符號化、象徵性的心態結構，不知不覺使人的生活方式、行為邏輯和處事形式，顯示出特定的模態和樣態，並具有其前後一貫、固定不變的象徵系統的軌跡。但在慣習形成的過程中，個人最原初的生存經驗極端重要，也為最早確定慣習鑄成的特殊烙印。特別是童年時代或者每個人第一次經歷的重大事件所產生的影響，它會具有保障其自身恆定性的自然傾向，也具有對抗環境變化及維持這種穩定性所必須的一切手段和條件（高宣揚，2002：174、221）。也就是說，個人在成長過程中，所遭遇到重大的打擊、傷害或幸福、快樂經驗，會深深烙印在每個人心中，時間久了之後，我們會以為已經遺忘了這些經驗，但它可能早已進入潛意識，在不知不覺中影響每個人的認知和判斷。因此，Bourdieu 認為這些「生活印記」，是每個人慣習形成的重要基礎，一旦它經過最初地形成，便具有相當的自律性和恆定性，它會讓我們具有自我歸併和自我同化的功能，也讓我們更能和現實社會融合。通俗的來說，是「不經一事、不長一智」或者「幻滅是成長的開始」的類似概念。

因此，如果想要探究電視新聞工作者產製獵奇類遊民新聞的動機，光從文本分析是絕對無法達成的，因為從 Bourdieu 的角度來看，「慣習」也是影響新聞該如何呈現的一個重要因素。Bourdieu 特別強調「前結構」的影響性，所謂「前結構」指的就是人們成長過程中，心理狀態和歷史經驗的內在結晶。一方面它作為行動中的意識結構，成為行動的動機和方案；另一方面，它又作為一種預先模態化的行動模式，規定了行動者的活動方式和其特定風格（高宣揚，2002：199-120）。當行動者進到工作場域後，個人「前結構」就必須再與現實社會環境互相碰撞，為了求生存，行動者必須衡量自己的資源和位置，並且進行和場域「假想敵」之間的鬥爭、算計和妥協，整個「慣習形成」過程可說相當的複雜，因為它並非單一線性的行為模式所能解釋。

我們如果想要知道「慣習」如何影響新聞工作者的意識型態建構，就必須

先從行動者「前結構」下手，也就是新聞工作者，他們在日常生活中與遊民的真實接觸經驗。雖然電視新聞工作者的「前結構」，在真實生活經驗中每個人都不盡相同，但經由 29 位受訪者的親身經歷，我們或許可以歸納出，電視新聞工作者心中對於遊民的真正看法及想法。

● 第一節　對遊民的恐懼與好奇

　　女性電視新聞工作者在訪談中，大都提到對於遊民的感覺是恐懼與不安，年資愈深的電視新聞工作者，對於遊民的印象愈不好，這可能和他們曾經遭遇的生活經驗有關。

> 　　我在停車場遇到一個遊民，我那時候正要繳費，所以就先把皮包拿出來，他就跟我要錢，靠我很近，我當然怕他搶劫我，所以我沒有辦法給他，然後他就……開始摸生殖器什麼的，我就覺得人身威脅很大，因為那又是一個密閉式的四處無人空間，我開始拔腿狂奔，奔到樓上剛好那是市刑大下面……後來我也沒報警，就趕快跑走了，但是我們跑社會的記者就很熱心，就去刑大報警，它就成案了，現在要上法院。（筆者問：所以你就更加的覺得他們有點可怕？）對！就是一定要敬而遠之，那個很恐怖啊！（代號 Q 受訪者訪談記錄，0117）

> 　　我看到遊民會想閃遠一點，因為再怎樣還是會怕，我也遇過遊民在自助洗衣店，就直接露鳥，直接「打手槍」，對不起，講話粗俗，但這樣描述最正確！我就趕快閃，如果我是男的還不會這麼怕，但我是女生，對這些行為怕死了！（代號 F 受訪者訪談記錄，0106）

每次去龍山寺拜拜看到好多遊民都閃好遠，因為他們身上味道還蠻臭的，我覺得還蠻可怕的，因為他們在外面流浪久了，精神不是那麼正常，你看他的行為舉止，大概就會知道，他的穿著也不是很整齊，你不知道他靠近你下一步想要幹嘛，所以閃遠一點，還是比較保險！（代號 N 受訪者訪談記錄，0114）

上述對於遊民有親身恐懼經驗或明顯表達厭惡的三位女性電視新聞工作者，新聞工作年資介於 16-25 年之間，職位分別是「新聞部主管」、「文字記者兼任主播」及「資深編輯」，屬於年資較深的電視新聞工作者。其他受訪的女性新聞工作者，對於遊民的觀感未如上述三位強烈，但也都表達不安的情緒：「有點厭惡又覺得他們可憐」、「同情又害怕」、「不敢靠近」、「離遠一點比較安全」，顯示女性電視新聞工作者，普遍對於遊民存有恐懼感，尤其曾經遭遇遊民性騷擾經驗的新聞工作者，恐懼感更加強烈。

男性電視新聞工作者對於遊民的觀感，明顯分為二大類，第一類和大部分女性新聞工作者雷同，包括厭惡、害怕和想要遠離的情緒。第二類則是對於遊民充滿好奇，有些男性電視新聞工作者會願意在自己休假期間到遊民聚集之處，觀察他們生活方式，甚至還注意到遊民社會也存在「潛規則」。但男性電視新聞工作者對於遊民觀感是厭惡、害怕或是好奇，與他們的工作年資深淺，並沒有明顯的關聯性。

我曾經有去觀察過，那邊有分成兩個族群，靠近龍山寺這一頭的比較老鳥，靠近後面那一端的是屬於菜鳥，3 年以上的才算是老鳥，2年、3 年的算菜鳥，會被歸類在最後面。（筆者問：他們有地盤之分？）對！因為他們說每天會吃五餐，可以吃五頓，每次人家來發東西都是從前面這邊開始發，他可能只帶了 50 份或 100 份，來發一發前面就發完了，後面的可能不一定能拿得到，所以他們說有這

樣（老鳥與菜鳥）的分別。（代號 I 受訪者訪談記錄，0109）

我也曾經就大概有花了半天的時間，就好奇這個人（遊民）一天整
個下來在幹嘛，但是他讓我很難過很失望的是，他就是坐在那邊，
躺在那邊，睡在那邊，看來看去，就讓我覺得好手好腳的你為什麼
不去做事？臺灣經濟愈來愈衰退，可是大家還是要生存，生存方
式很多，可能遊民也是一種生存的方式吧！（代號 O 受訪者訪談記
錄，0115）

　　Bourdieu 認為，個人的生活經驗會一點一滴的和社會現實、社會規則融合
在一起，形成一個人性格和行為上長期而穩定的秉性系統，這是屬於慣習形
成的「前結構」部分。但新聞工者在進到新聞場域之後，接替「前結構」的
是他們個人場域位置、場域規則、場域鬥爭和資本運用的綜合考量，而不再
只是由「前結構」主導。例如：一個電視新聞記者可能非常厭惡和恐懼遊民，
但他（她）卻受命要製播一則遊民幫助警察抓到車站搶匪的新聞，於是這名電
視記者必須隱藏他（她）心中對於遊民厭惡的感覺，在新聞中大力誇讚這位遊
民的英勇。因為他（她）知道，電視新聞有許多的製播準則和專業倫理控管，
且有許多守門人把關，如果讓個人的好惡在新聞中明顯呈現，以至於影響到
新聞必須客觀中立的專業判斷，這對於他（她）在新聞場域的發展是不利的。
這種在場域中利弊得失的自我判斷依據，正是 Bourdieu「慣習」理論的重要指
導原則。根據 Bourdieu 的說法，來自長期實踐的經驗因素，一旦經歷一定的
歷史時期的沉澱，並內化場域規則和個人的意識之後，「慣習」便自然地去指
揮和調動個人和群體的行為方向，賦予各種社會行為以特定的意義。因此，
「慣習」就成為了人的社會行為、生存方式、生活風尚、行為規則、策略等實
際表現及其精神方面的總根源（高宣揚，2002：194）。也就是說，在新聞場
域內，新聞工作者長期自我累積的經驗，再加上場域內有形和無形的規範力
量，會內化為他們的日常生活行為準則，並且顯現在他們的行為舉止上，只是

他們自己沒有察覺到有一種場域邏輯在制約或導引他們的日常工作。

　　從 Bourdieu 角度來說，「慣習」主導新聞工作者在場域內的應對進退、鬥爭策略和許多重要決定。這樣說來，新聞工作者的「前結構」，或者說是新聞工作者「前見」和「先入為主」觀念早就已經融入慣習內，在新聞產製過程中，個人立場或主見會完全被場域規則和專業意理所壓抑而不顯現出來？這絕對是未必的，只不過 Bourdieu 的相關理論中，並沒有深入探討新聞工作者的「前結構」或者稟性系統，是如何影響他所產製的新聞內容與走向。我們假設有一位電視記者，他（她）十分厭惡遊民，正巧他（她）採訪一則遊民涉及犯罪的新聞，如果警方公布遊民涉嫌犯罪程度並不高，那麼這名電視記者有可能因為自身厭惡遊民，而在新聞中把遊民犯案機率拉高，或者出現像「遊民是很危險的」、「遊民是不定時炸彈」這樣以偏蓋全式的新聞用語。當發生這種狀況時，「慣習」是如何在新聞工作者「前結構」和新聞專業意理的糾結中，做出「有利於己」的決定？或者做出的根本是「自認為有利於己、但實際卻是不利於己」的判斷？這個部分是 Bourdieu 較少深入探討的，也是後續相關研究可以重視的部分。

第二節　遊民新聞的取捨

壹、遊民新聞訊息來源

　　有關遊民新聞的消息來源，大部分受訪者提到了來自報紙、網路新聞、爆料公社和警察局新聞稿。從表 3-2-2 中，各家電視台播出有關遊民新聞的統計數字，「民視新聞台」製播遊民新聞的數量，是「年代新聞台」、「中天新聞台」、「三立新聞台」及「TVBS 新聞台」等新聞台的 2 倍左右。從深度訪談的內容可以得知，這似乎和電視台的政策和新聞主管的意向有關，而「民視新聞台」的遊民相關新聞來源也和其他新聞台較為不同。

對弱勢族群的關懷，民視是比較全面性的……那遊民其實只是在這個公益新聞裡面其中的一項而已，因為我們鼓勵記者去關懷社會、關懷臺灣……民視對社會公益層面，我覺得不會純粹只有遊民，所以如果觀眾有在注意民視新聞的話，對比所謂人的新聞、臺灣的人性面這一塊的新聞，民視其實是比較注重的。（代號 E 受訪者訪談記錄，0205）

（民視的遊民新聞來源）第一個當然就是華山基金會，周邊還有一些比較小的這種社服的團體在做，那他們會定期的發了一些採訪邀請。另外是地方的議員，或者一些地方人士，像刘包吉，每年就會辦像街友宴嘛，那我剛才講華山也會辦這個，所以他們現在叫寒士宴，以前其實就是街友宴，只是今年後來納進了單親媽媽還有弱勢的家庭。那第三塊呢，就是民眾的投訴或者是網路的資訊。（代號 D 受訪者訪談記錄，0204）

仔細檢視「民視新聞台」製播的遊民新聞分類，最多的數量是出現在「遊民是可憐者或被施恩者」（如表4-1-1）這個類目中，內容則大都是集中於「藝人、宮廟、民間團體捐贈物資或金錢給遊民」這個子類目（如表3-2-3）。代號 A 受訪者點出了這其中的關鍵原因：

藝人當然是我們自家（民視）藝人，我們家大概有九成的娛樂新聞都跟本家藝人有關係，其他的除非是覺得他特別紅，才會做，或是長官特別喜好。那另外一個宮廟的話，其實因為我們家（指民視）……我剛來的時候也蠻不能適應的，因為它很在地……我覺得它在地耕耘很深，然後它會跟一些宮廟的關係都非常好，所以這類新聞會比較多。（代號 A 受訪者訪談記錄，0201）

「民視新聞台」是在政策及宣傳的考量下特別重視遊民相關新聞，但大部分受訪者明白指出，除了獵奇類遊民新聞，其他類型的遊民相關新聞並不受到所屬電視台歡迎，即使是「關懷遊民」的內容也一樣。

> 因爲那個（遊民）畫面就會讓你覺得看起來是髒髒的啊，然後你在電視台新聞的呈現上可能就會比較不討喜，所以我們其實也因爲知道主管的一些（按：應指好惡）……就是我們自己私底下流傳知道的一些狀況……因爲你會覺得每次報稿的時候，長官就會說那畫面很髒、很臭誰要看啊，人家都會轉臺呀，然後尤其是吃飯時間就會不舒服哇……所以我們會儘量避免這一類新聞的搜尋。（代號 Y 受訪者訪談記錄，0225）

> 台視對於遊民新聞比較沒有那麼偏好，所以真的是比較少，可能幾個小屁孩看到遊民就亂棍打他們，像這種比較暴力案件的話，會當成小社會來處理，但如果是出於關懷遊民這個部分，我們臺比較少。（代號 J 受訪者訪談記錄，0210）

> 我們公司（指三立新聞台）一直非常不喜歡遊民新聞，因爲在畫面上呈現就不是太美妙，所以我們公司甚至非常排斥這一類的新聞。大概兩個類型出現比較多，一個就是他是被害人……它是一個非常大的社會殺人案件，另外當然就是說，你所謂的遊民獵奇……他是個大老闆或他非常帥，或他很特別，我們公司大概會比較那樣（重視），那一般就是說關懷他的或者是比較探討他處境的，其實我們公司一直非常少。（代號 Q 受訪者訪談記錄，0217）

較爲資深的受訪者大都提到，一般性的遊民新聞，即使採訪動機是出於關懷，但是在電視畫面視覺呈現及收視率表現上，仍然是比較不討喜的。因

此，在本書的遊民新聞分類上，包括：「遊民是加害者」、「遊民是被害者」、「遊民是可憐者或被施恩者」、「遊民是被嫌惡或歧視者」等類型的遊民新聞，都只是被當作一般的社會新聞處理。除非像「民視新聞台」，因為是電視台政策因素，特別重視遊民和弱勢族群相關新聞，否則一般來說，不會被電視台特別放大處理。但是，唯一例外的是「獵奇類」遊民新聞，幾乎所有受訪者都對它特別有興趣。而獵奇類遊民新聞，到底對電視新聞收視率有何幫助？對電視閱聽眾有何吸引力？它該如何建構、如何包裝？也就成了本書後續所要探討的重點。

貳、製播獵奇類遊民新聞的動機

29 位受訪者的訪談記錄中，大都提到電視媒體偏好獵奇類遊民新聞的原因，當然原因不會只有一個，有些受訪者甚至提到了 3 至 4 個因素。經過整理和分類後，發現最多人提到的因素是：獵奇類遊民新聞具有「差異性／反差性／特殊性」；其次是獵奇類遊民新聞「對電視新聞收視率有幫助」和「具有故事性」。另外也有部分受訪者提到，獵奇類遊民新聞具有「勵志性／反思性／教育意義」、「是一種社會現象縮影或者類似娛樂新聞」，以及它可以「滿足觀眾好奇心及窺探慾」。詳如表 5-2-1：

表 5-2-1　受訪者認為電視媒體偏好獵奇類遊民新聞原因（本書整理）

重視獵奇類遊民新聞原因	受訪者代號	合計	占比
差異性／反差性／特殊性	B.D.E.G.I.J.N.P.Q.S.X.Y.Z1.Z2.Z4	15	25%
對收視率有幫助	F.G.J.K. L.M. N.P.S.U.V.Z1.Z2 Z4	14	23%
故事性	A. C.D.G. L.O. Q. T. U. Z1. Z4. Z3	12	20%
勵志性／反思性／教育意義	A. F.H.I. J.L.N.O	8	14%
社會現象縮影／娛樂新聞	C.H.W.E. L. Z4	6	10%
滿足觀眾好奇心及窺探慾	F.S.V.W.V	5	8%

1. 差異性 / 反差性 / 特殊性

「差異性」可說是獵奇類遊民新聞的最重要元素，較常見的是遊民在身分、年齡、外貌、學歷及衣著的反差性，例如「大老闆變遊民」、「最年輕遊民」、「最帥遊民」、「健身遊民」、「碩士遊民」、「時尚遊民」等。這一類遊民形象的呈現，因為有別於一般人對遊民邋遢、骯髒、衣衫不整的既定印象，因此當它被包裝成特殊的新聞或專題時，自然會吸引閱聽眾的注意。

> 如果今天遊民發現原來他是一個高學歷，那大家就會很想知道為什麼你高學歷，但你卻沒有一份……大家認為應該是羨慕的工作。又或者是你今天長的特別帥，那你為什麼不用你的外貌去進演藝圈，你會出現在這邊？大家會很好奇他背後的故事。所以我覺得是那個反差性，引起大家關注！（代號 D 受訪者訪談記錄，0304）

> 如果只是一般遊民，大家在外面撿撿垃圾，這沒什麼好稀奇，不管是做遊民或其他專題，我們都要找出最大的落差或其他特殊性，如果沒有特殊性，那我何必要看你這則新聞？那是我們基本上要給閱聽眾知道的東西，這東西也符合電視台要的收視率。（代號 Q 受訪者訪談記錄，0314）

> 從攝影的角度來看，他帶有一種戲劇性的效果，如果說他今天如果他突然翻轉了，他突破了他的階層，他可能到另外一個位階，然後可能用影像的方式去呈現的話，你又可以特別帶出這種非常不一樣的感覺。例如說可能一個遊民他突然穿西裝，他在公眾場合做簡報還是什麼的，你會覺得非常的新鮮，就是視覺上會有很大的效果！（代號 B 受訪者訪談記錄，0302）

代號 G 製作人認為，電視台喜歡反差大的新聞，遊民獵奇符合這個特性；而遊民是加害人或受害人，比較像是一般的社會新聞，沒什麼特殊性；遊民政策類，本就是民眾不太關心的，電視台更是能不碰就不碰。所以遊民獵奇新聞通常會比較討喜，因為反差大才會吸引觀眾。代號 X 及 Y 受訪者都提到，這一類「反差性大」的獵奇類遊民新聞，其實有個處理的公式，代號 Y 資深編輯稱之為「白癡輸入法」，也就是在文稿上必須要把他以前風光的一面跟現在落魄的樣子做一個對比，尤其是畫面上一定要「開雙框」呈現，才能對照出同一個人在二個不同時期的差異。代號 X 組長認為，反差性大的遊民新聞還必須要交待：他為什麼會變成這個樣子？他是做了什麼樣的事情？還是他得罪了誰、背叛了誰，讓他淪落到這個地步？代號 E 主管則強調，這一類遊民新聞不應該只是強調身分落差而已，還必須有它的社會意義呈現：「那後面的部分，他有沒有翻身，或者他自己的想法是什麼？如果他講的是社會影響層面的話，我們再去探究社會問題的部分」（代號 E 受訪者訪談記錄，0305）。

以中視新聞（無線老三台）和三立新聞台在 2015 年 6 月 6 日播出的「大仁哥淪街友」新聞[10] 為例，它原本只是一則很小的偷竊超商食物事件，一般而言電視台不會對這種小新聞有興趣。但電視記者抓住了竊嫌長相斯文，而且因為情傷刺激，為見女友一面而流浪於臺北和新竹之間，因此把落網的小偷比做影星陳柏霖在電視劇《我可能不會愛你》中所扮演的深情「大仁哥」角色，新聞標題也強化二者之間的連結：「情傷走不出 新竹『大仁哥』淪街友偷超商」（三立新聞台）、「街友版大仁哥 為見前女友一面流浪新竹」（中視）。於是這則新聞立刻從電視台原本不屑一顧的超商偷竊事件，「升格」為獵奇類遊民新聞。三立新聞台在新聞一開始，播放了一小段《我可能不會愛你》中的「大仁哥」與女主角深情對望劇情，以強化觀眾對新聞主角與「大仁哥」的意象連結。同時記者在新聞處理上採用了代號 Y 受訪者所說的「白癡

---

10 新聞來源：https://www.youtube.com/watch?v=WemkHzVfEds
　　　　　https://www.youtube.com/watch?v=eO5UPs0ujxU

輸入法」，將竊嫌和陳柏霖二人照片以雙框對比方式呈現。中視新聞也是以雙框模式處理，為了不讓竊嫌正面曝光，記者在嫌犯眼睛部位打上馬賽克，但大致還可以看出竊嫌長相斯文；而三立新聞台則將竊嫌照片，以畫面亮度調暗的方式處理，雖然記者口白強調竊嫌和陳柏霖的相似度高達 85%，不過觀眾從畫面中看到竊嫌的部分是一團黑，實在無法進行比較。而這名年輕嫌犯，究竟是「深情大仁哥」，或者根本是受到情傷刺激的輕度精神病患，並非是電視新聞關切的焦點。

　　把遊民明星化的獵奇類新聞，還包括了 2015 年 2 月 3 日中天新聞台播出的「街友撞臉彭于晏　網友盼星探發掘」新聞[11]。新聞中首先播出彭于晏主演的電影片段，接著直接截取一段大陸網媒報導：「街頭出現乞丐版彭于晏，這真的不是彭于晏在體驗生活嗎？」不過和大陸媒體報導有明顯差異的是，中天新聞台記者的口白，已經把陸媒所說的「乞丐」改成「街友」，看起來比較友善。但新聞中還是不免俗的，將彭于晏照片與網友拍到的「明星臉」遊民照片進行雙框對比，記者特別強調，二人的五官相似度真的非常高，且在新聞曝光後，這名街友已登上微博熱搜話題。中天新聞台這則新聞內容，其實絕大部分的重點，都是放在彭于晏身上，新聞的後半段也聚焦於彭于晏是上班族女性的新夢中情人。這名「幸運遊民」之所以能上得了電視新聞，只是因為他有一張「明星臉」，才會受到網友和媒體高度關注，如果遊民和明星完全沾不上邊，那麼不管他在街頭睡多久，可能也無人聞問。

2. 對收視率有幫助

　　29 位受訪者中，也有不少人明確提到，電視台喜歡製播獵奇類遊民新聞，是因為這類新聞對於提升電視新聞收視率，有明顯的幫助。而收視率又是電視台生存命脈，因此主管自然會鼓勵電視新聞工作者，多採訪和製作遊民獵奇的相關新聞或故事。

11　新聞來源：https://www.youtube.com/watch?v=BmqPahvtIOM

第一個是比較有收視率，因為……其實我們每週都會討論收視率，假設是以社會（新聞）來看的話，像是車禍類或是吸毒，這種其實觀眾都看膩了，如果是比較新奇的個人故事，民眾會比較買單，收視率也會比較好！（代號 J 受訪者訪談記錄，0310）

有爆點，就會有收視率啊！這是一個我們比較不了解的世界，一般的民眾也不可能自己去了解他，因為大家可能對他們都是有一些距離的，所以就是你可以透過電視新聞去了解那個你完全不理解的一個狀態，大家應該都挺想看的！（代號 K 受訪者訪談記錄，0311）

引起觀眾好奇心，我覺得這會是一個賣點。第二個就是落差，觀眾就想知道說為什麼？怎麼會這樣？為什麼最後他會變遊民？我覺得是綜合這兩點，可是當然最後還是導向收視率，我們需要收視率，不然活不下去啊！（代號 S 受訪者訪談記錄，0319）

雖然絕大部分受訪的電視新聞工作者，都認為獵奇類遊民新聞能為電視新聞收視率帶來實質的幫助，但也有極少數的受訪者，並不認同獵奇類遊民新聞有助於提升電視新聞收視率：

以我個人的觀點，我會質疑這個會對於電視台收視率有幫助嗎？因為我個人不愛看這樣的新聞，而且電視台這樣的（遊民獵奇）新聞多不多？我也抱持著一個懷疑的態度，就是我平常也沒有說很常看到這樣的新聞……如果沒有很常播，對收視率會幫助嗎？（代號 R 受訪者訪談記錄，0318）

代號 R 文字記者認為獵奇類遊民新聞可遇不可求，偶爾播一次，對於提升收視率的效果難以評估。不過大部分的受訪者認為，只要電視新聞出現獵

奇類遊民新聞，而且好好包裝它的話，絕對會對提升新聞收視率有所幫助。當然，「獵奇新聞」的包裝手法，不只是用在遊民新聞，其他弱勢族群的人物故事一樣能適用，例如：「性工作者蒙面搶劫銀行」、「單親媽媽酒店賣笑」這一類的新聞。而獵奇類遊民新聞，只是本書列為社會問題和媒體病灶的一個切入點而已。

3. 故事性

許多受訪者都提到，獵奇類遊民新聞的一個重要特點，是它具有很強的故事性。因為新聞主角光有特殊性或反差性，可能只是新聞在一開始會吸引閱聽眾，但如果遊民主角具有曲折離奇的動人故事，電視新聞工作者就可以利用「說故事」的敘事方式，讓閱聽眾有興趣把這個遊民故事看完，而不會想要轉台。

> 印象很深刻是有個街友他四肢（按：受訪者口誤，應為「雙手」）都被砍斷了，他只剩兩隻腳走路，雙手都沒有，所以他要賣玉蘭花，他籃子是斜背在胸前的，然後他走到哪裡，很多人都非常非常同情……結果臺北車站 B1 那群街友就說：啊！那騙人的，我們才發現他背後另有故事……所以我們會希望去把他背後的一些故事挖掘出來，把它報導出來。（代號 U 受訪者訪談記錄，0321）

> 遊民畢竟在社會觀感是比較不好的，那為什麼甘於做遊民？所以如果你可以用一個故事的方式去把它呈現出來……因為觀眾也還是愛看故事的，愛聽案例，會引起他們好奇心，我們會有一窺他人的人生那種感覺！（代號 Z1 受訪者訪談記錄，0326）

類似的遊民故事，經常是以「逆轉勝」的型態出現，如前述的「遊民捷運站外賣黑糖糕」故事。另一則典型的故事型態遊民新聞，還包括 2016 年 3 月

20日，民視新聞台播出的「街友變身導覽員　找到重回社會的路」[12] 新聞。故事的主角是綽號「卜派」的一名街頭導覽員，新聞內容描述，他是如何歷經養父母早逝、積蓄被朋友騙光而流落街頭成為遊民的過程。新聞中並剪輯了一小段「卜派」向遊客說的話：「當你們在歡樂時，其實我是躲在棉被裡哭！」後半段的新聞，敘述「卜派」經過社工輔導後成為街頭導覽員，現在慢慢的有了一點儲蓄，開始租得起房子。一分多鐘的新聞，濃縮了遊民「卜派」前半生的悲歡離合故事，自然有其吸引觀眾賣點。

　　許多受訪者也提到，故事化處理遊民新聞，有時候是「長官交待的」。因為新聞以說故事方式呈現，可以吸引閱聽眾，所以有時候獵奇類遊民新聞的張力如果夠強，新聞主管會要求採訪記者除了做一則主新聞之外，要再另外做一則以主角故事為主的搭配新聞。例如「大老闆變遊民」，主新聞的內容可能是呈現這位遊民如何在速食店過生活、如何在公共場所求生存；而用來搭配的另一則故事化新聞，則是敘述這位遊民還是大老闆時，他過的可能是權力、名車、美食、美女相伴的日子，但後來因為財務處理不當或投資失利，一夕之間身無分文、流落街頭的整個過程。新聞一拆為二，除了突顯新聞產製端的議題設定之外，並且也能藉由獵奇類遊民新聞吸引觀眾的特性，儘量將正在收看新聞的觀眾留在自己的頻道而不立即轉臺。因為除了遊民本身所發生事件之外，觀眾可能還想知道這個遊民到底是什麼來歷，他身上還有什麼故事？

　　2017 年 1 月 23 日，包括中天新聞台、三立新聞台、民視新聞台、TVBS 新聞台及「無線老三台」中的台視、中視、華視，都出現了一則「沒吃到尾牙宴心情差　街友連二天爬電塔」的新聞。這則新聞之所以受到多數電視台重視，原因在於它的屬性，完全符合「獵奇類」遊民新聞的特性。不過各電視台大都以一則新聞，就處理完整個遊民爬電塔被員警勸下的過程，但 TVBS 新聞台卻刻意將這則新聞拆成二則。主新聞講述的是「事件」：遊民爬到 6 萬 9 千伏特的電塔，險象環生，雲梯車也無法靠近，幸好經過員警勸說並承諾要給

12　新聞來源：https://www.youtube.com/watch?v=1tIeqsaLRgw

他 3 千元紅包，遊民才慢慢的爬下電塔。第二則新聞以「故事化」進行處理：遊民從臺北騎腳踏車流浪到屏東，但卻在屏東公園遭到其他遊民的排擠，他一時悲憤才去爬電塔。新聞中並詳述員警把他帶回派出所，供給他食物、飲水的過程，企圖以「暖心員警」繼續包裝這則新聞 [13]。通常電視新聞產製端，會在編採會議中針對特殊新聞的包裝手法進行討論，如果製作人研判此類新聞可能具有收視優勢，就會要求供稿主管將新聞分拆。除了拆成常見的「事件」+「故事」之外，也有可能「一拆三」或「一拆四」，甚至拆出更多則新聞來，視新聞事件本身的重要性而定，務必將獵奇類遊民新聞吸引觀眾的特性運用到極致。

　　另外，有些受訪者也提到，除了獵奇類之外，一般性的遊民新聞因為不太受到電視台歡迎，因此記者在向長官報稿時，必須特別說明及強調，這是一則「具有故事性」的獵奇類遊民新聞，如此他的長官比較可能會同意記者進行採訪。

> 其實遊民的專題就不是那麼的討喜，那時候我就跟我的主管說，我覺得還是可以做，因為我裡面的故事人物確實就有最年輕的、19 歲當遊民的，也有大老闆經商失敗回到臺灣不敢回家，淪落為遊民的，我是儘量用故事的題材去吸引他，要不然一開始聽到遊民兩個字，他可能就打槍……其實遊民新聞對我們來講是報 10 次能成功 2 次就很了不起了，一定要有特殊的故事，要有特殊的人物！（代號 X 受訪者訪談記錄，0324）

13　新聞來源：https://www.youtube.com/watch?v=a54iXuGW2QY
　　　　　https://www.youtube.com/watch?v=xnL_7xtIpuw

4. 勵志性 / 反思性 / 教育意義

　　部分受訪者認為，獵奇類遊民新聞，並不只是報導一些「奇怪的遊民」而已，許多遊民其實具有高學歷或專業技術能力，但他們為何成為遊民？背後的原因可能才是電視新聞工作者所需關切的問題。當採訪記者挖掘出這些「原本不該成為遊民的人」背後所隱藏的原因，可能會給一般觀眾帶來反思性或警惕性，它是具有教育意義的。另外，逆轉勝或反敗為勝的遊民人物故事，對一些正值失意或低潮的人來說，也具有一種鼓舞的作用。

> 　　最近一次我們才做一個就是龍山寺那邊一個街友，他以前還是黑道那種，就是家庭整個都是黑道，後來他就出來做龍山寺那邊的觀光導遊，對！這樣的新聞，然後我就特別把它放大，甚至做得像小專題這樣子，我們家（指民視）非常喜歡這樣的議題，我覺得或許是跟我們的觀眾群有關係，每一組的長官都愛（這種題材）！（代號A受訪者訪談記錄，0301）

> 　　也是一種自我剔勵，大老闆會流落街頭，有一天我們是否也會這樣？會自我努力或學習第二、第三專長，就怕有天被市場淘汰，我們會變成遊民。這有種兩面刃功效，這一刀切下去我是看到他，事實上，也提醒自己努力，或者提醒觀眾，大家不要認為，災難不會發生在自己身上。（代號H受訪者訪談記錄，0308）

> 　　遊民他本身的能力還有資源各方面，一定比我們正常生活的差很多，他有辦法在谷底再翻身起來，是還蠻勵志的！人總是一種比較心態，看到比自己更慘的就會覺得，幸好我還不錯。如果看到有錢人的新聞就會覺得，我為什麼會比不上人，然後看到這種比較差的就會覺得，幸好我還不錯，還可以過得去！（代號I受訪者訪談記錄，0309）

受訪者 L 認爲，獵奇類遊民新聞也可能會帶來一些正能量，它不是永遠都是搞笑或負面的。而代號 J 受訪者則指出，遊民新聞是可以反映出社會經濟、政府施政成效問題：「比如美國曾有個案例，有個遊民因爲犯罪被抓到法院，然後開庭的時候法官發現，原來他曾經是哈佛的高材生，因爲他是精神分裂症患者，所以後來才淪落爲遊民！」代號 J 認爲，這不只是一個單純的遊民問題，因爲它涉及教育、強制性醫療、社會救助等問題，所以類似的題材，會比較具有教育大眾的意義。不過代號 P 受訪者並不認同獵奇類遊民新聞，有所謂的「關懷社會意義」存在：

> 比較遺憾的是，我認爲只是因爲這個反差性，並不是因爲大家對社會的角落有關心，因爲如果對這個社會角落有關心，您剛剛看到的這些相關數字（指遊民新聞數量）就應該會提高及有較大的迴響，可是爲什麼大家報導得這麼少？……我們其實講坦白，電視台看的是收視率，這類新聞如果沒什麼人看，我們就不報，因爲代表大家不太關心這種比較黑暗面的部分，大家想看的是有趣的部分而已！
> （代號 P 受訪者訪談記錄，0316）

雖然有些受訪者認爲，商業電視台是很現實的，所做的遊民新聞根本就是「假關懷、眞搶收視率」，但是本書認爲，並非所有的電視新聞工作者都是這樣的想法或做法。即使電視台製播遊民新聞的目的，眞的是爲了想要提高新聞收視率，但是從訪談中我們可以得知，部分電視新聞工作者，在努力達到長官的要求前提之下，仍然希望把遊民新聞導向「至少有一部分」是具有社會教育意義或者讓觀眾可以有反思機會的內容。因此，如果我們認爲遊民獵奇新聞的製播目的，全都只是爲了提高電視新聞收視率，可能也會失之偏頗或者武斷。

5. 社會現象縮影／娛樂新聞

許多受訪者把獵奇類遊民新聞當作是一個社會的縮影，也就是「一粒沙看

世界」的概念。他們認為，從這個被電視攝影機鎖定的個案主角身上，電視記者和觀眾可以看到他所面臨的問題，只是他個人的困境，還是反映出整個社會制度都出了問題？而從這些個案也可以看出，我們的社會對於遊民的態度和對遊民問題的處理方式。

> 有一次我去採訪的時候，有一個遊民看起來就跟其他不太一樣，他特別年輕，他旁邊有吉他，自己搬個腳踏車來，弄個不錯的行頭，就只差電音箱沒搬過去。基本上他衣食無虞，他只是跟家人有點口角，就自己搬了出來……我們在處理時候，他就是個「引子」，我們可以從他來探討一些其他社會現象。（筆者問：什麼是引子？）引子就是你可能把它當一個開頭，它可以開展成專題，包含他的家庭背景、社會的影響以及政府對遊民的處理態度，就是它是可以往下發展的。（代號 C 受訪者訪談記錄，0303）

> 我著眼的是造成這個現象的原因在哪裡，是社會的制度面不公？還是他是被陷害的？或者是他沒有辦法承擔失敗的過去，所以他選擇自我放棄？它（獵奇類遊民新聞）是社會議題，但並非只為了收視率。因為我們自己對這議題有興趣，家裡長官也喜歡，我們可以據此推測，搞不好觀眾也喜歡！（代號 H 受訪者訪談記錄，0308）

> 我覺得就是獵奇新聞它的娛樂效果、它的輕鬆度，或者是它的可看性，或者它的故事性，相對來講都是比較高的，對於電視台來說它又有畫面，只要他（遊民）願意出來講的話，這個東西光是這個人一出來，就很有可看性，在收視率上面應該也會有反應，所以應該電視台都蠻喜歡這樣的一個新聞。（代號 L 受訪者訪談記錄，0312）

部分的受訪者認為，獵奇類遊民新聞提供給閱聽眾的，就是「輕鬆的娛樂」，類似於《歡笑一籮筐》之類的整人節目效果。因此在這一類遊民新聞中，偶爾也會出現「街頭實驗」：實驗者找人假扮成二種對照組遊民，例如西裝革履的路人和衣著邋遢的遊民，看看哪一個在街頭跌倒後可以獲得較多路人的協助，以此「探測真實人性」。不過部分受訪的電視新聞工作者認為，獵奇類遊民新聞不應該只有娛樂和提升電視新聞收視率的功能，他們也展現了希望能從自己採訪的獵奇類遊民新聞作為出發點，進而幫助遊民回到「正常軌道」的企圖心：

> 那個 19 歲的少年就是這樣，因為他沒有家庭的溫暖，他覺得我不知道要幹嘛，他會電腦，他還是個電腦工程師的那種味道還在，但是他卻寧願去睡馬路邊，也不願意去工作，後來是因為跟著一個社工去近拍，去採訪才知道他們背後的一段故事，所以他們才用一些其他的方式，把他拉回到中途之家去，給他工作……他不見得是好吃懶做等補助那一種，他可能有某些社會上的、家庭因素或社會因素讓他走向遊民這一途，然後他才會變成一個自我放棄的狀態。這時候如果有人拉他一把，他自然而然就回到一個社會的另外一個階層去工作。（代號 X 受訪者訪談記錄，0324）

　　2017 年 1 月 19 日，東森新聞台及台視新聞都出現了一則「立志當乞丐清秀女遊民東港避冬」的新聞 [14]。這則新聞首先敘述這名女遊民，出現在屏東東港街頭睡覺，由於當時氣溫下探 11 度，路過民眾見她動也不動，以為她被凍死了立刻報警，才揭開了這名年輕女子，原來是 3 年前電視新聞報導過的臺北頂溪捷運站前「立志當乞丐」新聞事件的女主角。新聞中雖然也說明了，

14　新聞來源：東森 https://www.youtube.com/watch?v=d5LDE7ESS2M
　　　　　　　台視 https://www.youtube.com/watch?v=GiIB2L5B_Sk

女遊民的奶奶就住在附近，但卻沒有進一步追蹤，女遊民爲何不願意投靠親人，寧可露宿街頭；而社會局人員也僅在新聞中，簡單說明這名女子不願意接受安置。整則新聞及標題都還是聚焦在女遊民 3 年前「立志當乞丐」，但這名年僅 29 歲女遊民出現的問題，可能不只是新聞中提及的「與家人鬧翻」、「求職不順」等因素，她可能有嚴重的社會適應障礙，必須由心理專家進行輔導，而不是表面上的安置問題。同時，年輕女子長期露宿街頭，她的人身安全也令人擔憂！

6. 滿足觀衆好奇心及窺探慾

　　許多受訪者認爲，特殊、不尋常的遊民或者遊民做了特殊、不尋常的事，很容易勾起閱聽衆的好奇心，閱聽衆會希望透過電視鏡頭，進一步了解這個遊民是遭遇什麼狀況，或者他爲何要做這樣的事？所以，滿足閱聽衆的「好奇心」和「窺探慾」，成了電視獵奇類遊民新聞的主要功能之一。這類遊民新聞中，包括「體驗遊民席地而睡」、「跟拍遊民一日生活」、「直擊遊民樹屋生活」、「遊民住橋縫求生探祕」、「老闆變街友睡茅草屋」等，都是著眼於閱聽衆對於遊民世界的好奇心。

　　　　遊民這一塊，第一我們對他不是那麼了解，對我們不了解的總是會
　　　　好奇，好奇就會想看，那我們做節目就是希望你不要轉臺，我們那
　　　　時候拍也是儘量拍一些說遊民怎麼會躺在這裡？到底怎麼一回事？
　　　　就會引起觀衆的好奇心，我覺得這會是一個賣點！（代號 S 受訪者
　　　　訪談記錄，0319）

　　　　如果一個遊民才 16 歲，他爲什麼要淪落當遊民，這是大家會好奇
　　　　的一個點，也許他可以去找一份工作，或者他有什麼不得已的苦
　　　　衷，像我之前採訪大老闆，他就是因爲生意失敗，破產了有家歸不
　　　　得，他沒有臉回去。而 16 歲當遊民的人，他是否有這樣的背景存

在，他是不敢回家或家裡發生什麼變故……我很好奇，我相信觀眾應該也會好奇！（代號 H 受訪者訪談記錄，0308）

我覺得獵奇看起來比較像是，它還隱含著社會偏差，它也是一個社會偏差現象，電視台會喜歡這樣的東西，站在觀眾的角度來看，我覺得觀眾的心態會希望滿足他的窺視慾望，所以觀眾會喜歡，電視台當然就取決於觀眾的喜好程度去做選擇吧！（代號 W 受訪者訪談記錄，0323）

2015 年 6 月 5 日，三立新聞台播出一則「斯文鮮肉噓寒問暖　融化女遊民」的獵奇類遊民新聞[15]，這則新聞在產製前期的畫面蒐集可說是「先天不足」，主要的「新聞畫面」僅有臉部打上馬賽克的女遊民與男員警的一張合照，以及女遊民在派出所被拍到的一些監視器鏡頭，嚴格來說，並不符合電視新聞以動態畫面取勝的優勢。但新聞製作人或新聞主管仍然嗅到它所散發出來濃厚的獵奇氣味，於是靠著放大新聞本身的衝突性及剪輯時的畫面補強，企圖以勾起觀眾好奇心來掩飾畫面貧乏的缺點。新聞一開始播放酒店及舞廳聲色犬馬的資料畫面，搭配記者口白說明：女遊民原來是在酒店上班的紅牌舞女，但後來染上毒癮，導致牙齒掉光、容貌變醜，不但丟了工作，還被家人趕出來，淪落為遊民近 10 年。記者的口白同時強調：「女遊民被年僅 20 歲的男員警帶回警局，男員警長相斯文且溫柔體貼，又不斷對她噓寒問暖，終於融化女遊民的心，願意開口述說她悲慘的過去！」於是，「小鮮肉員警」搭配「酒店名花女遊民」成了新聞最大的賣點。這則原本「先天失調」的新聞，硬是靠著資料畫面使用和不斷強化遊民獵奇元素，成功激發出觀眾的好奇心，並讓觀眾在看新聞同時，也增添了幾許遐想，這也就是獵奇類遊民新聞會被新聞產製端如此重視的原因之一。

15　新聞來源 https://www.youtube.com/watch?v=ilSi3VbSoSo

電視台攝影機的鏡頭和燈光，有一天突然照射在「卑微的」遊民身上，那麼遊民是覺得被打擾了，還是覺得如神眷顧？其實電視新聞工作者很少注意或在乎「被採訪」的遊民有什麼感受。當電視記者找到了一個獵奇類遊民新聞的「好素材」，而他們的長官也對這則新聞充滿期待，於是記者們必須在有限的時間內，找到願意接受採訪的遊民主角，並且為他們編寫一個曲折離奇的故事，搭配充滿張力的現場直擊畫面，然後一則動人心弦的獵奇類遊民新聞，就會在晚間新聞熱騰騰的上映。但是有時候，採訪並非那麼順利，記者要從遊民群中找到獵奇「主角」，過程有可能一波三折，甚至爆發衝突：

> 我們接到的題目就是有關於這些遊民，文字就帶我到那個地方去拍，我當然就是沿街這樣一直拍一直拍，可是後來就有一個遊民一直對著我罵髒話，我邊走他還邊跟，邊跟就邊罵，後來我情緒也控制不住了，我就攝影機放下來直接跟他對幹，我說你有種就過來啊！單挑啊這樣，後來人家就拉住我，才沒事。（代號 S 受訪者訪談記錄，0219）

在電視新聞場域中，攝影記者通常年資會比文字記者深，許多資淺的女性文字記者不太敢靠近遊民，因此在對遊民採訪前和拍攝過程的溝通上，有時會由較為資深的男性攝影記者負責。許多受訪者也提到，在採訪遊民前，必須耐心與他們先進行溝通，而且這種溝通也必須帶有一點技巧性：

> 我可以用一些話語讓他覺得心裡會舒服一點，因為我覺得還是要尊重到對方，尤其我覺得在採訪街友的新聞的時候，有些人他是有意識的，他是沒有精神方面的問題的話，你跟他講話時，或許他會很激動，或許他會覺得說你看不起他，他反應會特別的強烈，所以你要……我覺得記者反而是更像一個溝通者，就是你要花很多心力在

溝通上。（代號 A 受訪者訪談記錄，0401）

有時候你必須要跟他聊，我是沒有到說必須要跟他喝酒的那個程度，是有蹲下來跟他們聊天，然後抽菸，然後慢慢的他才講出來說他是因為個性的關係，賭氣拉不下臉，然後還騙家裡說其實他有在工作，其實他是沒有（工作），都是在萬華那邊每天閒閒走來走去，所以跑新聞，短時間內其實你不一定會知道這些。（代號 I 受訪者訪談記錄，0209）

他們常常會答非所問，不然就是天馬行空，就是有些脫離久了之後講的話就顛三倒四的都有，我們就要不斷的跟他講，用聊天的方式去錄，所以常常一錄下來那個帶子都好長，因為我們要選裡面可用的，那我們總是要讓他信任，我們說我們不是只要單純採訪你而已，錄你幾句話就走，所以錄完大概都是半個到一個小時，把你人生的經歷全部一五一十都講完了，我們才感覺像個樣子可以走了，這真的工程很浩大！（代號 X 受訪者訪談記錄，0224）

每個遊民背後都有故事，我們要想辦法挖出這個故事，打破他們的心防，如果能挖到一個感人的故事，那就是長官要的。但還是要再注意到他的感受。我們的出發點是良善的，不是挖人瘡疤，所以這樣跟遊民解釋，他們應該可以了解。遊民本身都是有委屈的，你只要跟他熟了，他會滔滔不絕地講他的委屈！（代號 Z2 受訪者訪談記錄，0227）

　　電視新聞工作者基於各種理由，採訪及製作獵奇類遊民新聞，包括上述的反差性、故事性、勵志性、娛樂性、對收視率有幫助、社會現象縮影、滿足觀眾好奇心及窺探慾等。但就算遊民願意接受電視記者採訪，他可能也無法

猜到，電視記者採訪他的真實動機是什麼？同時，他更加不知道，自己在攝影機前所說的故事和感受，在經過電視新聞專業的包裝後，會用什麼樣的方式和面貌重新呈現在電視新聞前？如果電視新聞呈現的，與他接受採訪時所說的原意差異甚大，遊民可能也不知道如何向電視台抗議，這涉及到相對權力的不平等，有時就必須由遊民關懷團體出面替他們討回公道。接下來我們要探討的是，電視獵奇類遊民新聞，在採訪記者確認拍攝主角和大致的故事主軸後，還會經過哪些專業化的設計和後製包裝，才會在電視新聞中呈現出來？

第三節　獵奇類遊民新聞與專題的建構

　　前述第二節內容，我們探討了電視新聞工作者製播獵奇類遊民新聞的動機，接下來我們要繼續了解，獵奇類遊民新聞與專題是如何建構出來？有哪些重要的因素會影響到它的樣態呈現？它的製作模式是否與一般遊民新聞有所差異？解開了電視新聞工作者建構獵奇類遊民新聞與專題的規則或潛規則，我們才能對新聞場域中慣習力量運作的模式進行解構。根據 29 位受訪者訪談內容，我們將影響獵奇類遊民新聞與專題樣態呈現的因素，匯整為三個主要的面向，分別是：文字記者意向、攝影記者意向、新聞主管的意向，分述如下：

壹、文字記者的意向

　　一則電視新聞或專題該如何呈現，首先取決於文字記者如何寫稿，而攝影記者則是根據文字記者所寫的稿件內容，進行畫面的鋪排與填充。文字記者在獲得一則獵奇類遊民新聞的訊息後，他會在腦海中對這則新聞的架構設計有一個初步的想像，然後根據這個想像，向他的新聞主管報稿，並請示是否前往採訪。如果新聞主管同意朝獵奇方向製作，文字記者會先列出新聞基本資料及簡單的採訪設計，交給攝影記者閱讀，並且在出發採訪前，與攝影記者針對遊民故事該如何鋪陳進行意見交換。在到達新聞現場並找到他們所鎖定的遊民主角

批判和實踐典範的會診初探
　　　——以臺灣電視遊民新聞為例

後，大都會由文字記者先與遊民進行溝通，徵詢其是否同意採訪與拍攝，如果遊民同意，文字記者會再進一步提出要進行訪談的問題及拍攝需求上的配合：

> 如果是大老闆變遊民，我會先跟他溝通一整天的狀況，大概你會做些什麼？然後我會知道說或許他今天一大早起床，他就先到公車站去乞討，因為人最多，然後再來的話，他下午可能要去花卉市場撿垃圾，撿市場裡頭資源回收那種垃圾，我會用畫面先來思考，然後我會找出一天當中他最慘的一個畫面……因為我覺得電視新聞時間就是這麼的黃金，所以他一天當中或許不是這麼慘的東西，你真的不用強調。（代號 A 受訪者訪談記錄，0401）

> 如果這個人他真的很有故事性的話，就讓他好好的講他的故事，那當然也要請他帶我們到他以前常常生活的地方，或者是他現在生活地方，把這種的落差做一個比較……那相對的我們也可能會訪問到他以前的朋友、以前的同學或者是鄰居，來從另外的、別的角度來側寫，說他為什麼會從本來好好的人願意來做遊民。（代號 R 受訪者訪談記錄，0418）

> 其實像遊民如果是以人為主的話，我認為新聞之所以好看，第一它是發生在你身邊的新聞，第二它必須是要有人情趣味的……所以最難的新聞是什麼？在 1 分鐘之內讓觀眾看了能夠感動掉淚，這很難，但是有沒有這種新聞？有。一方面當然是看新聞的題材，二方面看記者的寫稿的功力，三方面看記者如何去切入這個角度。（代號 E 受訪者訪談記錄，0405）

大部分受訪的文字記者，都提到了獵奇類遊民新聞除了採訪和文稿的設計

之外，還需要後製的特別包裝，這部分包括襯樂、快剪[16]、慢動作、開框、轉場、小片頭及特殊字幕等的效果運用，尤其是在新聞專題的部分。比較資深的文字記者，通常會先把這些想要使用的效果註記在文字稿當中，而負責剪輯的攝影記者或剪接師，就照著文字稿的註記進行新聞影片的剪輯、後製與包裝：

> 你如果覺得他就是賺人熱淚的話，可能真的就是要用一些比較悲情的音樂，然後比較慢動作，那如果你覺得他是一個勵志性或者搞笑，這個我們本身就呈現搞笑，我可能就會加一些快動作！然後比較不一樣的，譬如說，他的裝扮可能有前後的對比，我們可以開（雙）框啊，做一些這樣的效果。（代號 L 受訪者訪談記錄，0412）

> 如果你沒有一些讓人家聚焦的點，觀眾根本不會想要把這一則新聞看完，所以你一定要用故事性的東西去包裝這個人。配樂在新聞是還蠻必須的，如果這個人他不是那麼出色，你要用故事把它包裝起來，配樂可以去輔助我們新聞的點。有小片頭也 OK，如果再加上一些圖卡可以去突顯這個人，就可以讓新聞的鏡面呈現更活潑一點。（代號 N 受訪者訪談記錄，0414）

不過也有少部分受訪的文字記者，並不認同製作獵奇類遊民新聞或專題，需要經過這樣繁複的後製包裝，他們大都認為，新聞就應該要自然而質樸的原音重現，才能表現出它的真實感：

> 基本上我認為好看的專題，其實它沒有那些太花俏的東西，因為一

---

16 「快剪」，是電視新聞有關剪輯的一種專業術語，指的是將影片快動作剪輯並且搭配音效呈現，通常作為開場或轉場之用。

 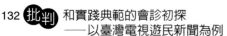

個很好看的畫面，跟文字配合畫面的寫法，我覺得就已經很好看了，不太需要太多的效果。（代號 P 受訪者訪談記錄，0416）

如果是 7、8 年前的我呢，可能會希望節奏很快，然後下很多煽情音樂，但是現在的我會覺得簡單乾淨，也不要有任何煽情音樂，用現場音來做……而且剪接的方式也不用快動作，正常的（呈現）就好了……就是不希望這麼的煽情，可能會比較趨近於類記錄片，但是又不要像紀錄片這麼的乾，那我們也會設計不同的動作啊，或者是角度來呈現這樣子。（代號 R 受訪者訪談記錄，0418）

代號 E 新聞主管認為，不見得每一則獵奇類遊民新聞或專題都需要做特別的後製包裝，有時加太多效果，反而會有做作、不真實的感覺。因此他認為，需不需進行特別的後製包裝，還是要看遊民新聞個案的氣氛營造、整體故事的張力及個別記者的專業能力來做最後決定。而文字記者在寫完稿後，通常會由他的直屬主管進行內容審查，若主管對文字記者所寫的內容不滿意，在剪輯前，文稿仍有可能再進行修改。

貳、攝影記者的意向

電視新聞是否能吸引閱聽眾，關鍵在於它的影像如何呈現！文字記者完成的新聞文稿，只是為這則新聞劃出骨架，而接下來，攝影記者得為這則新聞添上血肉，也就是新聞畫面的剪輯，最後結合了字幕、口白、現場音和畫面，電視新聞才算具有完整的軀體和靈魂。每日即時新聞的拍攝和剪輯，大都由攝影記者一人獨自完成，有些深度新聞專題和新聞節目，會交給專業的剪輯師進行剪接及後製包裝。攝影記者在拍攝遊民新聞時，對於新聞畫面該如何呈現，大都在心中已有一定的想法，有些資深攝影記者甚至會在腦海中先劃出「分鏡圖」，然後照著這張想像的分鏡圖進行拍攝和剪輯。從電視新聞當中「鏡頭語言」如何呈現，我們也可以看出攝影記者的個人專業能力強與弱。

一、有關遊民鏡頭的拍攝

躺在地上的遊民，這種東西畫面有百百種，有所謂的快剪，有所謂的慢工出細活、一步一腳印來呈現的，其實拍遊民的話你不可能去快剪，去弄得很炫，因為它是故事性的，是不太搭的。我可能會從他的一些肢體動作來細拍，看他這個人的一些主觀鏡頭，主觀就可以帶出一些鏡頭語言，他的眼神，用畫面就能說話，它會比文字稿還有說服力。拍細部特寫比拍大景還要漂亮，還要會說話！（代號M受訪者訪談記錄，0413）

我要去呈現他的話，因為是故事，所以他一定會有情緒，我會去帶他的情緒，細部的動作，愈多的手部的感受，手部的動作，然後整體，然後背影。背影我覺得是非常好用的，我會拍他背影慢慢的走，然後搭配一點點的快動作，讓旁邊東西在快速的流逝，就是表現出時間對他來說是沒影響的。（代號V受訪者訪談記錄，0413）

我覺得……我們一直run下來，收視率最好的反而就是有一種探索的拍法，就是一開始我也不要揭露太多，然後慢慢慢慢跟著鏡頭走，尤其是很奇怪，夜景的東西特別容易吸引觀眾。晚上到了一個廢棄的房屋看這遊民，多少有點驚悚或鬼怪的感覺在裡面，那個反而後來發現操作起來收視率更好，比白天要好。（代號S受訪者訪談記錄，0419）

二、有關模擬畫面的運用

　　幾乎大部分的受訪者，都提到獵奇類遊民新聞使用模擬畫面的必要性。原因是這類新聞在故事化的敘述過程中，必須要有相對應的畫面去呈現遊民過

去的生活情景，而模擬畫面大都是「重現」遊民最悲慘的時刻。例如：遊民翻垃圾桶找食物、遊民睡在騎樓被大雨淋濕、遊民被人圍毆、遊民在街頭痛哭……。如果電視記者想要報導的是遊民「逆轉勝」的故事，這些被報導的主角，通常已經脫離了遊民的生活，但為了「畫面需要」，採訪記者通常會情商被報導的遊民主角，換上較為邋遢的衣服，重新回到街頭，為採訪「表演一段遊民生活」：

> 這個演的部分是不太可能迴避的，一定會，那只是多跟少，可是……我們儘量是還是多一點好啦，因為他得演嘛，他演出來我們畫面的跳躍才會豐富，才會多，故事才會好看，才會呈現出他講出來故事的精髓跟細節。那如果它什麼都沒有（指模擬畫面），那我們就是放一個人在那邊讓他一直講就好，這就一點意義都沒有，因為沒有人想看這樣的東西。（筆者問：這個模擬畫面如果太多的話，會不會覺得有點假假的？）其實我覺得……不會到失真，因為他是回憶，回憶就沒有所謂真實的問題，他只出現在他的想像裡面，他的印象之中，那我們是去把他印象表現出來而已……我覺得是蠻合理的，這樣才有講故事的那個味道！（代號 V 受訪者訪談記錄，0422）

> 我們現在所記錄的這個，是在時間和壓力下去拍攝，所以會有很多的時候必須說：「不好意思，請你做這樣的動作！」（筆者問：記者今天要報導他的故事，可是又很趕時間，必須要很多的動作都要請他配合電視台去做，遊民是否有點像臨時演員？）趕時間的不會是他，反而是我們，反而我們會有很多的要求，在很多的要求下變成有很多東西是不自然的，我們也只能儘量在不自然當中去找最自然的畫面。（代號 0 受訪者訪談記錄，0415）

它（指模擬畫面）也不是假的，有些只是鏡頭語言，問題是我們怎麼運用它。就像電影也是一樣，它的效果也有一些很 shock 的畫面，電影只是把它演出來而已。我們的新聞是比較現實的，那如果真的有這些時間的話，其實他演出來的跟他生活是不衝突的，我覺得這畫面是可以接受的鏡頭語言。（筆者問：所以這種獵奇類的新聞，有經過「指導」的比例還蠻高的？）對！這些光怪陸離的這些事情，就很多是有一些設計，有表演者（指遊民），那我們等於是一種「傳播表演者」，我們也很賣力，因為有收視率！（代號 M 受訪者訪談記錄，0413）

許多受訪者也提到，要求遊民「表演」或「重現」生活最悲慘的時刻，好讓記者能順利取得報導所需的模擬畫面，有時候也會難以啟齒，因為這對於當事人來說可能是二度傷害，但為了得到戲劇化效果，還是得硬著頭皮要求遊民配合演出。而這種要求當事人當演員演出的歉疚感，經常會和新聞的使命感相互衝突，但在一番內心交戰後，歉疚感很快會被工作的責任感給取代，這也是慣習理論中行動者「自我內化」的一種顯現：

（筆者問：請對方模擬的時候你會不會覺得自己比較像是導演，而不像攝影記者？）對啊！會！其實那個時候就會比較撇除掉一些可能道德上的……可能就會盡可能把畫面拍好看，盡可能快速的把它完成，一開始剛入行的時候會有這種糾結，可是後來其實就沒有了，後來就是力求畫面一定要拍到位這樣子，就比較不會有糾結。（代號 B 受訪者訪談記錄，0402）

（筆者問：需要模擬的時候，你會不會擔心說這樣好像在人家傷口灑鹽？）對！但是如果說……如果說有這個擔心的話，那這個專

題可能做不了，就是如果以我的方法的話，我會很直白的請他做這個動作，因為我說我們需要有畫面，那也需要呈現你平常眞實的生活，你如果平常眞的有翻垃圾桶的習慣，那麻煩你現在翻一下，我們在旁邊拍，我會直白的講！（代號 R 受訪者訪談記錄，0418）

我只能期待……我們就是每次在拍攝這種狀態的時候，把他拍得愈慘，人的同情會愈多，同情的話會有所謂的專款專項的部分……我們必須了解就是這個東西（指遊民配合演出）眞的對他們有幫助。實質幫助是不大，我們知道，可是第一個我有壓力嘛，我有所謂業績壓力，我必須要產出，那長官交代我要做得到，我們在拍的時候，就只能儘量用同情心的角度跟人道關懷的角度去拍他，去把他做得更讓人感動一點。（代號 V 受訪者訪談記錄，0422）

大部分記者認為，模擬畫面是獵奇類遊民報導中「很自然且必須要有」的一環，也只有運用模擬畫面，才能把遊民的故事表現得淋漓盡致，同時模擬畫面在獵奇類遊民新聞中，也會產生良好的收視率提升效果。為了達成心理上的平衡，許多記者認為，模擬畫面較能具象化表現出遊民困境，因此容易觸動人心、引起迴響，或許較能協助遊民解決他們工作和急難救助的問題。當然，這可能只是採訪記者想要降低愧疚感的一種自我安慰，因為記者們十分清楚，要求遊民模擬演出是有點殘忍的事。不過也有少部分的記者認為，模擬畫面不一定要有，如果能有合適的替代畫面，就盡可能不要去模擬，除非眞的是想不出方法了，最後才會去嘗試運用模擬畫面。

三、有關剪輯與襯樂

遊民新聞或專題拍攝完畢後，接下來就是回到電視公司，進行剪輯和後製的工作。這一個階段，對於獵奇類遊民新聞尤為重要，因為所謂的「新聞包裝」，大都是集中在這個階段完成。有時候攝影記者會照著文字記者在文稿上

註記的後製效果進行操作，有時較爲資深的攝影記者，也會依自己的想法，在剪輯上加入一些後製效果上的設計。其中較常使用到的方法是：新聞小片頭、快速剪輯、慢動作、轉場效果和加入襯樂。

> 如果他的身世是很悲慘，我們加一點小提琴或是鋼琴的襯樂，輕的音樂，不一定是說悲慘的音樂，會把看的觀眾也帶入那個比較低沉的心情。那如果他是歡樂的，假設他現在很勵志的每天在打工、在派報、在到處打零工是很勵志的，很正面的一面的時候，我們用輕快的音樂！其實我覺得襯樂還蠻重要，會帶領觀眾的心情。至於小片頭還有加上重音樂，是可以把人的眼睛還有遙控器先停留在你的這一臺畫面上面。（代號 I 受訪者訪談記錄，0409）

> 剪輯的話，基本上我們會去做一些特效，去強調說他（成爲遊民）前後的差異，在同一個畫面上呈現出來……我們是不太可能用快剪，因爲我覺得快剪是適合歡樂的場合，他的故事應該是沉重的，腳步沉重一點，然後悲傷的，我們會搭慘一點的配樂，柔一點的配樂，讓情境去襯托出來，然後讓他的人生轉折可以表現得更明顯……如果能拍眼神的話，眼神是最好，因爲他眼神可以說很多故事。（代號 V 受訪者訪談記錄，0413）

> 後製其實我們在配樂跟剪輯上的效果來說，也是走向驚悚這方面的收視率會好一點，如果太平鋪直敘或很正經的去講他這一個人的經歷的話，好像收視率不會那麼高。那我們會把他包裝得比較有一點驚悚成分，你說鬼怪片嗎？也不全然，但是在配樂跟剪輯手法，或者說像我們就用疊影的感覺，讓觀眾覺得說恐怖喔，去帶出遊民這個東西出來。我不曉得這樣好還是不好？但是它達到收視效果了，

這也是長官要求的，那我們也不得不這麼做。（代號 S 受訪者訪談記錄，0419）

另外，有時候因為文字記者比較資淺，所寫的文稿可能無法表現出獵奇類遊民新聞的特色，因此較為資深的攝影記者，有可能會動手修剪文字記者所寫的文稿或調動文稿內容的前後順序，讓新聞的表現更為緊湊或更具有張力。此時真正主導這則新聞的人，有可能是攝影記者，而非文字記者：

我會讓遊民自己去講，我反而會讓記者的 OS 少一點，因為故事是他的，不是記者在講。記者可以講故事，可是記者講故事的力道可能不見得大過於他（遊民）自己本身去講，那我會讓他前半段有個10-20 秒他自己說（自己故事），甚至他的生活，一天的生活下來的小記錄，去做穿插的剪接……然後再把這些東西接進記者對這人的簡歷敘述，之後再去包回來[17]。（代號 O 受訪者訪談記錄，0415）

獵奇類遊民新聞經攝影記者剪輯及後製完成後，會先由攝影主管進行審查，若沒有太大的問題，即會上架新聞 ON AIR 系統待播。若是新聞主管對於新聞剪輯及後製處理不滿意，但已接近新聞播出時間且未違反相關法規，攝影主管會先放行播出，等這則新聞播完後再進行第二次修改。

四、文字記者和攝影記者的碰撞

新聞性節目的專題比一般即時新聞更適合以說故事的手法呈現，因為它可

17　代號 O 受訪者敘述的是電視新聞專題說故事的常用包裝手法，即先由主角敘述自己的人生故事，中間穿插一些留白畫面，讓觀眾有思考空間。接著再由文字記者口白介紹主角的身分、來歷、奮鬥過程，最後再由主角說幾句感想和自己的人生體悟，作為新聞的收尾。

以慢慢蘊釀說故事的氛圍，同時它也經常借用類似電影的開場手法。例如：先以片段影像和音效，製造懸疑、恐怖、哀傷情緒，然後再導入主角的故事；或者，先以快節奏方式剪輯一些關鍵性的訪談內容，然後再倒敘展開主角的完整人生故事。同時，新聞節目的專題單元，通常有大量的襯樂、轉場、後製效果，而不斷出現的模擬畫面，更接近於電視類戲劇的鋪排手法。〈億萬富豪淪街友〉呈現的就是一個獵奇類遊民新聞專題的典型操作模式：一開場是西門町的繁華夜景，接著記者以感性且沉穩的口白，將焦點慢慢帶入這個單元的遊民主角——阿俊身上：

> 67歲的王明俊大家都叫他阿俊，見證了西門町半世紀以來的變化，30多年前經營的西裝店轉手好幾回，如今變成了褲襪店，很難想像當年最火紅的秀場藝人都是他的客戶……西門町造就了他，卻也狠狠的摧毀了他，堂堂的西裝店老闆，竟然也淪為街友。在一碗陽春麵賣3塊錢的年代，阿俊曾經在股海中叱吒風雲，進出資金高達上億元，不過股災來得太突然，一夕之間，賺來的全都化為烏有，到底虧了多少自己也不敢算清楚……。（節錄自〈億萬富豪淪街友〉片段）

專題以重回現場方式呈現，讓故事主角阿俊回到當年他曾經風光過的西門町紅包場，講述過往那段燈紅酒綠的生活，隨後在股市斷頭慘賠後，他從天堂跌落人間，成為一無所有的遊民。接著，阿俊開始講述他成為遊民之後的悲慘際遇：

> 水龍頭就在（騎樓）那個地方，我就利用半夜沒人的時候洗澡，我拿個牌子在外面放著，他們就不會進來，冬天、夏天，都一樣，我都洗冷水，習慣了……我睡在路邊，我被人家丟瓶子，我一走到

外面來，3 個年輕人跑掉了！我不恨，我恨我自己，為什麼要睡在這邊，讓人家討厭……如果有人送便當來，講可憐我，我就叫他拿走，你拿給我吃，我很高興，我會感激你，有一天可能會回報你，我不要你可憐，不要你同情……。（節錄自〈億萬富豪淪街友〉片段）

但天無絕人之路，「芒草心協會」幫阿俊找到免費暫住的公寓，社工也幫他引薦成為西門町導覽員，讓他有機會再融入人群。單元末尾出現臺北 101 大樓的焰火秀，表示拍攝時間正好是跨年之時，鏡頭切換著 101 燦爛煙花和西門町舊公寓破敗的對比，阿俊對著鏡頭講出他的跨年願望，說到最後，眼淚不禁流下。這是一個「卑微的」遊民心願，一個當年的西門町大老闆，如今連回鄉探望家人的旅費都沒有 [18]：

我希望今年過年有個期望，我能去墾丁公園去看！回我家……（阿俊痛哭哽咽）。（記者問：為什麼想回家？）要回去拜拜，拜祖先，到阿里山那邊看阿嬤，有空也要有錢阿，沒有錢怎麼去……（節錄自〈億萬富豪淪街友〉片段）

代號 Z4 文字記者不否認，當初會挑「西門王」──阿俊的故事去採訪，主要是著眼於它可能會很有收視率：

沒有故事性就沒有收視率，同時，如果沒有他們的意願，我們就不能呈現一個完整故事……一個有幾億存款的人，最後什麼都沒有，他變成街友的過程，大家一定很好奇，這種衝突性大的故事，感覺就會比較有收視率！（代號 Z4 受訪者訪談記錄，0429）

18　畫面來源 https://www.youtube.com/watch?v=ISIXu_Pq9o8&t=2313s

從節目單元的架構可以看出，〈億萬富豪淪街友〉這個單元，其實就是獵奇類遊民新聞的「放大版」。它的內容呈現模式接近於「大老闆變遊民」這則新聞，但因為新聞節目有較充裕的採訪時間和較長的篇幅，可以讓記者好好的把一個故事說清楚，因此在畫面設計和鏡頭語言的呈現上，會比較接近於「半紀錄片」模式：

> 西門町有很多小巷子，那些小巷子就是他生活的地方，他在那個地方蓋地鋪睡覺，用人家的水龍頭洗澡，然後躲在牆角裡面，這樣子遮風擋雨，那些東西其實都是很好表現的地方。（筆者問：那你怎麼去抓他的特寫？）我讓他有 10 幾、20 分鐘的方式，就讓他在跟平常一樣，在那邊生活，用長鏡頭去吊……我沒有用鏡頭去靠近他，完全就你就是很自然去表現說，當時你在這邊生活的樣子，跟現在的樣子，人的穿梭，車子的穿梭，然後那些過往的人看他的樣子，用比較寫實的方式去拍他，這樣子應該是比一般受訪者可以做出比較不一樣的表現。（代號 Z2 受訪者訪談記錄，0427）

Z2 攝影記者在電視新聞媒體已有 30 年的年資，而他的採訪搭檔 Z4 文字記者，年資僅 5 年。就採訪〈億萬富豪淪街友〉單元動機來看，Z2 認為他並沒有把收視率表現看得很重要，他強調，如果做一個新聞報導節目，也能同時做一件好事，對他來說可能是比較重要的：

> 在當下時我們是很想說去幫助到這一個人，這個人在人生的起伏當中，如果說我們因為這樣子的呈現可以拉他一把，說不定可以讓他這樣一號人物，活在社會底層的這樣人物，有起來的一天，我原先一開始的想法是這樣子。後來整個包裝完之後，當然它還是一個紀錄片，還是一個單元，覺得這樣子是不是可以幫助到更多

人，讓更多人去看到之後，不只是拉他一個，可以拉到更多的（遊
民）……。（代號 Z2 受訪者訪談記錄，0427）

在產製〈億萬富豪淪街友〉單元時，Z2 攝影記者的鏡頭語言是往「記錄
片型式」和「社會責任」傾斜；Z4 文字記者的文稿則是往「收視率」和「感
官主義」傾斜。雖然各有不同的出發點，但在文字記者和攝影記者二人各自的
想法交織、碰撞、磨合之後，呈現出來的，就是一個可能具有收視率，又有一
點人道關懷味道的獵奇類遊民節目報導──〈億萬富豪淪街友〉單元。

參、新聞主管的意向

記者取得獵奇類遊民新聞的訊息或素材，通常有二大類，第一類是記者從
報紙、網路、觀眾投訴或警政系統中取得，第二類就是「長官交辦」。當獵奇
類遊民新聞的消息是由基層新聞主管（通常是指組長或召集人）主動取得時，
他會交由組內某位記者執行採訪，並且在當日採訪會議中進行提報，希望能獲
得採訪主任及總編輯重視。但是有時候，被指派的採訪記者到達現場後，才發
現事實與主管先前掌握的訊息有所出入，而新聞主管為了讓獵奇類遊民新聞的
呈現，符合其先前在採訪會議中所敘述的故事內容，有可能會動手修改文字記
者所寫的文稿，並加進一些可能不是事實的劇情，使得新聞內容距離「真實」
更加遙遠：

他（長官）會喜歡你呈現得很強烈，當你寫得很慘的時候，你一
定要儘量的……maybe 你的音樂要變得比較戲劇性、要悲情，然後
就是所謂的灑狗血那個狀況。如果說你今天力道不夠強的話，長官
或許會在文字上面犀利一點，幫你改。或許他（遊民）可能只是走
路一跛一跛，他（長官）就會說他（遊民）完全沒辦法走之類的，
甚至他連洗澡都沒辦法。我會說可是這個不是事實啊，那長官或許

會覺得說，可是這樣才能呈現出他（遊民）的成功、他有多麼的厲害！（代號 A 受訪者訪談記錄，0401）

長官希望我們多灑狗血，但我們要據實報導……要在一分半內，要去呈現一則遊民新聞，可能會突顯重點或誇大，在這種情形下，可能真實性就會偏頗！（代號 Z2 受訪者訪談記錄，0427）

我說這不適合「快剪」，但他們就很愛快剪，可是……你知道那個快剪感覺就……那就不對，那個情境就不對！我就會生氣啊，憤怒啊，嘴巴各種就是 XXXXX，那你還是要修啊，你還是要照他（主管）的感覺走，可是問題是……就心裡會很不甘願啊，然後……基本上那個狀態下，我就已經會……不是那麼認真了啦，反正就是有點呼嚨，就是交代啊，因為那你也沒辦法，可是心情就會……你知道，那個兩隻手抓緊……你就不要哪天……就只能在那邊心裡想說，你就不要哪天我比你大，你會老、我會大，你會老、我會大……就這樣子。（代號 V 受訪者訪談記錄，0422）

代號 V 資深攝影記者在談到被主管逼著修改他認為不專業的新聞呈現方式時，情緒相當激動。但其實不只代號 V，許多受訪記者對於長官強制修改文稿或在新聞中強加不適當的後製效果，都感覺十分憤怒，但是卻又無可奈何。不過也有些記者對於長官要求修改文稿或畫面，會百分之百配合，並不會有任何不悅感覺，有些記者甚至會揣摩長官的意向來製作新聞：

通常我們在美化（新聞），就是希望把自己的新聞呈現得跟長官的想法是一致的，達到他們可能在編輯會議上面所需要的一些目標，那既然（立場）是一樣的話，這樣他們就會覺得很開心。（代號 L

受訪者訪談記錄，0412）

沒問題，就照長官的意思做！我這方面我很容易妥協，說真的，我
覺得我沒有什麼好堅持的，長官說的一定是對的！（代號 R 受訪者
訪談記錄，0418）

這些對新聞主管的要求幾乎「百依百順」的受訪者認為，與其和長官作
對，不如順著他的意思走，因為長官如果在採訪會議中受挫，那麼接下來要倒
楣的還是他們。不過也有些記者和基層主管認為，他們和直屬長官之間，基本
是相互尊重的，對於獵奇類遊民新聞的呈現方式，長官並非完全固執己見或不
能溝通，只是如何去揣摩或協調出一個雙方都能接受的結果而已：

如果（遊民新聞）扯到制度，扯到一些比較教條式的東西的時候，
長官就不是那麼愛，他希望看到的是現場的畫面，然後你去突顯
問題，去描述問題，點出他們的故事……所以這個部分就會很糾結
啦，我要怎麼在時間內把這個東西給交代完，又要讓長官去覺得說
我有寫到（他要的內容）……常常就是說，到底要怎麼要去呈現，
是確實有點尷尬！（代號 X 受訪者訪談記錄，0524）

我新聞主要要呈現的中心思想不能改變，你（主管）在內容上要做
怎麼樣的刪減，我覺得我可以接受討論。（代號 W 受訪者訪談記
錄，0423）

如果必須要有這樣的畫面，假設他並沒有這樣的一個故事，會變成
有點虛構的，那我可能跟長官說這是虛構的，可能比較不適合。
那如果它曾經發生過，是我們的採訪不夠到位，無法讓它呈現以前

的模式，那我會願意再回去試試看！（代號 Z3 受訪者訪談記錄，
0428）

從上述訪談內容我們可以得知，獵奇類遊民新聞通常不會無中生有，但是卻有可能會在各個守門人的專業意理和處理意向上產生變化。在經過電視新聞工作者刻意包裝後，獵奇類遊民新聞或專題的呈現，會比一般遊民新聞更加感官化、戲劇化和精緻化。這樣的結果，其實也正是新聞場域「慣習」的一種呈現，因為電視新聞工作者在處理新聞時，會下意識的順著「長官意向」去走，這是新聞工作者的一種內化規則行為，也是新聞場域的潛規則。電視新聞工作者可能會將這種潛規則視為：「在新聞場域中，如果你要生存，那你就得照長官的話去做，不管你願不願意！」或者是說：「如果我在新聞處理上揣摩長官意向，讓他滿意我的新聞表現方式，那我就會有更多的出頭機會，至少他不會來找我麻煩！」這種有關電視新聞場域中「規律」和「規則」的慣習形成，過程極為緩慢且通常不顯於外，它不會成為電視台內的新聞操作手冊或自律公約，它只會悄悄的滲入電視新聞工作者的感知系統之中，慢慢的成為他們在新聞場域中的最高指導原則，然而他們自己並沒有感覺到場域中有這種「規則」的存在，所以才會認為長官的一切要求都是合理的！

● 第四節　遊民尾牙宴的權力意涵

每年到了年底，都會有許多慈善團體或個人舉辦遊民尾牙宴，但這個看似充滿愛心的活動，其實暗藏著主流社會許多權力宰制意涵，必須從「施恩者」、「電視記者」及「參加尾牙宴的遊民」三種角度進行拆解，才有可能看到傅柯所說的，「主體屈從」（subjugation）的概念呈現。傅柯認為，各種「微權力」（micro-power）擴散在我們日常生活之中，對個體的分類，造成個人認同，強加真理的法則，個人因此有所認識，別人也因此有所認識

（Foucault, 1982／轉引自張錦華，1994：177）。也就是說，權力會以「分類」的方式，讓人歸屬到不同群體，個體也會很容易察覺到這種差異性。例如過去臺灣的中學，會以入學的考試成績來進行「好班」（升學班）、「壞班」（放牛班）的分類。排入「好班」的學生，察覺到班上菁英雲集、競爭激烈，因此可能激勵自己在學業上更加精進；而被編入「壞班」的學生，在同儕相互影響下，有部分人可能會放棄自己，成為令師長頭痛的問題學生。當然，「好班」也會有天資聰穎、但不認真學習的學生；「壞班」也可能會有努力向上、企圖翻轉自己命運的學生。不過，大體而言，「編班制度」就是教育權力的一種行使與宰制，它預設了學生的未來發展，並從中作了篩選。雖然學生穿的是一樣的校服、唸同樣的教科書，但這樣的篩選，卻造成校園內的階級對立，也就是「菁英─低等」的明顯標誌，使得一個中學校園，猶如二個不同的世界。我們的社會，也被劃分為很多不同的階層，雖然全體國民適用的是同一套法律，但其中卻隱藏著權利與義務的不對等。例如每年 5 月的綜合所得稅申報，高所得的人，薪資要被課以較高稅率，這樣的稅制看似公平，但許多有錢人或大老闆，卻能夠以各種避稅方法，讓自己少繳或完全不用繳稅，像是：「成立理財公司，把所得變營收」、「境內所得變境外所得」、「資產變房產」、「變身假外資」等（天下雜誌，2014.1.21、2013.5.29）。許多大老闆串通律師、會計師，大鑽法律漏洞，錢賺得愈多，稅就繳愈少；但是上班族和勞工階層卻是少繳一塊錢的稅都不行，於是他們會認為：「愈有錢的人愈不用繳稅，社會真的不公平！」這種相對剝奪感，對於上班族和勞工階層來說，感受十分明顯，但是對於避稅的大老闆來說，卻不認為自己需要感到愧疚。

　　同樣的，有一種分類，平常我們不容易察覺，但在意識型態中卻已有類別存在，那就是「正常市民」（我們）與「不正常市民」（他者）。「正常市民」，是認同國家權力替我們劃分好位階的社會大部分人，士農工商、販夫走卒，都各有其工作或任務要去執行。「我們」遵守國家法令、社會規範，我們努力工作、獲得合法報酬，然後我們可以儲蓄、投資、購屋、安排休閒、組織家庭。但有一群被稱作「遊民」的人，「他們」被分類為「不正常市民」，這

群人自外於社會體制，沒有工作收入或僅有少許收入、無家可歸（也可能有家但不想回去）、沒有親人關懷、生活在城市邊緣。「他們」大多數可能沒有社會保險和房地產，但相對的，也不需要繳納保險費、所得稅、房屋稅、土地增值稅。「正常市民」大都豐衣足食，但卻有不少個人煩惱等待克服，包括朋友關係、家庭關係、職場關係、婚姻關係、養兒育女、家長期待、公司業績、考績升遷……。「不正常市民」經常三餐不濟、流離失所，承受的是維生所需不足的考驗；但相對的，他們也掙脫了社會規範、禮俗、家庭壓力的束縛。遊民之中，有些是因為個人經濟因素而必須四處流浪，但有些人是想要逃離感情、家庭或社會體制的桎梏而自願成為遊民。但不管是自願或非自願，這些遊民都會被歸類為「不正常市民」，也就是相對於「我們」的「他者」。那麼「我們」可曾想過，「我們」認為施恩於遊民或者要求「他們」的行為符合社會期待，是否反而會造成「他們」的相對剝奪感增加，而「我們」卻毫不自知？

前述戴瑜慧、郭盈靖（2012）的研究認為，主流媒體會將遊民刻板化為對立於正常市民的不正常社會他者；而社會對「不正常遊民」的態度，則常擺盪於敵視與同情的混雜情緒中。本書第四章 John Fiske（1999: 04）對於美國遊民收容所的觀察研究也曾提到，教會一方面提供場所成立遊民收容所，而社會各界也捐贈給收容所許多傢俱和物資。表面上看起來，這是一個充滿愛心的社會，但是教會卻把和收容所唯一相通的門給封鎖起來，原因是怕遊民跑到教會驚擾到做禮拜的信徒。而「收容」與「上鎖」的二種行動對比，正好呼應了戴瑜慧、郭盈靖所說的，社會對於遊民是擺盪於「同情」和「敵視」的二種混雜情緒。2017 年 12 月 6 日，《聯合報》第 B7 版頭條新聞，刊登的主標題是「送街友性感睡衣、卸妝油？」新聞內容主要是說，慈善團體芒草心協會收到民眾捐贈給遊民的物資，大概只有六成能用。其他的四成，大都是二手內褲、過期面膜和眼藥水、浴帽等，遊民根本使用不到的物品。新聞引用了志工貼在臉書的一張照片，是一名禿頭男子戴著浴帽洗澡的畫面，照片旁白並說：「送禿頭街友大叔浴帽，是誰的需要？」新聞文稿中同時引用網友的說法批評捐贈者：「根本把社福機構當資源回收站！」這則新聞，報紙主編將它放在頭條的明顯

位置，如同主流電視媒體製播的「獵奇類」遊民新聞，雙方在新聞處理的手法上頗有異曲同工之妙。它突顯媒體不分平面或電子，都對遊民獵奇特別有興趣，也願意以大篇幅或後製包裝模式處理，讓它能夠更加吸引閱聽眾注意。

　　歲末年終，媒體對於遊民的興趣，會集中在「遊民尾牙宴」上。在本書所蒐集的 306 則遊民新聞文本中，有 18 則是和「遊民尾牙宴」或「宴請遊民」有關的新聞，絕大部分都是由民視新聞台所產製。其中，由創世基金會舉辦的「街友寒士宴」，每一年都有 3 至 4 萬人參加。而由個人所發起的「街友尾牙宴」，則以「刈包吉」（本名廖榮吉）最受到媒體關注，大都席開 600 桌左右。每一年，也唯有「尾牙宴」時刻，才能把各地無家可歸者和弱勢者聚集在一起。從「遊民尾牙宴」新聞所切入的角度來看，不管主辦人是創世基金會或「刈包吉」，新聞重點都是放在主辦者和到場的名人身上，這是身為施恩者或名人所該享有的「媒體話語權」。電視記者在「尾牙宴」現場，一次可以拍到這麼多的遊民，而且大都沒有上馬賽克處理即播出，不管遊民願不願意，來參加「尾牙宴」，他們就必須被迫在鏡頭前曝光。同時，遊民們也必須配合主辦單位及採訪媒體，在鏡頭前說些感謝施恩者的話，這似乎是被施恩者「吃人一頓」後，被期待要做的事。同時，在媒體記者蜂湧而至的「尾牙宴」會場，遊民們也可能再一次的感受到，這是「正常市民」對於這群「不正常市民」的年度施恩大會，兩者之間存在著明顯的階級差異。而媒體記者對於「不正常市民」吃這頓流水席這麼有興趣，除了希望看到施恩者和被施恩者的互動之外，當然也希望拍到遊民們搶食和狼吞虎嚥的畫面，因為在豐衣足食的臺灣社會，要看到這樣的畫面並不多見，對觀眾來說，其趣味性可能更勝於動物園的猛虎「餵食秀」。

　　本書文本中的東森財經台〈遊民尾牙宴〉單元專題[19]內，有一段遊民在尾牙宴中爭搶食物的畫面讓觀眾印象深刻。記者口白的內容是：「蚵捲 5 秒見底，剛川燙好的活蝦不誇張，10 秒鐘，盤底朝天，一桌九菜一湯，全都大受

19　新聞來源 https://www.youtube.com/watch?v=2Teer9lyAWM

歡迎！」專題報導中出現的畫面是，熱騰騰的食物才剛放到桌上，尾牙宴的遊民們全都站起來搶食，深怕動作慢了就沒得吃，於是出現了每一盤食物都是上桌 5-10 秒內就被掃光。爭食的這一段畫面結束後，記者開始訪問尾牙宴上的遊民，遊民們愉快的回答：「每一樣都愛吃」、「很溫暖的感覺」、「希望他（指刘包吉）繼續辦下去」、「來這裡有家的感覺，四海之內皆兄弟」。還有一位尾牙宴受訪者，說他自己不是遊民，而是來觀察遊民生態的：「我去過東京，看過人家日本的遊民，比較起來，臺灣的遊民各方面都很享受啦！」受訪者的說法，是被施恩者標準的「被期待答案」，但是遊民如餓狼搶食的畫面在電視上播出，是否會加深社會大眾對於遊民「行為不正常」的既定偏見？採訪這個專題的記者 Z1 認為，她在處理這段畫面時，的確曾經陷入天人交戰。

> 姑且不用管會不會影響到遊民的形象或什麼的，我真的就是為了吸睛，讓大家留下來繼續看這則新聞，這個是加分的……但我會儘量在 OS 旁白的時候不要去太強調那一塊，就是什麼搶光光……我只想用快節奏來吸睛，因為太長會拖，然後用快節奏的話，會讓觀眾看過去就閃過去（意思同「快速瀏覽」），閃過去就不要去想太多，我是這樣想啦！就用我的畫面跟 OS 趕快就過去這樣子，變成讓觀眾有印象，但是不會去思考它，我是這樣想的！（代號 Z1 受訪者訪談記錄，0426）

> 我們拍攝時一直在觀察，第一道菜上去幾秒鐘沒有了，第二道上去又沒有了，我就在想說這個畫面蠻特別的，那我就鎖定下一道菜看是不是一樣，我鏡頭架在那邊等待，結果真的不到幾秒又沒有了！（代號 Z3 受訪者訪談記錄，0428）

從「媒體奇觀」理論的角度來看，遊民搶食的畫面正是一種令人瞠目結舌的「奇觀」展現，採訪記者一定知道，這樣的畫面具有獵奇特性，一定具有刺

激收視率效用，因此搶食畫面是〈遊民尾牙宴〉單元中絕對必要的呈現。但參加遊民尾牙宴的人，可能還有弱勢家庭及一般民眾，未必全部是遊民，一旦搶食畫面出現在鏡頭前，可能會讓閱聽眾把「遊民」和「搶食」直接劃上等號。Z1 既想要有收視率，又怕這樣「爭食」、「掃盤」的畫面會對遊民自尊心造成傷害，於是只好自我欺騙：「畫面很短，觀眾不會特別去思考它具有什麼意義！」批判典範一向認為，媒體記者這樣的做法，是白領菁英分子的意識型態在作祟。不過，不同的理論，對於記者的想法及做法，可能會有不同的解釋。在實踐典範的架構下，Bourdieu 實踐理論的優點，在於發現不同記者在新聞場域中有著細微差異，這些差異說明了每一個場域行動者，都有其主體性、個人特質和不同的稟性展現。同時，也正是因為這些差異，使得同一個獵奇類遊民新聞或專題，經由不同的記者處理，在內容和角度的呈現上也會有明顯的不同。因為有些記者處理新聞和專題的最高原則，是如何讓它有較佳的收視率表現，其他的問題較少列入考慮；但有些記者則會糾結在收視率和社會責任的內心衝突之中。到底處理新聞時，記者應該多向收視率靠攏，或者應該多往社會責任的天秤傾斜？這些細微的心理轉折，並非單靠奇觀理論和文本分析可以呈現的，而 Bourdieu 的實踐理論可以抓住這些行動者的差異所在及形成差異的原因。

　　不過，〈遊民尾牙宴〉單元，的確也呈現了主流電視媒體的遊民獵奇專題標準操作手法。因為故事的主角是施恩者——「刈包伯」廖榮吉，所以專題絕大部分內容在介紹「刈包伯」個人的故事，以及他如何想盡辦法讓尾牙宴順利進行。而遊民，只是尾牙宴中被施恩的配角，他們不容許占有太多的專題時間，於是許多遊民參加尾牙宴的獨特想法和心態，也都會被採訪記者割捨。透過本書的訪談，我們嘗試讓遊民重新成為這場尾牙宴的主角，在不同的角度詮釋下，尾牙宴對於遊民來說，將會被賦予全新的意義。

　　首先，遊民為何會想要參加這場「尾牙宴」？媒體記者隨機在尾牙宴中進行遊民採訪，通常會得到他們想要的答案。而從「正常市民」的角度來看，遊民們平時餐風露宿，大都與家人分離，過年期間無法「全家團圓」是極為悲

慘的事，因此過年前讓他們吃一頓豐盛的流水席，也是人道主義的做法。但是，每個遊民來參加「尾牙宴」，真正的目的只是為了免費飽餐一頓嗎？Z1記者在和遊民閒聊時，得到了一個她完全意想不到的答案。但也因為這個答案出於預期，且遊民並非她報導的重點，因此她並沒有把這個答案寫進專題之中。

> 他（遊民）就跟我說，他每年都好期待這一餐，雖然就只有一餐，可是就覺得好像一個嘉年華會，好像大家可以聚在一起，你不認識、我不認識，可是我們可以坐在同一桌，我們可以互相聊天，然後有好吃的食物可以吃，互相分享。我說你哪裡來的？他說高雄！我說高雄？你怎麼上來的？怎麼有錢坐車？他說：沒有啊，我就慢慢用走的！有一個（遊民）好像講，3個月前他就開始往北部移動，就為了來吃這一餐……因為平常不可能有那種開心聚會的感覺。我說：那吃飽後呢？（遊民說）再去流浪啊！然後到哪裡不一定，他說我可能再回去高雄，有另外一個講說：反正我們到哪裡都是家，隨便啦，慢慢走，還蠻有趣的！（代號Z1受訪者訪談記錄，0426）

「為了要跟不認識的遊民朋友歡聚在一起，高雄遊民千里迢迢走到臺北參加尾牙宴，吃完了這一餐，再漫無目的到處去流浪！」Z1所轉述的遊民參加尾牙宴理由，早已經超出了飽餐一頓的個人生理需求，而進到了心理的滿足階層，呈現出的是一種「人生觀」或「價值觀」。這種令「正常市民」無法理解的遊民參加尾牙宴理由，竟然接近於本書第四章John Fiske（1999: 02-03）所說的，遊民晚上願意回到收容所的原因，並不是因為他們沒地方睡覺，而是遊民們想要感受「同為天涯淪落人」聚在一起的那種溫情。這種獨特的個人感受，如果不是身為遊民，是永遠無法體會的。但掌有社會權力者，卻認為提供收容所給遊民是「極大的恩惠」，並且強迫遊民要和「正常市民」一樣，遵守「日出而作、日落而息」的社會規範，否則他們就沒有資格再回到收容所，享

受這裡的一切設備。如今，我們從遊民的角度來看，掌權者和管理者為他們所制定的繁瑣社會規範，反而讓人覺得有點荒謬可笑！

> 我們曾經跑去那個遊民收容中心，然後到那個地方就是去了解說，就是我們目前大概收容情況是怎麼樣，其實我也是從那個時候開始才知道說，喔！原來遊民收容中心不是因為不夠的問題，而是因為很多遊民他們根本不願意住在那裡頭，他們希望就是自由自在的，他們寧願在街頭上感覺是自由不受約束的，而不願意住在收容中心裡面！（代號 Y 受訪者訪談記錄，0425）

John Fiske（1999: 07）同時也對於慈善團體和志工的角色表示質疑。他認為，在政府的經濟政策中，所謂「公民權利」，並不包括住房和食物供給。住房和食物供給變成了一種「符號」，這種符號不是作為公共利益，而是成為志工執行剝奪和重塑遊民的特權。遊民的社會權力關係，變成和公民權及社會福利脫鉤了，志工和慈善事業，只是循環著政治上積極的公民意識，建構接受者（遊民）和捐贈者之間的社會關係。John Fiske 認為，跟一般人比起來，遊民大都是心理和身體上的功能失調，這是因為他們是最容易被社會系統剝奪的人，而結構性剝奪和政府失職的鴻溝，只有靠民間的善心可以填補。一般來說，志工和慈善團體成員大都是心存善念的好人，但他們所執行的，正是掌權者和「正常市民」想要矯正和控制遊民的一種意志，而他們卻不自知：「慈善，只是為了改善眼前遊民急迫的問題，儘管這樣的努力是有價值的，但最終也只是政策制定條件的同謀而已！」（John Fiske, 1999: 07）。

4 位接受本書訪談的新聞節目文字記者和攝影記者之中，有 3 位對於遊民尾牙宴主辦人及社會團體幫助遊民的動機表示質疑，這種質疑或許不會顯現在他們報導的單元內容中，但是卻會影響電視記者對於主辦單位的信任，有可能不會再有合作拍攝類似專題的機會：

有一些幫助遊民的基金會，他們也是互相競爭的心態，明明都是幫助街友的慈善團體，為何還有互相比較心態？有些基金會把這種善行作為避稅之道，可能一年做個幾次愛心給外界看，但你收到的善款沒有清楚交待，可能你背後金錢流向是不明的，這也是個沒有攤在陽光下的問題。（代號 Z4 受訪者訪談記錄，0429）

當時就已經有媒體去報導說他所募集來的錢，跟花在遊民身上的錢的比例上面，出現了很大的令人不解的情況，怎麼會有募 600 萬，用 420 萬在所有的人事開銷上，這樣子已經曲解了真正的社會資源運用。（筆者問：所以你在拍攝時，你的職業敏感度有覺得這些人可能在作秀嗎？）在接觸到這樣的採訪時，剛開始還沒有發覺到，一直到後來整個他們的運作方式看得出來好像是有那麼一點問題存在，所以說當我發覺到說……媒體是有一點被這些慈善團體去利用到的時候，覺得當時所做的情況好像是被利用了！（代號 Z2 受訪者訪談記錄，0427）

他（刘包吉）是那間廟的主委，所以有時候那間廟會辦一些像送便當的活動，他也會問我說，你要不要來拍？所以我就說我就沒辦法去拍，就是我不喜歡就只為了一則新聞然後去拍這樣的一個行為，或者是說你去做這樣一個動作我就要去拍你，就是我有點幫你這樣操作……他說不是這樣啦，我 1 年才曝光一次，沒人捐錢給我，我要偶爾曝光一下，到年終時才有人要捐錢，我說安捏喔，好像有道理呢！（代號 Z1 受訪者訪談記錄，0426）

　　從上述訪談內容可以得知，遊民尾牙宴主辦人在記者採訪他之後，還不斷的發訊息給記者，希望他們能再採訪與主辦人有關的其他新聞，但這對於記者來說卻是個困擾。因為被採訪主角或單位，經常會認為來採訪過的記者就是朋

 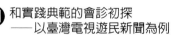

友，但採訪記者卻認為並沒有義務要不斷替對方宣傳。至於有些幫助遊民為主的基金會和慈善團體，因為帳目不清而受人質疑，採訪記者在接觸後，更發現有些基金會之所以會幫助遊民，目的只是為了避稅，可能不是真的「行善」。知道愈多的內幕，也使得這些記者開始懷疑自己是否受騙，或者成為這些單位假愛心之下的宣傳工具。不過對於上述的質疑，採訪記者通常不會寫進他們的專題之中，因為獵奇類遊民新聞的主要產製目的，並非為了揭發部分遊民關懷團體的假愛心或追蹤他們的帳目，而是為了提高新聞或節目的收視率。因此，採訪記者會把疑問先放在心裡，未來避免再與這些遊民關懷團體合作。

第五節　本章小結

本章確認，臺灣大多數的電視台對於一般性的遊民新聞並不感興趣，唯一例外的是獵奇類遊民新聞，這也可以說明為何獵奇類遊民新聞的統計數量，在五大類遊民新聞中是最高的（如本書第四章，表 4-1-1）。電視新聞工作者偏好獵奇類遊民新聞的原因，首先是這類新聞具有高度「差異性、反差性、特殊性」；其次是獵奇類遊民新聞「對電視新聞收視率有幫助」；第三個重要因素是獵奇類遊民新聞「具有故事性」，容易吸引閱聽眾。另外，也有一部分電視新聞工作者，認為獵奇類遊民新聞具有「勵志性、反思性、教育意義」，它既是社會現象的縮影，也滿足了觀眾好奇心及窺探慾望。

獵奇類遊民新聞或專題的產製流程，與一般遊民新聞的處理也有所不同，它注重故事化包裝及後製效果的呈現，處理程序比較繁複。而影響其內容呈現的主要因素分別是：文字記者的意向、攝影記者的意向和新聞主管的意向。由於上述三者對於新聞產製和內容呈現的意向經常各不相同，因此獵奇類遊民新聞的生產，會經過這三種意向的拉扯、衝突和妥協後才得以成形。其中「主管意向」最具有關鍵影響力，因為新聞主管握有記者工作指派、獎懲和考績權，因此他得以主導獵奇類遊民新聞走向。Bourdieu 認為，所有的行動者在場

域中遭遇並且鬥爭，它始終處於各種力量關係的緊張狀態之中，而決勝負的關鍵，主要是靠行動者的不同社會地位、資本力量、權力範圍及慣習力量（高宣揚，2002：232）。因此，就新聞場域而言，它也是記者和記者之間，以及記者和主管之間的鬥爭空間。但新聞主管比一般基層新聞工作者占有較高的職位，並且也掌握較多的資本和權力，最重要的是，他掌握了場域中的遊戲規則，因此新聞主管經常是場域鬥爭中的贏家！而從獵奇類遊民新聞的產製流程和新聞工作者意向的角力中，我們也能夠看清楚，慣習的力量，是如何在新聞場域中進行運作和發揮其影響力的。另外，我們也從施恩者、媒體記者及遊民三種角度，探討「遊民尾牙宴」新聞及專題中暗藏的權力意涵和階級意識，並且從批判典範及實踐典範各自的理論角度，細緻詮釋電視記者在獵奇類遊民新聞產製中，如何處理有關「社會責任」和「收視率」的天人交戰。從這章的內容中，我們也可以發現，「慣習」是如何以它不著痕跡的力量，在場域之中暗自操縱和改變新聞工作者產製遊民新聞的意向！

電視新聞場域的鬥爭遊戲

前述第五章內容，我們探討了電視新聞工作者，「爲何」以及「如何」產製獵奇類遊民新聞，也了解一則獵奇類遊民新聞從構思、探訪到後製、播出，是各種力量在新聞場域中彼此角力和協商的結果。「獵奇類遊民新聞」是本書的切入點，我們從這一類「媒體日常奇觀」的新聞產製流程著手，並藉由 Bourdieu 的場域、慣習、資本等理論及新聞工作者訪談，揭開電視新聞場域潛規則的「黑盒子」，讓我們能夠看清楚，原本隱而不見的慣習力量，到底是如何在新聞場域之中成形和運作的。獵奇類遊民新聞是一種特殊的電視新聞形式呈現，產製它的表淺理由，可能是爲了提高電視新聞收視率，但更深一層來看，如果獵奇類遊民新聞是一根引線，我們順著這根線追蹤到源頭，將可以發現電視新聞場域的結構性和制度性問題。如前所述，假設我們把獵奇類遊民新聞當作是一個「病癥」，那麼產製它的電視新聞場域，也必然有許多隱藏性的電視結構環境問題，必須要進一步的發掘。接下來，我們要將問題層次拉高，並且透過「電視新聞場域的隱形監控」、「新聞工作者的資本和工具」、「新聞工作者的謀略和技能」、「歐迪碼成效的分析」等各節內容，進一步探討電視新聞場域的慣習運作機制及其潛藏的結構性和制度性問題。

第一節　電視新聞場域的隱形監控

壹、場域潛規則

　　Bourdieu 把社會場域中各種價值群的交互作用稱之爲「交響樂式表演」（orchestrer），個人作爲角色和表演者，對於各種社會活動來說，既會被牽涉進去，又保持一定的距離。透過長期和日常的生活表演，那些本來潛伏的社會前結構以及個人在其中的位置，慢慢地呈現爲「應該那樣地表現」的那種形象和「應該那樣做」的模式中，以便在個人社會的關係網中，逐步確立其既有特徵的那種關係形態。而個人在「交響樂團」中的演出，會有幾個特點（高宣

揚，2002）：

1. 個人在社會中，就像在交響樂演奏中那樣，是被區分爲不同的群體的。
2. 每個個人在同一階級的和諧行動中表現的角色及其作用，正是透過每個個人的個別性、特殊性及相互差別性而實現，屬於不同階段的每個個人仍然是不可相互取代的。
3. 交響樂演奏的象徵性和諧，是無需作爲孤立個體的總指揮去統轄和操縱的。
4. 個人和群體都在象徵性實踐的歷史化交響樂演奏中，一方面維持本身的特性，另一方面又完成自我轉化與相互轉化。
5. 個體間不協調性，並不會破壞整個場域內演奏的總協調性，反過來，它時時影響和調整著演奏中各個成員的步伐和風格，使之不協調性和差異性在特殊張力關係中，慢慢地趨向於總體節奏和風格。

　　Bourdieu 認爲，「交響樂團」演出的概念，就好像軍隊踢正步的士兵，偶有士兵會因爲緊張而自亂步伐，但他很快意識到自己和整個部隊的不一致，於是會催促自己儘快把步伐調整到和部隊的節奏一致。從實踐典範角度來看，Stern（2003: 195）指出，我們的生活形式包括很多的共通實踐（shared practices），所謂共通實踐即活動的型態，包括行動、裝備、活動地點等，而且因爲是共通的實踐，所以我們可從一個人與他人一樣，用同樣的方式不假思索行動來理解。而對於場域內的規約，Barnes（2001：23）解釋所謂「遵從規則」，並不是靠規則本身，而是靠遵守規則的成員，因而實踐是表現在互相依賴、以敏感度互動的社會行動者身上。王宜燕（2012：53）認爲，行動者置身於某一生活形式中，於潛移默化中習得一套遵循規則的能力，會出現某些共通實踐，但這樣的共通實踐並非鐵律，其中仍會由互相關聯的行動者不斷的修正與調整。從這些實踐理論來看，維繫場域規則和秩序的力量，主要是團體成員之間的相互學習、牽制和規範；另外一個力量則是行動者內化規則和自我規範的能力。而慣習則是我們認知和判斷現實的理解的框架，也是我們實踐的生產

者，這兩個面向是分不開的（孫智綺譯，2002：101）。

電視新聞場域就如 Bourdieu 所說的，是一個「交響樂團式的表演」，只要遵守這個場域的共同規範，它可以容許不同的成員在這個場域中「秀異」，大家在這個場域內各自展現不同的才華和能力，但並不會對這個「交響樂團」的整體演出造成影響。假設電視台是一個大型交響樂團，為了讓樂團每天都能正常演出，不會有突然中斷的危險，它必須透過二種機制進行監控。一種是「備份機制」，另一種則是「隱形監控機制」。「備份機制」指的是，電視台會替每一個員工安排職務代理人，當其中一個重要人物出問題不能上場，就會有另一個和他能力差不多的「備援投手」立刻替補，以確保電視場域中「沒有人是不能被取代的」。在樂團的表演過程，偶有一至二個表演者臨時被替換掉，單一樂器的演出可能會比平時稍嫌遜色，但樂團的整體表現仍會維持在一定的水準，甚至大部分觀眾可能並沒有察覺演奏有任何異狀。電視台新聞部的運作也是同樣的道理，如果當家主播臨時請假，就會由二線主播替補執行新聞播報，但新聞編排邏輯、鏡面呈現、頻道風格並沒有任何改變，因此當天的電視新聞收視率可能不會明顯下降。「隱形監控機制」，是一種新聞場域的「邏輯性」，或者說是「潛規則」，它並沒有明文約定，但是會讓新進員工感受到它的實際存在；而資深員工可能早已內化規則，因此視之為理所當然，且可能根本不會感受到它的存在。

一般來說，電視台新聞部內有二種約束員工的規範存在，一種有明文規定，例如「器材操作守則」、「員工工作守則」、「自律公約」、「內控機制」等，但是主要維護新聞場域運作的力量，還是在於不顯於外的「潛規則」。這種潛規則在場域中運行一段相當長的時間，經由新聞工作者涵養與內化之後，就會形成 Bourdieu 所說的「慣習」。在電視新聞場域中，行動者個人感知環境的能力十分重要，他可以透過長官對於自己新聞作品的好惡、獎懲或者競爭者對自己態度的轉變，來察覺自己在場域中處於有利或不利的地位，並進而判斷自己是否需要調整對於同儕及長官的態度。因此，這種場域隱形的規範，靠的是新聞工作者要去感知長官對於新聞處理和角度拿捏的「意

向」。最明顯的是，電視台對於政治新聞處理的立場和傾向，有些主管會明白告知所屬記者，但有些電視台卻十分隱諱的以潛規則形式進行，必須由記者自行揣摩和拿捏：

長官很清楚告訴你，不好意思我今天拿了誰的錢，這個東西請你不要批得這麼嚴重，或是不好意思，我們今天誰多給了錢，你們政治立場請偏向那一邊，他會很清楚告訴你，說我今天的立場是什麼，那只是說你會不會爲了這個立場而寫得很痛苦，或是做得很痛苦而已。我還算聰明的，就算他不直接講，但是你從他修你的稿子中，就大概知道他的立場是什麼了，所以就頂多一次、兩次，後面也不太需要再揣摩了，這個對我來講倒不會是太困擾的事！（代號 P 受訪者訪談記錄，0516）

之前在無線臺工作時，阿扁連任成功了，後來電視台換了董事長和總經理，然後就開始對晚間新聞動手動腳，本來電視台是以社會新聞取勝，收視率很好，後來變成 19（晚間 1900）的頭條都是一個政治學者在評論，類似中央電視台在報的頭條，從此以後，那個電視台收視就一蹶不振，到現在還沒有起來。身爲那個時段的編輯，你知道這樣是沒有收視的，但主事者偏要這樣播，就是有這樣理念的衝突！（代號 F 受訪者訪談記錄，0506）

在工作上的話，你跟他的想法相同的話，或許你就對他的味道，尤其是政治新聞，他就會覺得你做得很好。當然這也還是要有一個專業的素質在裡面，譬如說，你只是投我所好，那做出來是不專業的，這也不對……或許我們可以把他（主管）當作是一個觀眾，那他喜歡的新聞，可能就是依他的經驗值來講的話，應該也是觀眾喜歡的新聞！（代號 E 受訪者訪談記錄，0505）

不過在政治新聞的處理上，投長官所好，經常會和新聞專業意理或社會責任產生衝突，這會讓許多新進記者產生掙扎情緒，但有些資深記者卻會將上級「意向」內化為自身政治傾向。其實在電視新聞場域中不只是政治新聞，就連遊民和弱勢者相關新聞的處理上，有些新聞主管為了追求收視率，也是無所不用其極，特別是獵奇類遊民新聞，主管對於它如何包裝和操作可能意見更多，這也讓許多電視新聞工作者感到十分困擾：

> 一直以來我都還是會跟長官有一些反抗……有些新進同仁問我，我們長官怎麼樣？我會跟他講說，我們長官有個小小問題，他的問題就是，（比如）當你今天跟他報（稿）說，街友他的腳指頭很癢，長官會說：腳指頭很癢，那他肯定全身都很癢！今天那個街友他接受你的訪問，或許你把他講的這麼慘，他會覺得說，我今天真的有這麼不堪嗎？（代號 A 受訪者訪談記錄，0501）

> 有一次我去拍一個萬華的老流鶯，她心臟病，他們女兒打電話，然後下樓等救護車來，後來我去拍了之後，我回來我有跟主管反映說，這個新聞可不可以不要播，因為覺得對這一個小女生是一個傷害……他（主管）說，不然你生新聞給我！我說我沒有辦法，我沒有新聞，最後還是播了。這件事情我真的哭了，真的難過了很多天！（代號 I 受訪者訪談記錄，0509）

> 有時候真的沒辦法阿！就是他沒有那麼可憐，但是可能別的媒體已經把他說得那麼可憐了，然後長官也相信他是這麼可憐，那我們只好自欺欺人，就覺得說，他就是這麼可憐！然後如果真的沒辦法做出這麼可憐，我們可能用採訪的技巧，比如說他沒有哭，我們就想辦法問到哭，或問到他可能剛好在擦眼睛……就會說他可能在噙淚阿什麼之類的！（代號 L 受訪者訪談記錄，0512）

同時，電視媒體採訪遊民新聞，是否都出於真誠關懷或社會責任？一來可能是考量獵奇類遊民新聞具有收視率效應，所以想利用它來吸引觀眾。二來，有些電視媒體可能只是把遊民當作是「聖誕樹」，節慶時間到了，它就必須在電視新聞出現一下應景，而這也變成了電視台內，不需要主管特別提醒記者的一種潛規則：

> 我們 X 視（隱藏電視台名稱），比如說到 12 月那種時候，會做一些「好新聞」，寒冬送暖那一種，但就是我們臺或者是其他記者採訪回來，很多記者其實會覺得好像你去付出那個愛心，有點沒有很大的意義，好像是特別故意要讓它呈現在電視上，感覺我們有在做善事，然後是好新聞。但是事實上，有一些人會表現得比較貪得無厭，或者是他把那個愛心是拿去揮霍掉的，我們覺得蠻意外的！（代號 K 受訪者訪談記錄，0511）

> 它（遊民新聞）不會常常出現在媒體，就是可能最近的新聞需要一點點溫暖的東西的時候，這類的新聞可能就會出來。如果最近社會新聞氛圍不在這上面的時候，它不見得會出來，就算今天我們報了，或是找到這個東西，也都要等到禮拜六或禮拜天適合的時候再出來，（星期）一到五可能不見得都一定會上得了新聞版面。（代號 D 受訪者訪談記錄，0504）

> 遊民這一塊，是否有安置好，這麼多年下來，好像政府機關做的是零，那媒體做到的卻只有一點點的勵志性，其實並沒有所謂的發揮媒體的效應！因為媒體報導就是這個時間點，過了就沒了……每一年都是相同的一直輪迴，真的有改變什麼嗎？好像也沒有！（代號 O 受訪者訪談記錄，0515）

還沒有進到電視新聞場域的傳播學院學生，可能會覺得電視新聞還是有相當程度的「真實」，但是當他進入新聞場域，真正成為電視新聞工作者之後可能會發現，「新聞真實」的灰色地帶愈來愈寬廣了！每一次新聞處理的選擇和內容的失真，可能都是一種場域潛規則的顯現，也都一再的考驗和挑戰新聞工作者的道德底限及容忍程度：

> 早期我在友台的時候，曾經有去做一則……有點莫名其妙，就是有點說作假嘛……倒還不至於，反正就是有點演啦，在早期的時候事實上我是很抗拒的，但是我就用我的方式儘量把他表達出來，我不好意思講，但是到現在我一直覺得說，那是我記者生涯裡面我最……不開心的一則新聞。（代號 E 受訪者訪談記錄，0505）

> 編輯檯出來的長官，就是所謂沒有在外面跑過，那他可能線上有些狀況他不能理解，他不能理解的狀態下他會用直接的方式去（想像）……我們要去滿足他，等於他把線都畫好了，你就是要去塗，你就把它填滿，把顏色通通照他要的填上去。因為我知道這個東西是不行的，可是我不能（拒絕），因為我的職業跟我的……我領的薪水，我必須去照這個模式去走，我會覺得長官比較大，老實講的狀況下，我還是會覺得長官比較大！（代號 V 受訪者訪談記錄，0522）

　　許多受訪者認為，「揣摩長官意向」未必等同「拍長官馬屁」，重要的是，必須讓自己新聞作品在角度和內容呈現上，能夠和長官「想法一致」。另外，資深記者和資淺記者，對於是否期待自己處理新聞的理念與長官想法一致，也會有一些差別：

> 如果你年資比較夠的話，講話相對來講，他（長官）會比較尊重

你，他可能會覺得你的新聞資歷和你的歷練上面可能也比較夠，那他比較不會那麼的一定要你做什麼事，但是你相對「菜」的話，他就會覺得你聽我的就沒錯了！可是長官已經很久沒跑（新聞），也已經跟這新聞世界脫離了，一些觀念性的可能會比較不一樣，所以也會造成對於新聞的理解度有一些落差。（代號 K 受訪者訪談記錄，0511）

在這麼多年之後的磨練，我就會變成還是要去揣摩一下，如果我是長官，我會希望這個新聞怎麼呈現？長官會希望我怎麼去做這一個東西，還是會揣摩一下長官的想法，只是不容易耶！很難，我每次都還是會被唸，唸很久！但是獲得長官讚許我覺得是很重要，因為這是一種除了自我肯定之外，如果能夠獲得主管的認同跟讚許的話，就會覺得：嗯！值得了這樣！（代號 V 受訪者訪談記錄，0522）

以前比較菜鳥的時候，我會屈服於他們，認為要你怎麼做你就怎麼做，但是我還是會適度的表達自己的一些想法，如果說一定要這樣子做的話，照以前的脾氣，會寫得很不甘願，但是現在來講的話，我現在是一個資深記者，我可能就不寫了，那就請你自己看！如果真的是偏離事實太多，或者硬要往哪一個方向……這樣的情況的話可能就不要寫，那如果只是一個角度的取捨的話，我覺得這是可以溝通的。（代號 E 受訪者訪談記錄，0505）

電視新聞場域中有很多的潛規則，需要新聞工作者自己去感知。在政治新聞的處理上，要知道所屬電視公司老闆的傾向；在遊民新聞和一般新聞的處理上，更要知道長官可能的意向為何，但偏偏這些場域生存術，大都是屬於「默會知識」。波蘭尼認為，默會知識具有一種「不可言傳」特性，但這種特性跟

我們平常所說的「只能意會，不可言傳」並不相同。波蘭尼的「不可言傳」，是指經驗本可言傳，但因為語言及外部環境限制，無法清楚將其完全的表達出來（李白鶴，2009：40）。而柯林斯（Collins）則認為，默會知識包括「我們知道如何做、但不知道如何向別人解釋」的事情（Collins, 2001: 108）。例如某企業和電視台老闆關係匪淺，資深記者知道處理與該企業有關新聞時，下筆必須「小心謹慎」，但資淺記者不知道有這層關係，在得罪了該企業之後自然會挨主管一頓罵。電視新聞場域的潛規則，很多都是屬於這種「不能說、說了也解釋不清楚」的潛在規範，必須靠電視新聞工作者自己的感知系統去體會。經過長時間的學習後，這些規則慢慢被新聞工作者內化，他們在場域中愈來愈懂得閃避禍事，於是就形成一種「趨吉避凶、進退有據」的能力。這種能力，就好像鳥學會了飛翔一樣，一張開翅膀，牠們就會知道自己將要翱翔的方向。在達到這種境界後，有些人會認為這就是「職場老油條」；但從 Bourdieu 的角度來看，新聞工作者其實是成為一種深諳生活藝術的「熟手」。不過從生手到熟手的過程，他們必須歷經非常艱辛的衝撞和妥協，許多新聞工作者在這個過程中受傷慘重，但也有更多人成為順服或被馴化的記者，我們將會在下段內容中繼續探討。

貳、電視新聞場域的象徵性暴力

　　Bourdieu 所謂的「象徵性暴力」，其運作基礎是基於社會行動主體的「共謀」，而行動主體之所以會涉入共謀的結構，是因為他在社會空間的位置結構而形成的慣習內化，因而將現存的社會視為理所當然。Bourdieu 認為，象徵性權力就是那種「不可見的權力」，這種不可見的權力，只有當那些不願意知道他們自己隸屬於它，或不願意知道他們自己正在操作它的人們，心甘情願地充當共犯的時候，才有可能被實行。這種共謀關係透過「承認」和「誤認」的交錯過程而產生，也就是主觀的「無知」與客觀的「合法化」這二種意識型態的結合。因此，象徵暴力的特殊性，在於施暴者與忍受暴力者，必須要有一種「共謀性」或者說是「一種共同態度」。在這種狀況下，施暴者可能意識不到

他正在對別人施暴，而被施暴者，也不知道自己的行為是在迎合施暴者，甚至不知道自己正在忍受施暴（邱天助，2002；高宣揚，2002）。

在電視新聞場域中，新聞工作者對環境的感知能力愈靈敏，那麼他在這個場域愈能生存（或自保），如果感知愚鈍，經常反應慢半拍或猜錯長官意向，那麼他在這個場域內就會有危機出現。而場域象徵性暴力，也就是在這種猜測或迎合長官意向的環境下慢慢滋生。部分基層的記者在受訪時表示，新聞場域中，採訪記者如果與長官爆發衝突、爭執，或者記者在新聞理念上與長官有極大歧異，而他又堅持己見，通常吃虧的會是自己：

> 我那天休假，但那是我們自己的追蹤報導，我跟他（長官）講我還有一半的官方報導還沒有處理完，你等我放假回來我把它處理完，你才能夠把它播出，結果他為了要交獨家，他就把那個丟出去了……我只好請小夜（班）的長官把它撤下來，不要再播了，這位X姓長官（筆者隱藏姓氏）就對我不滿，說我為何自己跟小夜長官講，所以我們就口角不愉快……發生不愉快後，他就開始挑毛病，你違抗我，我就讓你日子不好過，所以我就只好請調，從此跟這位長官決裂！（代號N受訪者訪談記錄，0514）

> 長官不知道為什麼情緒控制不好，他那天不知道吃錯什麼藥？他對著我一直罵一直罵，我不管他，我就在那邊看我的報紙，（他）罵罵罵罵到我這邊來，我受不了，就拍桌子罵三字經，當然後來我就主動發文跟他道歉，我是覺得我也沒控制好，但是我覺得他真的也是神經病！（代號S受訪者訪談記錄，0519）

> 長官就去網路上抄了一段文字，加在你的新聞裡頭，我跟我攝影就在剪接室裡面，就兩個人你看我、我看你不知道怎麼辦？然後攝影就跟我講說：你這一段不要過（音）。我說，可是他（長官）都會

聽，他會發現！他（攝影記者）說：那我不剪了，我說那我們一起上去跟他講，然後我們就去跟長官講，反正長官那一天就是整個非常的生氣……但是我還是不會妥協，經過幾次下來，我知道他就是不會特別疼愛你這位記者，長官覺得你很難搞，長官普遍來講都還是喜歡順從的記者！（代號 A 受訪者訪談記錄，0501）

由上述訪談內容可以得知，電視新聞主管會藉由懲罰、刁難、調職等手段，讓不肯順從或公然違抗他命令的記者就範。因此新聞工作者要在場域中存活，「揣摩長官意向」可說是十分重要的事！但是該如何揣摩？可能也不是一件容易的事。有些新聞工作者或許會感知到「長官不喜歡我」，於是他會去思索，長官不喜歡的，到底是他的新聞作品或者是他個人的行事風格？如果是新聞作品，那他是不是應該要多觀摩長官喜歡的是哪一類記者的作品？如果原因出在他的行事風格，那他需不需要調整自己的態度，讓自己能夠與長官的想法達成一致？有些記者在新聞場域中容易見風轉舵，有些則十分堅持自我的原則，這也涉及到電視新聞工作者的個人秉性，是否會被慣習從尖銳磨成圓滑：

蟑螂就是頑強抵抗才會被打死！像這種乖乖牌在職場裡面，他是長生不老的，反而是你的觸角東伸西伸這種，就像人家看到蟑螂一樣，第一個就是打你，所以在一個職場裡面，以傳播業來講，一個官他最喜歡的是什麼，就是聽話的，你不要給我惹事情，那你有太多意見的人，在這個職場裡面我覺得是會活不下去的！（代號 M 受訪者訪談記錄，0513）

我的個性我會爭取耶，我不會默默的就這樣子，當然我也看過我們的記者裡頭，就變很兩極，有人就非常服從，那確實有耶！而且數量還不少，他們可能覺得這是很重要的吧！像如果是我，我會很直接的去挑戰他這樣的思維……像我們這樣抗拒的人也是會有，但是

我會認為，最後會被新聞業認同的人，絕對不是那種服從的人，甚至會被尊敬的人，絕對也不會是那種非常服從性的！（代號 W 受訪者訪談記錄，0523）

比較年輕的時候就是會拍桌子，我就覺得明明事情就不是這樣，然後你硬要說成是這樣，然後就拍桌阿，兩個人都拍桌互罵，然後兩個叫囂，可是就是事情過後就還好……不過我覺得那個是我在比較年輕的時候，我敢這樣子做，現在我不敢，現在的方式會比較和緩一點，然後會比較有智慧一點！（代號 Y 受訪者訪談記錄，0525）

　　許多受訪的電視記者認為，在新聞場域中反抗長官是徒勞無功的，只會為自己帶來更多麻煩。因此在工作上吃了許多的虧後，有些記者開始學會保護自己，即使自己並不贊同長官要求的做法，也不再輕易表達自己意見或感受。他們消極的認為，新聞採訪和製作，只是照著上級要求完成的「一件工作」：

我就跟主管講，你這樣講跟我看到的事實不一樣，對不起我寫不出來，曾經有這樣過，然後我就跟他說，真的我寫不出來，如果要照您這樣的（修改內容）過音的話，我可以過，但我後面的記者（指新聞結尾的記者掛名）就會掛「綜合報導」，我做過這一件事情！（筆者問：那長官有讓步嗎？）長官就不理我，但我還是掛綜合報導，那一篇就這樣過了，就跟我看到的事實不符合嘛！（Z1 0526）

有一次他希望我們做一個 SM，性虐待的題目，我就跟我的駕駛，我的駕駛長得江湖味比較重，我們兩個就到 motel 去，開始照分類小廣告打電話，打到一通好死不死，他是 SM 沒錯，然後他也接受我們提出怪怪的要求，但是他是男的，我就趕快問我的長官，他就點頭說約、約！天壽喔，男的我怎麼接受啊！所以長官的命令還是

大於一切……你也知道長官的 order，我們也沒辦法去抗拒啊，縱使你不喜歡，除非換工作，不然還是得做！（代號 S 受訪者訪談記錄，0519）

（筆者問：你一直被長官退帶，後來會不會一直去揣摩說，我這樣剪不知道長官會不會喜歡？要不要換另一種方式去迎合他？你會不會這樣問自己？）
會會會！以後碰到相同類型的題目，你會知道，喔！我今天要驗帶的長官是這一位，那他喜歡的風格是這一套，那我們就照那一套去走，因為我不要讓自己做兩次工，我不要花 3、4 個小時做白工，我還重新剪……做白工很瘋狂耶！很累耶，誰受得了？（代號 V 受訪者訪談記錄，0522）

在新聞場域激烈的競爭環境中，部分記者認為，違抗長官的要求簡直是不智之舉，長官的命令不僅不能違抗，而且還得要主動去揣摩和迎合長官的想法，讓自己的「頻率」和長官保持一致，這樣在新聞場域中工作才能夠如魚得水：

以往的訓練下來，就是我們要去揣摩長官的意圖、想法，然後去做出最好的品質的東西出來，那如果說這東西不是長官要的，那做出來的成品基本上應該不會好到哪裡去，獲得長官讚許，跟長官的想法一致，我覺得是蠻重要的！（代號 Z3 受訪者訪談記錄，0528）

如果跟長官想法一致的話，你做出來的東西是他喜歡的，那相對的就可能獲得他的讚許，即使他沒有讚許，我相信他的內心是認同的，所以我比較在乎的是跟長官想法一致，這也是我為什麼會很容易妥協的原因，就是如果長官交辦要這樣做，那就依照他的方法去

做！（代號 R 受訪者訪談記錄，0518）

部分記者認為不反抗長官的指令是「識時務者為俊傑」，至少長官不會經常來找麻煩，而如果在新聞製作上能夠與長官的想法達成一致，那更是達到完美的地步，於是揣摩長官意向，就變成是新聞場域中「絕對必要的」一堂課。從新聞主管的角度來看，一個優秀的記者，應該是任勞任怨、順從、聽話，如果他製作新聞的切入點和表現方法，能夠跟自己不謀而合，甚至比自己原先要求的更加完美的話，那這個記者簡直是不可多得的人才：

> 我比較在乎的是你的態度，他說為什麼別的記者只要寫一則我就要發二則，是寫比較快的就比較倒楣？能力比較爛的永遠會是最輕鬆？有記者這樣跟我翻臉過，那我也跟他翻臉，我跟他說那請問一下你領多少薪水，記者不是一個同工同酬的一個行業你知道吧？（代號 D 受訪者訪談記錄，0504）

> 我現在的身分也做了一些轉換，以前是在做新聞的人，現在是監督新聞或者攝影，比較上位的一個人了。我都會適時的給同仁們鼓勵，他們倒不會認為說他們的想法一定要跟我一樣，但是我認為他的新聞在專業程度上的表現是 OK 的話，我都會適度給他們讚賞。他如果說，我的想法跟你一樣，應該會獲得讚賞的機會會比較多一點，他如果說自己的專業又有表現出來的話……應該每天都會受到一個讚賞！（代號 E 受訪者訪談記錄，0505）

> 獲得長官的讚許有加分的作用，對自己工作上的一些態度會有鼓勵，那和長官想法一致，可遇不可求，因為它一定有加乘的效果！可是所謂想法一致……話說回來，有些人他是表面上配合，可是私底下並不是這樣想的，所以這個想法一致，就是看你是做表面的，

還是說做整套的，也就是你是打從心裡認同長官的想法？（代號 C 受訪者訪談記錄，0503）

　　上述 3 位新聞主管都提到，記者如果工作態度好、專業能力佳又和自己想法一致，那他們就可以經常獲得主管的讚賞。然而，最大的問題也是出在這裡！電視新聞記者之所以會想要揣摩長官的想法，作為他採訪和製作新聞角度拿捏的依據，可能是想要獲得長官的重視或重用；但也有可能是因為他過去曾頂撞過長官而慘遭報復，所以再遇到類似狀況就自然「學乖了」。而新聞主管偏好順從、聽話、與自己想法接近的記者，他可能會透過獎勵、口頭讚賞、資源分配的方式，讓記者們知道：「一個好的電視記者就該像這樣！」部分受訪的新聞主管認為，過去他們也是這樣被長官要求，所以如今他以同樣的標準來要求記者，並沒有什麼不對。但無論如何，這都已經構成了 Bourdieu 所主張的新聞場域「象徵性暴力」的要件！因為新聞主管在無意識中的要求和行為，讓記者們認為，自己必須揣摩主管的意向來製作新聞，才能夠在這個場域中存活。於是，有些電視新聞呈現的，很可能是新聞主管所想要表現的角度或添加的戲劇化內容，而並非是電視記者在現場看到的實際狀況，因為部分記者的認知已經變成：新聞現場看到的狀況並不重要，長官要我怎麼寫比較重要！

> 我們兩個出去採訪，文字（記者）問到的東西、收到的 bite（訪問）明明講的是 B，報紙寫的是 A，他（文字記者）回來寫稿的時候寫成了 A，長官也沒有多想，就報紙寫的也是這樣，後來……晚上剪完帶，攝影大抓狂，攝影就說：事實就是 B 啊，你為什麼看到 A 就說是 A？他（文字記者）說：ㄟ，這樣才不會錯啦！寧願不相信自己問到的，不覺得很可怕嗎？他（文字記者）也不是菜鳥，因為他怕被長官罵，好像現在即時（指蘋果日報即時新聞）就是很重要，凌駕於一切！（代號 A 受訪者訪談記錄，0501）

他比較容易升官或是比較容易獲得播報的機會，一定是這樣子，但是我會覺得是，人的價值不應該被這些實質上的東西綁住，因為畢竟我播出的任何東西都是我的招牌，除非通通都掛他（指：長官）的名字，你要掛我的名字，就必須要尊重我的原創！（筆者問：會公然反抗長官的，在新聞場域，他的生活是不是比一般記者辛苦？）其實我不覺得比較辛苦耶！因為這是一種人格特質的表現，就是你的道德觀念就會特別強烈，那你這種觀念比較強烈的人，其實包括你在職場上的人際應對上，你一定也會有比較多的衝撞，我會覺得這是我們自己的一種特質，我不會把他視為是一種壓力，因為我們在跟別人衝撞的同時，也形成別人的壓力！（代號 W 受訪者訪談記錄，0523）

以我們公司管理上來說，我們會稍微喜歡這一個記者有一點點對抗我們，當然不能對抗到讓他的長官很為難，或讓事情很難繼續推動下去，但是我們非常希望說我們在交代一件事情的時候，他會有他的想法，然後跟我們互相激盪出一些新的東西……那通常他如果可以稍微有一點有自己的觀點，稍微有一點小小的反抗性，然後讓我們衝擊可以產生新的火花，我們稍微是比較喜歡這樣子的啦！（代號 Q 受訪者訪談記錄，0517）

電視新聞場域之所以出現象徵性暴力，可說有一定的形成條件和誘因。但是現今電視場域的新聞主管和採訪記者，都不認為自己在執行或忍受一種「暴力」，他們甚至認為，這是自己身在新聞場域，理所當然應該要做的事！Bourdieu 認為，象徵性暴力有一種特性，它呈現出的是一種「以理服人」和「彬彬有禮」的文明方式和過程，它寧願採取不露聲色和靜悄悄的方式，在談論和對話中、不知不覺的征服他要征服的對象（高宣揚，2002：297）。因此，在新聞場域中的象徵性暴力，是在一種「長官說理」和「記者自願」的環

境下產生的，記者之所以會認為「長官說的都是對的」，並且主動去揣摩長官意圖或者去做取悅長官的事，可能也和慣習的形成有關。但是，象徵性暴力會侵害新聞工作者的專業意理和新聞品質，甚至會造成新聞工作者扭曲自己的思考模式。更嚴重的是，如果新聞主管對於某些新聞的理解是有偏差或是有目的性，而記者為了揣摩或迎合長官意向，放棄自己對於新聞正確性的堅持，只處理長官所要的新聞題材與角度，如此發展，對於電視新聞工作者在新聞專業、新聞道德和社會責任所造成的傷害，都將會是無以復加！

第二節　新聞工作者的資本與工具

　　Bourdieu 指出，我們的社會空間有經濟資本、文化資本、社會資本和象徵資本。其中和電視新聞場域最有關聯的是社會資本，社會資本通常藉由「交換活動」而實現，Bourdieu 稱之為「煉金術」，而文化研究者則批判為「利益掛勾」（Bourdieu, 1980a, 1980b; 高宣揚，2002）。社會資本是行動者的社會網絡（social networks）關係的連結與累積，普特南認為，社會資本展現的是社會組織的特徵，諸如信任、規範以及網絡，它們能夠透過促進合作行為來提高社會效率（Putnam, 1993／王列、賴海榕譯，2001：195）。在新聞場域中，每一個新聞工作者有其各自的社會網絡連結，以電視新聞的採訪記者而言，對外連結的主要有二個部分，一是採訪路線的新聞聯絡人、主管和相關人員的訊息交換關係；二是採訪記者和新聞同業之間的合作關係。對內，主要連結的是記者與各級長官和同儕之間的信任關係。另外，還有一條支線，介於對內和對外之間，那就是連結長官的朋友和親屬之間的「裙帶」關係。從 Bourdieu 角度來看，電視記者必須知道自己在場域中占有什麼地位、有什麼本事、手上握有什麼樣的資本，然後再評估自己該如何行動，也就是所謂「知己知彼、百戰百勝」！

　　在電視新聞場域中，假設 A 和 B 二位採訪記者能力相當，他們產製出來

的獵奇類遊民新聞都符合故事化、感官主義和高收視率的原則，但是其中 A
記者受到長官的公開讚賞，B 記者卻沒有，原因何在？這其中的變數，有可能
和這二位記者所掌握的「社會資本」分量不同有關。因為 A 記者可能和長官
之間建立了長久的信任關係，而 B 記者卻沒有，甚至 B 記者可能被長官視為
眼中釘，因此 A 與 B 二位記者即使能力相當，但是受到長官獎賞或懲處的程
度也會有差別。

　　本書 29 位受訪者，大都認為電視記者建立對外關係比較容易，因為新聞
訊息的交換，是記者與採訪路線聯絡人、新聞同業之間各取所需，所以大都會
維持良好而暢通的溝通管道，只是資深記者所建立的對外關係和人脈，可能會
比資淺記者來得更綿密。而新聞工作者最大的考驗，通常是來自同一個新聞場
域中，特別是自己和長官、同儕之間所建立的關係。新聞工作者與長官的互動
是否良好，牽涉到他在電視台內的個人地位和未來發展，因此有不少本書受訪
者認為，和長官之間建立較深的彼此信任關係（受訪者多稱之為「交情」），
是十分重要的事。但是，在電視新聞場域中，記者與長官之間擁有較佳的彼
此信任關係，是他能否在場域中存活的關鍵性因素嗎？我們特別將社會資本
中，新聞工作者認為最重要的：「與長官有較佳的信任關係」因素，單獨抽離
出來，並且和「新聞工作者個人專業能力」因素進行比較。透過 29 位受訪者
的訪談內容，我們將可以了解，新聞工作者在場域中能否存活，到底最重要的
影響因素是什麼？結果整理如表 6-2-1。

表 6-2-1　電視新聞場域「關係」和「能力」的重要性統計（本書整理）

因素選項	受訪者代號	合計	平均年資	男女比例
與長官有較佳的彼此信任關係	A、C、F、G、H、I、L、M、N、P、R、S、V、Z1	14	14	9:5
個人擁有較強的新聞專業能力	B、D、E、J、K、O、Q、T、U、W、X、Y、Z2、Z3、Z4	15	13.9	8:7

由上表可得知，認為「個人擁有較強的新聞專業能力」因素比較重要的人數，略高於「與長官有較佳的彼此信任關係」人數，因此電視新聞工作者所擁有的「社會資本」多寡，是否為新聞場域鬥爭遊戲中決定勝負的關鍵因素？值得進一步討論。另外，二個因素各自支持的新聞工作者，平均工作年資差異不大，因此年資和二大因素選項的關係並不明顯。最後是男、女選擇比例的差異，雖然本書受訪者男、女比例是 59%：41%，以男性受訪者較多，但從男、女性各自選擇的項目比例，仍然可以看出一定的趨勢。選擇「與長官有較佳的彼此信任關係」因素的受訪者，男生比例明顯高於女性；而選擇「個人擁有較多的新聞專業能力」的受訪者，男、女比例差距縮小。因此，電視新聞場域中，認同「經營與長官的關係」比「精進新聞專業能力」更為重要的，男性工作者多於女性工作者。

壹、社會資本的影響因素

一般而言，電視新聞工作者對內之所以比其他同儕擁有較多的社會資本，其來源可能有幾項：一是新聞工作者與掌權長官共事過一段較長的時間，彼此建立了良好的信任關係；二是新聞工作者與電視台高層之間有人際網絡的交會關係，即俗稱「攀親帶故」，新聞部主管為了討好電視台高層，對於該名新聞工作者會特別關照。三是新聞工作者被主管納入場域內的同一鬥爭集團，彼此有共同的利害關係。部分受訪者認為，新聞工作者如果與長官有較佳的彼此信任關係，就能比競爭者獲得更多場域內的資源。同時，許多新聞主管也會檢視下屬的社會資本，並且針對記者個人所擁有的資本多寡，表現出十分明顯的「厚此薄彼」態度：

在新聞圈，關係很重要！我曾遇過一個新聞部經理，我那時才剛當兼任主播，他就跟我們主播暗示說，你們如果有什麼關係，就直接跟我講，我會把你們當自己人。那時有一個主播跟總經理特別好，她播報的時段就都是最好的！有些主播會去抱怨說，為什麼她播的

時段是最好的，收視率又爛、長得也不怎樣，爲何她可以？經理也很明確的跟她講說，她跟總經理很好，如果你有這樣的關係，我也會給你這樣的時段！（代號 N 受訪者訪談記錄，0614）

我記得之前還有女記者，我就不說是誰，特別喜歡跟我們長官去同一間理髮廳，還知道她什麼時候去（筆者問：製造偶遇？）對對對對對！（代號 D 受訪者訪談記錄，0604）

以前一直以爲工作表現好比跟長官交情好，來得重要，但是最近我發現跟長官交情好比較重要……因爲我本來以爲，你只要做得不錯，就算你不巴著哪一方人馬，你都還會有個位置，但好像現在到底是因爲世代變了，還是怎麼樣？當你是中階（主管），你其實是個標的，因爲上面的人會想要把你往下弄一點點，才有辦法讓他們喜歡的人上來，所以跟長官交情好，比較重要！（代號 P 受訪者訪談記錄，0616）

遇到公司大洗牌大搬風時，通常是一批帶一批來。如果你不是新長官人馬，那就是敵對陣營的，就非死不可了！我們只能盡自己能力去跟對方打好關係，請對方在工作上不要找你麻煩。或者可以從長官所喜歡的下屬去交好，當有什麼訊息時，你可以從他那邊知道，儘量不要跟這個長官有衝突或利益上的牴觸。（代號 H 受訪者訪談記錄，0608）

　　許多受訪者認爲，新聞場域中若與長官關係較佳，即使犯了錯被懲處機率也會比較低；如果與長官交情好，工作表現又佳，那麼被獎賞或晉升機率就會大增，等於是「事半功倍」的效果。相反的，如果與長官關係不佳，犯了錯被懲處的機率就會大增；即使工作表現佳，被長官獎賞或提拔機率卻是相對減

少，可說是「事倍功半」：

> 我待過幾家（電視台），有背景的人確實可以存活比較久，因為他的背景會照顧他的工作，他比較有犯錯的機會，然後工作可以比較隨心所欲，比如說去挑他可勝任的，或是他想做的，或是比較輕鬆的那個職務，所以他的存活是會比一般的久。（代號 I 受訪者訪談記錄，0609）

> 有後臺的人，就算他平常做事比較沒有那麼突出，他的表現沒有這麼好，工作能力沒有這麼佳，但是長官比較不會對他有什麼意見，可能他真的表現平平的話，他要升上去的機會當然是比較低，但如果他做錯事、犯大錯，他應該要被開除的機率也很低。（代號 G 受訪者訪談記錄，0610）

> 我覺得針對的是人吧，有時候這人的作品再好，他不喜歡你，他看你就「倒彈」（臺語，意為「倒胃口」），他根本就不會看你，他根本就沒看你，他就只是刁（難）你而已，印象就是差啊！我看過很多這樣的人，很厲害但是不會交際，人際間就是不會處理……。（代號 V 受訪者訪談記錄，0622）

> 今天我們講你可能得獎了，你上臺領獎是一陣掌聲，領完獎就謝幕了，你再為工作強出頭或者是你再努力，都抵不過一個跟長官（關係）好、會阿諛奉承的人，你努力十件事不如他說的十句話……所以這就是很現實的東西！（代號 M 受訪者訪談記錄，0613）

除了對內的社會資本之外，「培養自己無法被取代的專長」，是否能讓自己在電視新聞場域中較容易存活？從新聞主播的角度來看，部分受訪的兼任主

播抱持著較爲悲觀的態度。他們認爲，電視台的主播，不可能永遠都有高人氣和帶來高收視率，唯有與高階主管之間存在長期的信任關係，才能讓自己在這個電視台中「無可取代」：

> 新聞圈有實力的人肯定是輸於有關係的人！除非你的實力眞的是讓公司覺得，非你不可。但現在有非你不可的人嗎？我覺得沒有吔！因爲你播得很好，別人可能播得比你更好，你收視率好，別人可能也不差啊！我覺得「關係」的確可以讓你坐得更久一點。（代號N受訪者訪談記錄，0614）

> 關係比較重要！像現在電視圈已經沒有不可取代的人，曾經風光的主播，也未必走到那裡都吃香，如果你有關係，但你有什麼過錯或者在能力上有什麼不足，你還是可以在某個位子上坐得蠻穩的，因爲沒有人敢對你怎樣，我工作那麼久了，對這件事是深深體會！（代號F受訪者訪談記錄，0606）

在電視新聞場域中，社會資本原指新聞工作者對外及對內的人際網絡信任關係之總合，但經由訪談發現，許多電視新聞工作者認知最重要的社會資本，反映在「與長官的關係」這個項目上，因爲它影響自己在新聞場域中的發展最爲直接和關鍵。不管社會資本是「煉金術」還是「利益掛勾」，許多電視新聞工作者認爲，投資一些時間和金錢成本在與長官的應酬和贈禮上，如果能換到新聞場域中的一張「護身符」，那絕對是划得來的一場交易！

另外，有部分新聞工作者認爲，要培養自己與長官的信任關係，平時必須要會察言觀色，並且要主動迎合電視台主管的想法與需求。例如：新聞主管認爲播出獵奇類遊民新聞比較容易創造收視率，希望記者多採訪此類新聞，但又不便在內部會議中明講。而某些記者察覺了長官這樣的意圖，於是他們會利用臺內提供的資源，自動的多產製一些獵奇類遊民新聞。這樣的記者，多能獲得

長官的歡心與信賴，他們與長官的信任關係就會比一般記者來得好，這些記者也就會擁有更多的「社會資本」。新聞場域鬥爭術，展現的是正是新聞工作者的社會資本和權力關係之間的暗中較量！

貳、新聞專業能力的影響因素

認為新聞專業能力比較重要的受訪者大都認為，電視新聞場域是個現實的鬥爭環境，社會資本雄厚的新聞工作者，或許進入這個場域比其他人更容易，但是要長久存活，必定要靠自身的新聞專業能力才行。因為沒有收視率「戰績」作為後盾，僅靠長官的裙帶關係作為掩護，必然無法服眾，也會對新聞主管的個人領導統御能力造成威脅：

> 我認為有能力的人可以活比較久，因為這個行業已經很艱難了，當它（指有線電視）很好的時候，大樹底下好遮陰，就是很多人在那個時候可以活下來，但是現在就是被新媒體壓榨很萎縮情況下，你很艱難，你公司賺不到錢，然後你很苦、也血汗的時候，你沒有能力，我覺得很難活下來！（代號 Q 受訪者訪談記錄，0617）

> 我當然認為是工作的能力比較重要，如果你跟所謂長官的交情好的話，那你一直表現不好，你一直給他出包，那他也很難跟你好到哪裡去！當然長官跟記者之間還是要有一些分際，因為畢竟要一視同仁，不能夠說你對誰特別好，這可能同事之間也會有不好的一些耳語等之類的。（代號 E 受訪者訪談記錄，0605）

> 如果聽話的話，就是報紙有什麼，反正我就做的跟報紙新聞點一樣，然後我平常也不會有什麼獨家，你跟長官交情很好，這樣也許是可以活得還不差。但是如果你（新聞）開創性夠好的話，那當然

你要進一步達到加薪或升官，這是更有機會的！如果說你新聞老是都要跟在別人後面跑，（只是）跟長官交情很好，我猜他待這一行也不會太久吧！（代號 U 受訪者訪談記錄，0621）

我覺得新聞實力比較重要，我看過有人仗著有跟長官有一點關係就擺爛，雖然他跟其他同事也處得不錯，但最後他還是因為表現不佳被淘汰了！（代號 Z4 受訪者訪談記錄，0629）

許多受訪者認為，電視新聞工作者有較強的新聞專業能力，代表他有厚實的專業基礎，而這種專長和基礎，是每一個電視台的新聞部門所共同需要的。所以，如果新聞工作者在這個電視台因為跟長官關係不佳而被排擠，那麼他到了其他電視台，依然可以憑著專業實力而繼續存活：

其實是工作能力會比較重要，就是得到長官的認同，會比較有能力在這個行業裡生存，因為你這邊做完了，自然那邊就會有人找你，那邊有人找你就可以「脫走」（指：跳槽），但是你靠關係，其實這個圈子大家都知道，能力的部分人家就會打上問號，那你就可能跳脫不了這個臺或是這個工作崗位！（代號 X 受訪者訪談記錄，0624）

他能不能存活得久，當然是看他背後的靠山能夠撐多久，如果他背後的靠山是老闆，那當然就撐很久，可是如果也只是一個中階的長官，我覺得當這個中階的長官走的時候，他可能也待不下去，所以還是要看那個靠山的大小……我覺得到最後大家還是會看你的能力。（代號 T 受訪者訪談記錄，0620）

在訪談過程中，有些受訪者以自身例子說明，在電視新聞場域之中，首先

要將自我心態調整好,並且有一定新聞專業水準和工作表現,即使不靠刻意和長官經營關係,一樣能夠在這個場域中存活很久,並且能夠保有自我尊嚴和一顆自在的心:

> 其實我跟上面交情不能完全談上好,就是行禮如儀,工作就是工作的樣子,但是因為我表現還不錯,就是在專題或是在新聞的表現上。所以我覺得是工作表現,再加上對這一行有熱情,才有辦法待久。(代號 U 受訪者訪談記錄,0621)

> 你已經做了這麼多年,那每一個公司都有一定的派系,跟長官好或不好對我來說不是那麼很重要,反而是怎麼把事情做好。因為我是來領薪水的,那公司給我這樣的薪水,我要以公司最大的利益去出發,並不是以長官最大的利益去出發!(代號 O 受訪者訪談記錄,0615)

> 我曾經 interview(面談)過的那個記者,那個記者家世很顯赫,但是家世顯赫只有進門的那張招牌好一點而已,你如果一直讓我發現你的新聞是不行的,讓我發現你的新聞每次都要重寫,那其實我還是一樣會勇敢做篩選耶!你請你們家祖宗來跟我講也沒有用,所以我是會幹這種事的人!(代號 W 受訪者訪談記錄,0623)

另外,也有一些受訪者認為,「關係好」、「能力佳」是相輔相成的,如果二者都表現很好的話,自然會比只偏重其中某一項目經營的人,來得有更高的發展機會。在新聞場域工作 30 年的代號 Z2,為本節的討論下了一個很好的結論:「跟長官好,但實力不佳,那一定被淘汰!如果你有實力,又跟長官有比一般員工好一點的關係,你的存活機率就會大增!」因此,在電視新聞場域中,能夠左右逢源、為自己開創更多資本的人,就是 Bourdieu 所說的:「深

諳生活藝術的熟手！」也必然會是與長官信任關係較佳並兼具有較強新聞專業能力的那一群人！

■ 第三節　新聞工作者的謀略和技能

　　Bourdieu 認爲，場域是一種多面向的社會關係網絡，它具有生命力，是一種力量的場域，且始終處於各種力量關係的緊張狀態；它也是一種鬥爭的場域，每個人依據場域結構中所占據的不同地位而使用鬥爭手段，並具有不同的鬥爭目的（高宣揚，2002）。Bourdieu（1990，1992）把場域視爲一個遊戲，既然遊戲得要一直玩下去，Bourdieu 也提供了場域遊戲者的「謀略」運用，積極來說，可以打破結構限制，爲自己奪得更多資源，並讓自己居於優勢或領導地位；消極來說，運用謀略和技能，也能保護自己避免無辜受害或被競爭者的暗箭所傷。Bourdieu 同時指出，場域的競爭和鬥爭具有高度複雜性和策略性，它不是任何單獨的個人行動者，單憑其特殊利益或意志就能決定的，它受到「社會制約性條件」的影響。而主要協調和調整場域的，是某種無形的象徵性利益原則，在更多的情況下甚至採取「無關利益」（disinterested）的形式，因爲只有採取這種形式，場域的利益原則才能眞正地在複雜的實際活動中發揮效益（高宣揚，2002：238）。但是，所謂的「無關利益」，並非沒有眞正的利害關係，只是大家維持著表面的和諧，眞正的場域鬥爭遊戲，其實大都是在檯面下運作的，而非一直是檯面上赤裸裸的你死我活爭奪戰。而同儕之間的耳語、流言、八卦，也一直是電視新聞工作者在檯面下善用的鬥爭武器：

　　　我覺得其實在新聞圈，在這短短 6 年中，我覺得反而是在你的工作
　　領域當中最低潮，你可能最不受長官青睞的時候，你是過得最平安
　　的。可是今天當你，可能新聞專題、daily（每日新聞）或播報 any-
　　thing，開始受到長官青睞的時候，就會有一些有的沒的聲音，但是

到後來，我覺得最好的處理方式就是不要理會！（代號 A 受訪者訪談記錄，0701）

有人就是喜歡在背後可能對你講一些閒言閒語的話，我覺得我還是儘量把自己的本分做好，那一定也有人看到你的表現跟你的成就，我覺得沒關係，只要有認同我的聲音就好了。當長官在責備我還是什麼的時候，我還是不會主動去對抗他，我會比較順從一點，雖然說我心裡面不服氣！（代號 B 受訪者訪談記錄，0702）

儘量跟大家維持好關係，當然一定會有人不喜歡你，那這種人以我的態度是，我們就是同事關係，我們也不用有什麼深交，也不用有什麼樣的……就是只有工作上的接觸，因為你說幫助人家，我覺得比較難，有時候你不要拖累人家就好！（代號 L 受訪者訪談記錄，0712）

Bourdieu 認為，場域的權力鬥爭實際上就是各種各樣的「賭注遊戲」，究竟該如何勝出，取決於每個階級的行動者，是否能正確而恰當的運用策略和手段。權力鬥爭正當化的首要步驟，就是以原來已經被正當化的社會制度為基礎，透過已經被確認的正當化手段，盡可能爭取、獲得和增加手中握有的資本（高宣揚，2002：127-129）。雖然理論上是這樣的主張，但是因為電視媒體本身具有特殊性，性質與其他場域有所不同，因此實際上的電視新聞場域求生術，仍然有其複雜性和各種變數，新聞工作者必須步步小心為營：

電視台裡面存活很久的話就必須是要阿諛奉承，只要不出亂子，只要嘴巴甜！事情你可以做 100 分，但你不用做 100 分，你做 70 分就可以了，當你突然有一天做到了 80 分，人家就會覺得你不得了，你太優秀了，又會講話又會做事！（代號 M 受訪者訪談記錄，

0713）

我覺得處理事情的態度要夠圓，我所謂圓，不表示完全妥協叫圓喔！你不管運用任何一種方式，然後在不得罪人的情況下，又可以達到你的目的，那才叫圓！我覺得愈圓的人，她超級會用那種很和緩的方式說服你耶！往上也好，往下也好，對下可以安撫，對上又可以交代，我覺得這種就一定可以存活啊！（代號 W 受訪者訪談記錄，0723）

那種八面玲瓏跟大家都很好，可是事實上你也不知道是不是真的好？他在公司也覺得他跟每個人都很好，可是我覺得在新聞圈裡頭有一個問題，就是這一類的人有個通病，他們喜歡用八卦來當交朋友的那種利益，有時候可能會傷到人家，我覺得這種人看起來跟大家都好，可是大家不敢跟你交心！（代號 A 受訪者訪談記錄，0701）

許多受訪者認為，在新聞場域中求生存，必須要性格圓融，處處與人交好，儘量避免鋒芒太露。但也有人認為，新聞場域就是求自我表現的地方，只要新聞專業能力夠強，根本不需要參與場域內的許多八卦小團體。而所謂的「與人交好」，除了對內的與長官和同儕關係之外，還包括了新聞工作者的對外關係，這是社會資本的延伸與累積。許多受訪者認為，這種對外關係的建立，可以讓自己較無後顧之憂：

新聞行業其實有些人際關係，它其實真的很吃人脈這件事情，那你是八爪魚，你能屈能伸，跟一個你一直固定在那邊不動的人相比……後者只能被淘汰啦！（代號 V 受訪者訪談記錄，0722）

你如果說（下班）時間到就走，你也不跟線上（同業）哈拉的話，你就會像公務員一樣，你就老死在一家公司，如果公司那天發資遣單給你，你大概也沒有路了，要去拜託別人，那如果說各家你都熟，平常有交際……就比較不怕沒有工作，朋友多嘛，跳哪裡都OK啊，資遣（費）領一領還可以跳下一家！（代號 S 受訪者訪談記錄，0719）

其實記者當然是要八面玲瓏，他要在任何場合他都能夠去伸展他的觸角，然後去發掘不一樣的東西……還有一個重點在於說，你不能夠因為你的交際應酬影響到工作，隔天打電話來說：長官我昨天因為去布線，我喝醉了，所以我今天跟你請半天假、一天假！這樣也不行，有辦法的話，你就隔天還是要準時上班，這是最基本的一個道理。（代號 E 受訪者訪談記錄，0705）

電視新聞場域中，有些新聞工作者的表現如同八爪章魚，對外或對內都有極佳的人脈關係，也就是社會資本雄厚，但是有些人卻是如同樹枝孤鳥，獨來獨往，不善與人交往。在這樣的場域之內，不經營人脈關係，是否就無法存活？對此問題，受訪者的意見兩極化。許多人認為，電視新聞打的是一個團體仗，不像平面媒體比較可以單打獨鬥，因此不與同儕建立較好的合作關係，在電視場域中會是死路一條：

孤鳥的話，連長官都不理的話，我相信他應該也很快就掛了，因為畢竟在這個職場裡面他是一個團隊的工作，你最起碼出門就是兩個人，含駕駛是 3 個人，你不可能是孤鳥，你如果用這種心態的話，那你在這個團體根本沒辦法生活，你很容易就會被淘汰掉，因為畢竟這根本不是一個單獨作業（的工作）。（代號 M 受訪者訪談記錄，0713）

不容易存活！我曾遇到一個搭檔（攝影記者），他就是自己跑獨家，所有的文字和攝影都討厭他！我後來發現，你要在一個地方展現實力，你可以自己搞到畫面，也可以幫文字（記者）把稿子寫好……但當大家都不願幫你時，你的新聞做再好，也不會有人欣賞！（代號 H 受訪者訪談記錄，0708）

我們之前也有那種很誇張的，他長官都快精神分裂了，痛苦！但因為他表現非常好，新聞做得真的是好，所以我們容忍非常久，但是他的長官已經被他搞到快精神崩潰了，所以最後還是請他走！（代號 Q 受訪者訪談記錄，0717）

但也有不少受訪者認為，電視新聞是非常需要創意的場域，雖然有一些新聞工作者極有個人才華，但他們大都不擅長經營人際關係，而這種孤鳥型的人，未必在電視場域就不能存活：

很多主管其實他當年在跑新聞的時候，他自己就是那個孤鳥型的人，他在工作表現上反而很多都是被認可的，所以我不會認為是活不下來的，記者可能要做一些自我調適吧！這是你的目標、你的價值，你就會定位在那個地方！（代號 W 受訪者訪談記錄，0723）

有一位叫阿 X（研究者隱藏其名）的攝影（記者），他就是個很特立獨行的人，我那時候一直在觀察，因為他從一開始進來當攝影實習生的時候，我那時候就看，嗯！這個人應該很快就走了吧！可是他就是玩他的特效或他的剪輯的時候，有他自己獨特的一套邏輯，然後他的收視率也都不錯，剪出來還蠻好看的，就活到現在！（代號 Z1 受訪者訪談記錄，0726）

如果你新聞做得非常好，你本身非常有獨家的本事，你不用跟人家social，人家自己會來巴著你，因為長官需要靠你去跑獨家，而我們身邊跟你同輩的人，我們需要靠你得到一些好的資訊，但是如果你本身實力很差，那麼你人緣也差，可能沒多久就被淘汰了！（代號 S 受訪者訪談記錄，0719）

特立獨行，但收視率表現很好，這種人好像都存活很久！電視台都是以收視率為取向的，你只要收視率做得好，那你其他表現不好的地方，或許就會被收視率表現給「蓋過去」，所以只要他自己覺得這樣是 OK 的，沒特別樹敵，這種人還蠻多的！（代號 N 受訪者訪談記錄，0714）

　　從上述受訪者的訪談內容中我們可以發現，確實有一些不擅溝通交際、獨來獨往的孤鳥型新聞工作者可以在場域中存活，這是否與 Bourdieu「社會資本」理論產生衝突呢？其實在電視新聞場域中指的「孤鳥」，並非如同自閉症一般不與他人溝通，他們可能只是個性較為拘謹、木訥，不太容易與人打成一片，但他們的專業能力很強，他們的作品也有極佳的收視率表現，因此得以長期存活。但另一種類型的孤鳥，雖然也有品質不錯的新聞作品產出，不過他們性格偏向自傲，脾氣暴躁，並且易與長官發生衝突，這樣的孤鳥可能就不容易長期存活。

　　另外，不少受訪者提到，電視新聞場域內危機四伏，除了同儕間的收視率表現競爭、耳語、流言攻擊之外，來自直屬長官的暗箭也不少。電視新聞工作者對於長官在新聞處理上的命令，能否百分之百執行，必須自我斟酌，衡量其中的嚴重性和是否會對自身帶來傷害性，因為一不小心，很可能就會揹上黑鍋：

我有聽記者講過，其實對方並沒有講過這些話，根本沒有發生這些事，但改稿的主管加油加醋，記者說對方根本沒有講這個，後來新聞播了，發生問題之後，主管就罵記者，說記者寫錯，但記者說我根本沒有這樣寫，出了事之後，主管就推給記者，最後都是記者離職比較多！（代號 G 受訪者訪談記錄，0807）

我是一個非常長官說怎樣就怎樣的人，這我有被告過（筆者問：那是你本來就想這麼做，還是長官指示你才這麼做？）長官指示的，被告以後我剛開始也不知道怎麼辦，長官就說你自己要這樣弄，然後才導致被告的……我那時候年資比較淺，一直有聽到大家說你這樣可能會被告，可是我覺得應該不會吧！（代號 K 受訪者訪談記錄，0811）

那次因為這個長官他可能有他自己的想法，可是那想法不見得就是貼近事實，因為他改完稿之後，這個出去一定會被人家告，果然改完之後，電話就打來了，我們不是這樣講，你為什麼這樣寫，我那天大概被罵了 10 幾分鐘吧！然後還要頻頻跟人家道不是，還好人家沒有告，可是從那次之後我就知道，該要保護自己的時候要保護自己，當然你會說那如果長官很強硬呢？其實我也沒有很弱！（代號 C 受訪者訪談記錄，0803）

（筆者問：很聽話的記者一旦出事的時候，長官會幫他扛嗎？）我覺得那就是記者自己要去做一些衡量了，對於這樣的記者，我覺得給他這樣的教訓也不錯啊！因為反正你要聽話嘛，你要聽話的下場就是你要承擔更大的風險，我反抗了，所有責任我扛，這我可以接受啊！（代號 W 受訪者訪談記錄，0823）

在歷經慘痛經驗之後，許多電視新聞工作者開始發展出保護自己的一套策略與方法，而這一套策略與方法，就是 Bourdieu 所說的一種「場域求生術」。其中，在弱勢族群新聞的處理上，因為有相關法令的保護，比較能發展出一套各個電視台共通的新聞處理原則，問題只是新聞工作者有沒有牢記在心而已：

> 遊民，他本來就不受訪，可是我們卻不小心拍到他正面的時候，然後他（長官）覺得薄馬（賽克）就好，我說可以符合長官的要求，我會遵照長官的意思，但我可能會馬厚一點，厚到就是讓你看都看不見，某種程度叫「作對」，可是某種程度是……保護自己！（代號 O 受訪者訪談記錄，0815）

> 遊民雖然取得他同意，但我還是會建議記者拉背（指從遊民背後拍攝）或馬賽克，儘量不要把他的臉露出來，因為你用拉背或馬賽克，在新聞的呈現上，更能表現出遊民就是在底層、神祕或需要被保護的感覺……記者也比較能保護自己，因為我有拉背和變音了，你怎麼證明這個是你？（代號 F 受訪者訪談記錄，0806）

Bourdieu 所提出的「謀略」和「技能」，提供新聞工作者「上有政策、下有對策」的一種職場動態觀。不過 Bourdieu 也特別指出，場域具有含糊性、不精確性和不斷變動性，而且每個場域有其自己特殊的運作邏輯（高宣揚，2002）。由於每個場域的潛規則各自不同，因此新聞場域求生術必定也是因地制宜、因人而異，雖說發展出來的策略，大原則是共通的，但未必百分之百在每個電視台內都能適用。Bourdieu 所說的「謀略」，大部分指的是新聞工作者在場域中，個人生存策略的迂迴運用；而「技能」（skill）原指的是讓自己能在場域存活的「小聰明」，或者說是「小手段、小心機」，不過，在新聞場域中也可以說「技能」就是新聞專業能力的一種表現。無論如何，新聞工作者發展出的「謀略」和「技能」，都是讓自己在新聞場域中趨吉避凶的一種手段

與方法：

壹、多面向策略

當採訪記者察覺，長官指示的新聞處理方式可能有違反 NCC 規定或觸法危機之時，有些記者會想辦法達成新聞觀點上的平衡，或者避免以單一商品呈現，以免處理的新聞遭到 NCC 裁罰或惹上官司：

> 在現場我可能會觀察到長官可能只要我 A，但是我會連 B 跟 C 都先想好，以免他又跟我要什麼，我可以包進去，我可以給他一個交代這樣，我會覺得說有時候真的不能跟長官想法完全一致，因為他想的不見得會是對的。但是你要想出解套方案，不能說：沒有啊！我就是沒有！這樣才能順利完成一個作品。（代號 A 受訪者訪談記錄，0801）

> 我會看事情的嚴重性，如果是輕微的話，我可能就照長官的意思那就算了，有的時候我可能會陽奉陰違，你講 A 我就做 B，反正最後事件呈現結果應該我的是對的，我如果有這樣的把握我就照我的方式做，不會跟他有一些正面衝突……如果真的成為眼中釘，真的受不了那就走人阿，我覺得也沒什麼大不了的！（代號 L 受訪者訪談記錄，0812）

> 我去某個車廠出差，一趟四、五天下來全部都是拍他們家的車，長官一定是講說你去幫他們做啊！幫他們做好看的車啊！小心不要露出整個 LOGO 就好囉！但是整條新聞你都只有他們家的車，我覺得還是很不妥，因為被罰的是我啊！所以我出去之前我就跟攝影已經討論好，我們就先把一些別家的廠商的資料也都調好……新聞是可以用這種方法來保護自己的！（代號 A 受訪者訪談記錄，0801）

貳、模糊化策略

　　記者處理民眾投訴或指控他人的相關新聞時，有可能因為訊息來自單方面陳述或查證不足而遭到被指控者的控告，因此當新聞為搶播出時效或沒有十足把握時，記者會以模糊化策略，讓自己有機會能夠閃避「惡意誹謗」的法律刑責：

> 我是用模稜兩可寫法，就是長官要這樣寫，我會用不確定語氣，或下不確定標題，打個問號，比如「恐怕」或「有沒有可能」，會用疑問句方式。明哲保身這件事很重要，我們就遇過，同業被人家告，公司一點都不幫忙處理，只能靠自己解決，那個上法庭，半年之內都沒完沒了！（代號 H 受訪者訪談記錄，0808）

> 第一個版本他不要，OK！那我就再給他第二個版本，那第二個版本可能也還是跟他要的那個結果不一樣，因為我還是會照事實的去走，只是我第二個版本會變成是，抓別的數據來，或者是用字遣詞上會更不痛不癢，這則新聞就變的很難看，就變成一則很容易被忽略的新聞！（代號 Z1 受訪者訪談記錄，0826）

參、不掛名策略

　　通常媒體記者在處理較為敏感新聞或有可能遭人報復時，會以「綜合報導」來代替報導記者實際的掛名。不過，「綜合報導」其實是鴕鳥心態，因為如果新聞確實涉及誹謗，對方還是可以藉由控告公司負責人、新聞部主管或時段製作人，來逼使撰稿人現形。不過現今電視新聞記者的「不掛名」策略，大都是用來表達新聞處理非出於己願或被迫改稿的憤怒：

我可能會先溝通吧，會先跟他提醒說這樣會被 NCC 開罰，如果他還是很堅持的話，我就不會掛自己的名字，我就會掛綜合報導，我覺得這樣是--方面比較保護自己，另一方面也不會讓我的名字很丟臉！（代號 T 受訪者訪談記錄，0820）

（溝通無效）我會說那不好意思，不要掛我名字，或者要掛你們名字都 OK，那我不負責這一條新聞！我覺得現在尤其新進的（記者）比較沒有那麼謹慎，但是比較老一期的新聞人，從無線臺一直延伸到有線前期的這一段，好像在各方面會比較謹慎！（代號 S 受訪者訪談記錄，0819）

2017 年 4 月 12 日，東森財經台記者在萬華西園路公園採訪遊民，當時一位女遊民在電視鏡頭前談及自己之所以成為遊民，是因為家庭發生的一些不堪的狀況。女遊民在新聞播出後二週，向 NCC（國家通訊傳播委員會）檢舉：當時接受電視記者採訪時，曾表明攝影機不可以拍到她的正面，但記者仍未經處理，以至於在播出後，讓她被朋友認出來，造成她不必要的困擾。女遊民認為東森財經台損及她的肖像權，要求東森電視公司賠償其損失。東森財經台在 2017 年第 2 次「新聞自律委員會議」向自律委員陳述：記者在採訪前曾向女遊民說明：「這是新聞採訪，妳會上電視！」女遊民是自願接受採訪。而且，這位女遊民曾要脅電視台為其報導一件與她有關的司法案件，但遭到記者嚴詞拒絕，之後才會挾怨向 NCC 檢舉，女遊民此舉的動機並不單純 [20]。

由於目前許多電視台的「內規」都要求，如果採訪記者因侵權等個人疏失而導致電視台被對方求償，記者必須共同負擔賠償費用的三分之一至二分之一。因此第一線的電視採訪記者除了擔心新聞處理不當，可能會遭到被報導者

---

20 東森財經台 2017 年第 2 次「新聞自律委員會議」記錄，取自：http://info.ebc.net.tw/meeting/Index/us

控告之外，現在更要擔心可能會因侵權，而必須自己出錢賠償對方。本書的許多受訪者，也針對上述遊民檢舉電視台侵害其個人權益之案例，提出他們的自我保護之道：

> 攝影機已經打開了，但可以先問，請問你願意受訪嗎？你先錄（影）音錄起來，自我保障，如果有爭議，這段還可以拿出來說，你不是已經答應我了嗎？不然就要請他簽個同意書，你已經答應我了，爲何現在又反悔？之前也是有記者採訪餐廳，後來播出後有人要向他（老闆）借錢，他就叫記者不要再播出了。（代號 G 受訪者訪談記錄，0809）

> 先錄他同意畫面，有可能會不小心洗掉，所以最好先請他簽一個同意書，這樣還是比較安全！但即使是他答應我了，我還是要小心一點，我不會讓他的臉全露出來，我可能在他的臉「薄馬」（指在受訪者臉上部位打上一層薄薄的馬賽克效果），至少我上法庭時，我沒有把他全露，我還是有保障他，還有就是可能（受訪者）要變音！（代號 N 受訪者訪談記錄，0814）

> 他如果願意的話，我們可能就是不會去馬賽克他，因爲我覺得有時候馬賽克的新聞看起來就是很奇怪就對了，你會覺得，它明明就是一個很溫暖人心或者是怎麼樣的新聞，可是你去做一個馬賽克就會很奇怪，我覺得這應該事先溝通吧！但你如果是遇到那種大區塊的，整條路都是遊民的情況之下，可能就必須真的要「全馬」（全部馬賽克處理）了，因爲你不可能一一去徵詢！（代號 Y 受訪者訪談記錄，0825）

電視新聞場域，是力的場域，但也是充滿權力鬥爭的場域！稍一不慎，採

訪記者所處理的新聞可能會違反各種相關法令，事後還會被長官落井下石，成為錯誤決策下的代罪羔羊。藉由「謀略」和「技能」，新聞工作者在電視場域中，既能完成長官交付的任務，也能夠保護自己。儘管新聞主管可能會認為記者對於交辦事項左閃右避是「刁鑽油滑」，但從 Bourdieu 的角度來看，新聞工作者善於運用場域資源，既能完成高品質或高收視率的新聞作品，還能夠自我保護，免於遭到暗箭所傷，他們就是一群「深諳生活藝術的熟手」！同時，Bourdieu 的場域理論，也包含著場域本身不斷重建和自我再生產的過程及其成果，因此，新聞工作者可以利用熟手的優勢，創造出更多有利於自己的場域環境和資本，這就是 Bourdieu 實踐理論中所強調的，兼備「建構性」和「被建構性」的雙重結構展現！

第四節　「歐迪碼成效」的分析

　　了解電視新聞工作者在場域中是如何發展出保護自己的一套機制之後，接下來，我們關切的最核心問題是電視新聞記者和其所處的媒體結構、制度之間的互動關係。我們想要知道，影響現今電視新聞品質的主要原因，究竟是電視記者的素質、訓練、心態因素，還是電視媒體結構和制度的劣化？亦或二者兼而有之？

　　Bourdieu（2002：84）指出，電視新聞報導是一個場域，但是透過收視率的作用，它受到經濟場域的節制，這是一非常他律的場域，極端地臣服於商業束縛，但它本身作為一個結構，又對其他場域施行節制。也就是說，電視新聞受到經濟力量的牽引，它的產製目的主要是想吸引閱聽眾注意，以提升新聞收視率，並換取最大的經濟利益。因此，電視新聞工作者最重要的任務，就是判別其所產製的新聞，可以「準確的」、「有用的」吸引閱聽眾來收看。而為了保持最大化的經濟利益，電視新聞的收視率維持就非常重要。

　　電視新聞記者企圖在新聞平淡的日子中，製造出仍具有話題性、刺激性又

輕薄短小的「突發新聞」來，以便在新聞收視率上能有更優異表現，這種概念就是 Bourdieu 所說的「歐迪碼成效評估效用」（l'audimat）。Bourdieu 認為，在新聞場域中，電視記者如能善用「歐迪碼成效評估效用」機制，讓自己所產製的新聞既能創造話題又具有高收視率，就能有助於爭取新聞部內像是製作人或採訪主任這一類的職務。這種誘因像是糖蜜，不斷吸引著電視台內的新進人員，不擇手段、前仆後繼的往目標邁進。從 Bourdieu 角度來說，新進人員要比老一輩的記者在處理新聞事件上更加的「恬不知恥」（l'attitude cynique），目的只是為了求個人表現，在同一輩人員中脫穎而出（舒嘉興，2001：25）。Bourdieu 所謂的記者「恬不知恥」，其實並不是用非法或下流的手段取勝，而是說，電視記者為了爭取個人表現，在新聞採訪上展現超強的企圖心，他們為了做出好看的新聞或獨家新聞，就算犧牲自己的休假也在所不惜。倘若一個電視記者源源不絕的提供好看、吸引觀眾、有收視率的獨家新聞，那麼他的表現就容易被長官看見，如果基層主管出缺，這些積極求取表現的記者就比較容易優先獲得拔擢，這種電視新聞場域的特殊機制就是 Bourdieu 所說的「歐迪碼成效」。不過，近年來臺灣電視新聞環境產生了劇烈變化，本書也將透過 29 位電視新聞工作者的訪談，進行「歐迪碼成效」的分析，看看臺灣電視新聞場域，是否仍符合 Bourdieu 理論上所陳述的特性。

我們可以說，獵奇類的遊民新聞是電視「媒體日常奇觀」的一種典型體現，而它的表現形式，又與收視率有密切關聯性。從前述分析和訪談內容中可以看出，電視新聞工作者認為獵奇類遊民新聞，具有小報化和感官主義的特性，它能夠有效提升電視新聞的收視率。收視率等同是電視台實質廣告業績與現金收入，如果採訪記者所產製的新聞能夠有明顯的收視率表現，自然就會受到長官重視，並且對於自己的職務升遷或待遇調整有所助益。這種主張接近於社會學的「交換理論」或者行為主義的「功利傾向」。而電視台此種獎賞制度的設計，等同在鼓勵記者製播遊民新聞時，優先考慮往「獵奇」方向思考。同樣的模式，當然也可以複製在其他類型的新聞上面，例如社會新聞、生活新聞、國際新聞等，只要「獵奇」是容易創造收視率的新聞型態，記者就會自動

的往這一類型態的新聞靠攏。新聞編輯和製作人,則從記者所產製的眾多新聞中,挑選幾則最為特殊的、怪異的新聞,包裝成「媒體日常奇觀」,除了新聞鏡面的呈現外,也不斷的以密集跑馬燈、黃色直標題等方式,預告和提醒觀眾,今天的電視新聞將有吸引人的「奇觀」新聞播出。這種電視新聞產製的潛規則,經過長時間實施與新聞工作者內化後,它就會形成場域的「慣習」,而這種慣習,也就是 Bourdieu 所說的,是結構內堅強而又不需明言的內在規約。

獵奇類遊民新聞因為具有故事性且容易有收視率表現,因此它是電視新聞場域中被新聞工作者和主管關注的焦點,它的呈現特點和運作模式,也頗為接近 Bourdieu 主張的電視場域「歐迪碼成效」特性。不過從整體上來看,仍有二個部分是值得討論的:其一是現今電視場域的新進人員是否為了求表現,比老一輩的記者在處理新聞事件上更加的「恬不知恥」?其二是,臺灣的電視新聞結構在產生重大變化之後,是否也使得「歐迪碼成效」產生了質變?

本書訪談 29 位電視新聞工作者,10 年以下年資者占 27%、11 至 20 年的年資者占 59%、21 至 30 年的年資者占 14%。10 年以下年資的電視新聞工作者,在處理新聞事件上,是否比 10 年以上年資的前輩更加「不擇手段」或「恬不知恥」?從上述訪談內容中我們可以得知,年資較淺的新聞工作者,因為對於新聞場域的想像較為理想化或者比較不了解場域潛規則,在追求個人收視率表現的同時,也經常付出慘痛代價,諸如被同儕排擠、被新聞當事人控告、被長官報復或陷害等。當這些資淺的新聞工作者從經驗中記取教訓後,他們就會慢慢發展出各種「策略」和「技能」,以便讓自己在場域中能繼續存活,最後他們會蛻變成為場域中的「生活熟手」。因此,即使理論上說,資淺新聞工作者在採訪和製播新聞時是「不擇手段」或「恬不知恥」,但是相對的,他們要付出的風險和代價也比資深新聞工作者來得更高。

1991 年,我剛從軍中退伍,考進南部一家報社,分發到桃園當駐地記者。桃園是發展中的工業大城,人口組成複雜,因此經常有重大社會新聞發生。這裡的平面記者,聯合報、中國時報有獨立辦公室,其他的記者大都在記者公會寫稿,彼此互通有無,以對抗二大報。初到桃園,我人生地不熟,新聞

同業不認為我有什麼能耐，採訪對象也沒幾個人認識我，我不知道自己要如何才能突破這種困局？當時，一位新聞界前輩告訴我，如果要在短時間內闖出名堂，最快的方法，就是去「睡派出所」。桃園分局的一樓是由武陵派出所鎮守，這裡的勤務指揮中心，是全市發生重要社會事件時的訊息交流道，守住這裡，就等於守住桃園市社會新聞的源頭。於是，我開始照著前輩的建議，每天交完當天的新聞稿後，在深夜到分局陪著勤務中心的員警值大夜班。漫漫長夜，我和員警在值班臺天南地北聊天，我也常坐著警車陪員警巡邏整個轄區，累了，就和員警擠在休息室通鋪睡覺。於是，每天轄區的治安狀況，我幾乎都瞭若指掌，也開始和一些員警建立交情，他們甚至會主動通知我轄區發生重大火警、命案，要我儘快去採訪。我非常清楚的記得，有一次凌晨，市區一處私娼寮發生大火燒死 7 個人，那是我拍到的一次現場大獨家新聞，隔日報紙社會版幾乎由我一人包辦填滿半個版面，我也不吝於提供部分獨家照片給新聞同業。此役一戰成名，報社開始重視我寫的每一則新聞，新聞同業主動邀請我加入他們的聯盟，往後新聞採訪更加如魚得水。如今，當我開始寫博士論文後，接觸到 Bourdieu 的許多實踐理論，我終於能體會，Bourdieu 所說的「歐迪碼成效」，原來就是一個新進記者用盡方法、不計代價、不惜犧牲個人休息或休假時間，也要在新聞採訪上有所表現，以便讓自己能在職場上站穩腳步的一種「拼命三郎」精神。差別只在於，Bourdieu 的「歐迪碼成效」原來指涉的對象是電視記者，但這種精神引用到各個新聞場域之中，其實是不分平面或電子媒體記者的。

　　現今，臺灣電視新聞的結構改變幅度相當大，愈是資淺的記者，愈是容易陷在這個結構劣化的泥淖中，難以脫身。目前臺灣有線或無線電視新聞的訊息來源，有很大一部分是依靠日報、八卦雜誌、網路即時新聞及網路爆料社團，電視記者自我發想或挖掘而來的「原創」新聞愈來愈少。本書大部分的受訪者都提到，許多電視記者每天上班的工作重點並不是「跑新聞」，而是接受長官指派去「組裝新聞」。這些負責組裝新聞的記者，有些根本不需要出門，只要把網路上的影片截取下來做成電視新聞；另一部分的記者，則被主管指派

去採訪交付的新聞，並依照主管從網路下載的訊息內容把畫面拍回來，而後進到剪接室進行新聞組裝。現今電視記者已然成了新聞工廠的產線的「裝配員」，而且，愈是資淺的電視記者，接到長官指派「組裝新聞」任務的機會愈多：

> 還有的記者做節目，可以上網去把稿子整個 download 下來，稿子一字不漏的照抄唸出去，現在的記者是懶、還是笨啊？我覺得是沒有人教！（代號 M 受訪者訪談記錄，0913）

> 現在坐在家裡的長官很容易被即時推播、電子報所影響，他就會覺得，這個好有梗，這個好有點，你為什麼沒做這個點？記者就分兩種，一種就是我每天被你這樣唸，我不如自己就上去看，我又不是沒有眼睛，我就自己上去看電子報，我就直接弄這個點給你，輕輕鬆鬆。另一種記者他就會抵抗，他就覺得說我已經完全被新媒體牽著走，我完全沒有獨立思考空間，也有這種記者。（代號 Q 受訪者訪談記錄，0917）

> 現在的年輕人抗壓性很差，譬如說像我記得我們之前公司還曾經接到家長打來罵的電話說：你們都違反勞基法，你們讓我們的小孩上小夜上到一點……當然年輕人的抗壓性是一個問題，但是我覺得如果你有一個好長官去好好帶這些人的話，是可以改變一些東西的！（代號 P 受訪者訪談記錄，0916）

有 18 年電視新聞資歷的受訪者 X，曾在幾家國內有線電視新聞台任職過，從基層記者升任到新聞中心的小主管。他認為，現今臺灣的電視台新聞部製作新聞，就像是營造工程一樣，先由主管畫設計圖，再派出記者採買原料，然後照著設計圖組裝起來，新聞內容就會和當初主管的設計一樣，幾乎

「分毫不差」。但是電視新聞的產製如此標準化、設計化、規格化，他認為是「走火入魔」，已嚴重背離新聞本質，讓人無法忍受：

> 我進去開會，X 老師（指某位主播兼新聞製作人）就在白板上面告訴你，CG（新聞圖卡）要怎麼畫，畫完之後，他說你抄下來沒有？你抄完趕快去跟你的記者講，我 CG 就是要這樣發，一定要給我找到一個什麼畫面……我說，喔！好！然後我一出去，就看到記者坐在那裡，整排喔……那時候社會組十幾個人，很多，然後我問說，你們為什麼都不出門啊？他們說：我在等你告訴我們，我們要怎麼發 CG。哈！連 CG 都還要人家告訴你們怎麼發，我就很沮喪……X 老師她說，我跟你講喔，你 OS 一定要第一段寫什麼，我真的永遠不會忘記，你第一段寫什麼，第二段寫什麼，第三段寫什麼，我曾覺得，哈！那如果我中間這一段沒有，怎麼辦？後來我想想，不對啊！到時候每個（記者）回來什麼都沒有，還不是要幫他們擦屁股，就覺得這是一個什麼樣的地方？所以那一次我只待了一個月，我就離職了。（代號 X 受訪者訪談記錄，0924）

> 不相信記者，相信報紙，那長期下來，記者就懶了，反正我每天在那邊等著你告訴我你要什麼，我就做給你，一代傳一代下來，這個行為到最後，就最新一批的記者來講，這變合理化了，好像變成說我們本來就不用去找（新聞），不是你給我，我再去約嗎？（代號 S 受訪者訪談記錄，0919）

> 我覺得（新進記者）要從模仿中找出你自己的特色，很多人可能進來他不知道要做什麼，我會跟他講說你打開（電視）新聞看誰、社會新聞看誰、什麼什麼新聞可以看誰（指：優秀記者的作品）……我說你大量去看，你不要侷限你自己，從模仿中間，你可以去找到

自己的特色，我覺得這個東西是很重要的！（代號 C 受訪者訪談記錄，0903）

過去電視台的採訪中心運作模式，新進記者必須先經過 1 至 2 個月的密集訓練，等到考核通過後才能正式上線發稿。每天上午，負責各新聞路線的記者回報新聞訊息，採訪中心各供稿主管如果判斷具有新聞價值，再派出該路線記者進行採訪。記者在採訪過程中，需向各供稿主管回報現場最新狀況，主管再於編輯會議中報告每個路線的記者，當日所採訪的新聞內容。而所謂「歐迪碼成效」，指的是在這樣的環境下，記者各憑本事，把新聞做到最有收視率表現，然後獲得長官的獎賞與升遷。但現今電視新聞場域，記者之間的鬥爭已非零和遊戲，因為結構和規則劇烈變化，記者大都在報到當日即被派上生產線，沒有經過良好的養成訓練，只是成了標準的「新聞組裝員」。在這樣的環境下，許多新進記者被訓練成新聞快手，他們可以在最短時間內處理完網路下載的影片或監視器新聞，趕上每個整點的即時新聞播出，然後時間一到，準時刷卡下班，這種標準化的工作制度讓許多資深記者覺得不可思議：

他們（資淺記者）就很像感覺是來當公務員，來打卡上班下班的，甚至有長官幫你聯絡（採訪對象）好了耶！我有聽到真的有聯絡好的！我跟你講我今天幫你聯絡誰誰誰，你去採訪回來，那你就做這一條……我聽說那邊的長官，六點多記者都下班了，長官他們還在開會，在想明天的稿單，因為沒有人報稿，就要自己想，然後弄到八點多才回家！（代號 C 受訪者訪談記錄，0903）

很多新的記者他並不會去思考，他做這個東西他的法律界線在哪裡，反正他就是講好聽一點叫使命必達，就上面交代我什麼我就去做，然後沒有自己思考的一些想法，所以我覺得就很容易出事！（代號 T 受訪者訪談記錄，0920）

 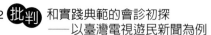

因為你到了一個電視台之後，已經沒有那麼多人有閒暇去銜接（訓練）你，把你教到跟以前 10 幾年前一樣，也沒有人很認真地盯你的稿子，因為現在量實在都太大了！……整個記者的生態來講，到了一般民眾也都覺得很反感，就說你就是不會讀書才去當記者！你看在 10 幾年前會有人講這種話嗎？這些都是 10 幾年後現今發生的！（代號 M 受訪者訪談記錄，0913）

我們以前比起來，就是以前的要求可能會比較嚴格，現在的記者的素質的確是有在下滑當中，如果說你本身在採訪現場遇到一些精彩的東西，那你自己又不會掌握的話，那你就變成是一直聽你長官的，就是全部都是聽命行事，漸漸的就喪失了你自己在第一線發掘新聞的能力或是你的敏銳嗅覺。（代號 Y 受訪者訪談記錄，0925）

不過有許多受訪者認為，現今臺灣電視新聞記者素質愈來愈低落，愈來愈沒有挖掘違法行為、挑戰惡勢力的企圖心，這是新聞場域的結構和制度先劣化使然，不能把罪過全怪在新進或資淺的電視記者身上：

以前你看，當記者你要當個 10 年、20 年你才有機會爬上去當主管，現在媒體太多了，蓬勃發展，你可能 3 年、5 年跑一個社會新聞，你只跑過一個社會新聞，你就可以掛一個社會組資深記者，或是社會組主任、副主任，就整個大環境就已經是不對稱的，就已經是向下沉淪！（代號 M 受訪者訪談記錄，0913）

現在的小朋友可能在處理事情的方面可能用比較簡略去達到，就是同樣設定一個目標，他可以用簡潔的方式去達到那個目標，然後我們以前是可能會比較走遠一點、耗時一點、然後用的力氣也比較多一點，所得出來的東西，當然品質是不一樣，但是以現在以電視台

來講，可能不允許我們像以前那種方式來作業。（代號 Z2 受訪者
訪談記錄，0927）

　　本書的多位受訪者指出，現今電視新聞場域，培養出的電視新聞記者，可
能比以前更加「馴化」、「均化」，並且更加善用新媒體解決問題，但可能也
更加沒有獨立思考能力，記者似乎成了同一規格的「均值人」。在這樣的體制
之下，「歐迪碼成效」對於新進或資淺記者而言，可能變得不再那麼重要，因
為他們主要的工作是「組裝新聞」，只是有些人在組裝手法上會有點變化，有
些人則是千篇一律的照著設計圖組合，如此的差別而已：

　　我覺得現在的記者他比較沒有社會責任的概念，也不會去想說我希
　　望我這則新聞做出來是有幫助的，他們只是很純粹認為就是個工
　　作，所以會造成這樣……我覺得他們就是沒有思考的那個動力，反
　　正我就把它做好，反正有機會我就在鏡頭露臉我就很開心了，我覺
　　得現在記者都是這樣子！（代號 T 受訪者訪談記錄，0920）

　　這個記者可能很資淺，他（主管）可能就先幫他框架下去，但是硬
　　要框架在那個上面，反而會讓出門的記者綁手綁腳，因為會發生什
　　麼事情，只有現場的記者才知道，那反而很重要的一件事情（被忽
　　略了）。記者要有記者的觀點，記者的觀點是很重要的！（代號 O
　　受訪者訪談記錄，0915）

　　有一天可能你會升起來當小主管，或是有一天必須去做代理長官，
　　長官放假你去代理他的時候，你完全沒有辦法做事。或者說，現在
　　你可能是這樣的環境，但是有一天你到了別家公司，他給你有自主
　　的時候，你反而變的你不會做，你不知道要怎麼寫，不知道怎麼跑
　　這個新聞了！（代號 I 受訪者訪談記錄，0909）

臺灣的電視新聞表現經常被批判為「弱智化」，原因是要求速效、速成的電視新聞場域結構，養成了不太需要思考或者根本不給機會思考的電視記者，他們只要能夠完成長官交付「組裝新聞」的任務即可。部分受訪者認為，現今電視新聞和採訪記者品質逐步劣化，造成這樣的結果，電視台的新聞主管要負相當大的責任：

> 跑社會線會有個群組，大家就在那裡交流，比如像獨家，今天你做這個，明天我也做一樣的，同樣的東西吧，你就是照抄，我覺得那就是你在複製貼上別人的東西，你就不會有自己創新的東西……以前的主管他可能教導你之後，他願意放手讓你去做，我信任你，但現在好像你一來就要上線了，我沒有給你一些養成的過程，可能連最簡單的過音、寫稿都沒教你，當然做出來的新聞就會不好看！（代號 N 受訪者訪談記錄，0914）

> 記者本來自己心中有些想法，有些題目，但記者一回報就會被罵，你這是什麼東西，很爛，我不要！當然記者心中會受挫，中階主管應該要有個 SOP，就是先讓記者跑今天的新聞，而不是第二天看報紙，再照報紙把題目規劃好，讓記者去照著做，把它包一包再丟出來。（代號 F 受訪者訪談記錄，0906）

> 如果你真的有心，也許你可以在忙完 18（晚間新聞）之後，告訴你這些很菜的記者，你的稿子該怎麼修，但是我覺得沒有人教，所以就一直是這樣。甚至很多長官根本就幫你剪貼上去了，原因是因為他覺得與其讓你自己寫，我還不如剪貼（比較快），所以他們好像也有他們的無奈！（代號 P 受訪者訪談記錄，0916）

Bourdieu 認為，慣習力量的通常會將大部分新聞工作者的反抗意識「清

洗」得十分徹底，即使有時不情願，他們仍會自動迎合上級意願做事。Bourdieu 解釋這些少部分不同的意見為「正常慣習的差距」，也就是「離散差」。因為社會性格只是一個階級慣習的產品，經過統計的類比，存在所謂「眾數慣習」（habitus modal），眾數是指人數最多的一類統計特性之值，而在慣習眾數四周，有相應於「個體性」的離散差，造成這種和「正常」慣習的差距，取決於個人的歷程及位置（孫智綺譯，2002：105）。也就是說，Bourdieu 相信，當「反抗意識」經過更長時間場域洗滌或工作職位改變後，它們終究會消彌於無形。而電視場域最後留下的，也必是一些懂得趨吉避禍的「生活熟手」！但是對於資淺記者來說，有些是因為在現有工作中找不到成就感，有些則是習慣以跳槽來為自己加薪，造成資淺記者流動率相當高，他們在各電視台之間「逐水草而居」，直到有一天能夠找到讓自己滿意的工作環境。而記者的馴化與結構的劣化，到底哪一個才是消彌他們反抗意識的最大殺手，受訪者之間也各有看法：

> 像以前我們在 XX 臺（筆者隱藏電視台名稱），那個地方很特別，我在生活財經組的時候，大概平均 3 個月要倒組一次，一個大組裡面大概會有 15、16 個記者，但是 3 到 4 個月會倒組一次，只剩 1、2 個記者，流動率非常快，新進同仁都是那種非常菜、完全沒經驗的人，那邊的稿量又很多……在 XX 臺還有一個問題，就是逼得記者無法思考，主編跟製作人會直接衝出來踢攝影的剪接室的門說：2 分鐘！就是一定要！他就是要搶劫，他（晚間新聞）排第幾條就是第幾條，沒有得商量的！（代號 A 受訪者訪談記錄，0901）

> 現在媒體生態有些改變了，比較沒有像我們早年那樣，記者的主導權比較高，我們以前當記者時會去判斷他的社會價值夠不夠高？如果社會價值夠高的話，依我們的性格我們就會比較想去多深入一點。但是現在（新聞台）家數這麼多，再加上有新聞聚合化的問

題，就一則新聞可能在網路也要播、報紙也要放、電視台也要播，一樣的東西每一個平臺通通都要放，記者的角色已經被弱化了，所以你說記者能不能有那個主導權？我覺得應該沒有耶！他們可能很大部分會告訴你說：長官說……（代號 W 受訪者訪談記錄，0923）

現在的小朋友（指電視台新進記者），他們應該是聽話大於實質的工作表現，他爲了表現，他可以說是百依百順，因爲他也不知道如何突破這個障礙，只有上面交代的他覺得是對的，他已經沒有反覆思考的能力……現在大環境來講，就是你也不能怪這些剛畢業的新人，因爲記者已經不像以前，薪水落差這麼大！（代號 M 受訪者訪談記錄，0913）

1993 年我開始進到電視台工作，那個時期的平面或電子媒體記者，很少會去計算每天的上班時間。一來可能那時社會上還沒有很關切工作「過勞死」議題，二來記者們熱衷於「獨家遊戲」，如果能夠採訪到一則或一系列獨家重大新聞，讓競爭對手顏面無光，那眞是作爲一個記者最暢快之事！於是，爲了跑到獨家新聞，記者們如同一群充滿鬥性的狼，在採訪技巧上各憑本事，甚至無所不用其極，每個年輕、熱血的新聞工作者，彷彿都可以爲了搶獨家新聞犧牲生命，新聞界稱這種精神爲「新聞鬥魂」。現今，在《勞基法》「一例一休」的保障下，年輕記者們在乎的是，每天上班不得超過 8 小時，即使超時加班一小時，他們也都會記得向新聞部長官要求補休 1 小時，新聞採訪工作也正式邁向「制度化」的排班時代。電視新聞界盛傳，有一組電視記者，被指派從臺北搭國內線班機到外地採訪時，因上班時間已接近 8 小時，記者主張下班時間到了，要求新聞部派另一組記者接替他們上飛機進行後續採訪工作。此傳聞成爲最近 1 年來，電視新聞界的笑談，但嚴肅來說，資深記者普遍遺憾，過去媒體之間爲了搶獨家而彼此競爭激烈、爾虞我詐，但卻朝氣蓬勃的記者「新聞鬥魂」，早已消失得無影無蹤！不過，值得慶幸的是，現今電視台資深記者仍擁

有一定的新聞主導權。他們對於新聞採訪議題、切入角度及表現手法，大都可以照自己的意願進行。已有 17 年電視新聞年資的代號 W，是少數從記者升上基層主管，後來又自願轉任資深專題文字記者的人，她希望自己能重回第一線採訪並製作深度新聞報導，這會比她在辦公室內當主管更有意義：

> 他們（新聞主管）還是會對於我們這種比較資深的人，會有更大的權力賦予，我可以充分決定這則新聞應該要怎麼呈現。至於呈現的手法，如果你問我個人的話，我會非常考量「社會價值」這件事情，它是不是構成社會價值的存在？社會價值偏低的話，或許收視率會很好，或許點閱率會很高，但是我不會願意去做這樣的事情，因為做這樣的事情會讓我們媒體一直被罵！讓我們記者的專業度一直被質疑！（代號 W 受訪者訪談記錄，0923）

如果資深記者的作品可以獲得重要新聞或節目獎項（如電視金鐘獎、卓越新聞獎、曾虛白新聞獎），那麼資深記者在電視台內獲得的資源將會比一般記者更多？能夠發揮的空間也可能會更加寬廣？從理論上來說，紀登斯的「結構化」理論，可以把結構概念化為行動者在跨「時」、「空」的「互動脈絡」中所使用的「規則」和「資源」。在使用這些規則和資源時，行動者可以在時空中維持或再生產出結構（吳曲輝等譯，1992：604）。也就是說，對電視新聞產製端來說，新聞工作者在遵循結構規則時，也擁有一定的工具或資源，善用這些工具和資源，可以協助他們獲得結構認可的高度成就，而這種成就，有可能讓結構修改規則，以使新聞工作者在結構中獲得更有利的生存條件。但是我們從實務觀點來看，似乎與理論的主張有些許出入。

> 之前在華視的時候，曾得過曾虛白新聞獎，那時候是一個〈漂泊的漁火〉專題……當時得獎的感覺就是，對我工作上的一種肯定，你說獎金嘛，獎金也沒多少錢，那不是重點，就是你在記者生涯上的

 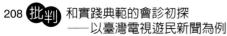

話，你曾經會有什麼徽章在你身上……那至於是不是能夠因此而得到比較多的資源？我覺得新聞每天都是新的開始，不進則退，你得了獎之後，你沒進步，其實到最後也是一樣……得獎的用意是說，你曾經有這樣的一個徽章，然後讓你對這個工作有期許、有認同，增加你往前走的動力，就這樣，如此而已！（代號 E 受訪者訪談記錄，0905）

得愈多獎我覺得對升官加薪是有幫助，在公司他的資源是會更多，因爲他有得獎，公司願意提供更多的譬如說器材或經費讓他去拍，但是他也有可能這樣子跟人的相處上面會很僵、會很不好（筆者問：爲什麼會不好？）人都是比較酸葡萄心態，就是會覺得你拍得也沒有多好，跟我拍的也差不多一樣而已！（代號 I 受訪者訪談記錄，0909）

我當初離開也是因爲得獎這件事情，我就離開……我要離開最後那半年，拿了 4 個（獎），結果拿到最後，人家同事會問啊，因爲那個公布欄上面會寫誰得獎，然後記什麼大功、記什麼東西，然後大家就說你加薪加很多喔……可是當所有人說你加薪加很多的時候，其實想說，其實我沒加薪反而還被減薪的時候，就會覺得有夠嘔！落差很大！（筆者問：反而得獎變成是種壓力？）對，沒錯！（代號 C 受訪者訪談記錄，0903）

從上述訪談與討論中我們可以得知，臺灣電視新聞場域因爲社會環境的變化，在結構和規則上已經和過去大不相同，而且得獎後也未必能爲自己帶來更多的資源，或者改善自己在結構中的地位。新進記者被電視台訓練成搜尋及組裝新聞的「快手」，他們通常不會在單一電視台內待很久，「忠誠度」較低，對於自己追求新聞表現的期待值也很低，跳槽成了他們爲自己加薪最快速的方

法。新一代的記者極少花很多時間，不擇手段的尋求個人的新聞表現，因此並不會比老一輩的記者在處理新聞上更加的「恬不知恥」。反倒是目前中等資歷或較為資深的記者，因為在新聞路線經營較久，累積了一定程度的社會資本，並且與新聞部主管建立較為穩定的信任關係，新聞主管會希望他們能多挖掘採訪路線上的「原創」新聞或專題，甚至寄望這些作品能在重要新聞獎項評選中獲獎，因此較少指派他們去「組裝新聞」。資淺記者平時忙於執行長官交付的組裝新聞任務，少有時間經營自己新聞路線並建立穩固的人脈關係，也比較沒有機會能精進自己的新聞處理能力。就現今已扭曲的臺灣電視新聞場域結構而言，較為資深的記者可能反比較為資淺的記者，在「歐迪碼成效」的表現上更為積極而有效！

第五節　本章小結

　　電視新聞工作者為何偏好製播獵奇類遊民新聞？本章從個人意向的影響因素，慢慢拉大格局，探討監控電視新聞工作者的隱形機制，也就是新聞場域的潛規則。這種外表看不見但卻真實存在的場域規則，主導獵奇類遊民新聞的受到重視，也主導著電視新聞的日常運作機制。新聞場域潛規則的形成，大都和電視經營者及高階主管所立下「不外顯」的規範有關，它經常和新聞專業倫理及社會責任產生衝突。但是電視新聞工作者為了在場域中求生存，他們必須說服自己接受這種衝突，甚至揣摩長官對於新聞處理的意向。經過長時間的運作之後，這些場域潛規則就會內化到新聞工作者的行為和思想當中，他們認為百分之百聽從新聞主管指示，或者揣摩長官對於新聞處理的意向，是理所當然的事，但是這也構成了電視新聞場域中的「象徵性暴力」。象徵性暴力在電視新聞場域中不易被察覺，因為它已經成為慣習的一部分，包括施暴的新聞主管和被施暴的基層記者，都沒有意識到這一點，但它卻可能嚴重影響電視新聞的專業表現。

爲了在電視新聞場域中求生存，許多電視記者努力經營與長官的信任關係，並累積對內和對外的社會資本；但卻有更多的電視新聞工作者認爲，擁有較強的新聞專業能力，才是在電視場域內存活的關鍵。從 Bourdieu 角度來看，既有一定社會資本又有專業能力的電視新聞工作者，才能成爲深諳生活藝術的「熟手」。因爲這些熟手，會發展出既能順利完成上級交辦事項又能保護自我的「謀略」和「技能」，包括對於新聞處理的多面向策略、模糊化策略及不掛名策略。部分的「熟手」雖然會隱藏自己的反抗意識，但是仍然對新聞處理的原則有一定的堅持，他們之所以能夠堅守自己對於新聞道德的底線，靠的正是長期新聞專業表現所累積的個人威望，使得新聞主管對他們也敬畏三分。

　　不過，電視新聞場域中，這樣堅持自我的新聞熟手是愈來愈少了，取而代之的，是大量經過馴化的「新聞公務員」。新進的電視記者未經嚴格訓練即開始進到新聞戰場，他們的主要工作並非衝鋒陷陣搶新聞，而是根據主管交付的網路訊息「組裝新聞」。電視場域的新聞只求速效、抄襲，卻不嚴格要求其正確性，使得資淺電視記者逐漸喪失產製新聞的創造性、反思和調查報導的能力。許多新聞工作者認爲，電視新聞結構的逐步劣化，才會造成新進電視新聞工作者的馴化和公務員化，但不論如何，現今臺灣電視新聞場域結構的扭曲和重大改變，已經使得 Bourdieu 原先所主張「歐迪碼成效」產生了質變！

Chapter

7

結論與建議

本書從現今臺灣許多電視遊民新聞出現的特點，例如：單點式、去脈絡化、標題聳動但未必真實、放大遊民年輕化問題、刻意引導觀眾認知等，發現引用 Kellner 的「媒體奇觀」理論來解釋電視遊民新聞文本所出現的這些特點，能夠照現現今臺灣社會和電視媒體所存在的許多問題。但是隨著研究的推進，我們也發現，Kellner「媒體奇觀」理論有一定的限制或缺憾，那就是無法解釋電視新聞工作者偏好產製獵奇類遊民新聞的動機及其影響因素為何？因此我們引用了 Bourdieu 的慣習、場域、資本、象徵性暴力、謀略與技能等實踐理論，並透過電視新聞工作者的深度訪談及文本分析的運用，來解釋上述「媒體奇觀」所無法觸及的部分，同時也進一步探究，現今電視新聞場域所呈現的結構性和制度性問題為何。最後，我們將進行取徑理論和新聞實務上的相互印證，以及理論之間的互補與融合，並經由經驗資料的交互分析，萃取出研究結果。而根據研究成果，我們也提出了許多研究建議，以提供實務界和後續的相關理論研究者，一些具體可行的參考資料。

● 第一節　研究結論

Kellner 的《媒體奇觀》，提供的是一個以鉅觀視角進行的媒體批判，而它首要傳達的理念，在於奇觀假象的揭發與解構。在電視媒體、公關公司和跨國廣告公司的行銷策略之下，許多由名人代言的商品，呈現的是歡樂、健康、流行時尚、幸福洋溢的概念，但其實它暗藏很多見不得光的醜事，諸如虐待和剝削勞工、政商掛勾、商業霸權、廢棄物生產、危害消費者健康等。從建構論觀點來看，Kellner（2003: 93）認為，媒體併購和競爭愈來愈激烈，為了確保「賺錢機器」能夠持續運轉，媒體必須製造出一個又一個奇觀來吸引觀眾，奇觀具有話題性和議題導引能力，因此奇觀掌控下的媒體文化，已成為當代政治和社會的仲裁者，決定哪些事件是真實的、重要的和關鍵的。也就是說，為了要賺錢，媒體必須確保產製的訊息內容能夠吸引觀眾注意，而媒體奇

觀就是媒體和商業力量共同結晶體。一旦出現威力強大的媒體奇觀，觀眾就會陷入這種奇觀所營造的迷霧裡，並且如同中了巫術般的沉迷其中、無法自拔。大家自願把錢掏出來購買奇觀指定的商品，有買到的歡天喜地、沒買到的捶胸頓足，它體現了商品拜物教的強大力量。這種立論接近於波茲曼（Neil Postman, 2003／章艷譯，2004：04）所說的「娛樂至死」：媒體將內容打造得如同拉斯維加斯一般，我們的政治、宗教、新聞、體育、教育和商業，都心甘情願成為娛樂的附庸，人們成為娛樂至死的一個物種。而這也能解釋，為何Kellner 會把媒體視為奇觀的共犯結構，因為唯有媒體和公關公司、廣告商、大型財團共同聯手起來，才有可能製造出完美的媒體奇觀風暴，以蠱惑所有的閱聽眾為其所驅使。

　　Kellner 運用文化研究與「診斷式批判」相結合的研究方法，來深入闡釋當代社會文化現象，並試圖從布希亞的「超真實」、霍爾的「製碼／解碼」、傳播政治經濟學、符號學等不同的學派理論中汲取營養，賦予「奇觀論」一個全新的靈魂。從這一點來看，Kellner 已經脫離了 Debord 觀念式的批判框架，而往社會現實及媒體研究移動，亦可形容為從原本「出世」的理論轉化為「入世」的理論。Kellner《媒體奇觀》提供了具體可行的操作案例指南，希望能藉此揭示現存社會體系中的權力和階級矛盾問題，解析當代人對於媒體的恐懼和希望，並闡釋政治、社會、商業勢力和媒體之間的相互糾結、衝突的本質（Kellner, 2003: 37）。從這樣的企圖心來看，Kellner 提供的是一種與實踐相結合的宏觀式批判理論，他透過許多媒體共通現象和許多特別的案例，精準指出媒體的一些「通病」現象。不過 Kellner 雖說是一個好的「病理研究師」，但對於該如何對症下藥？他恐怕是無能為力的。因為戳破了一個「媒體奇觀」之後，商業集團和媒體集團的主控者就會再製造下一個「媒體奇觀」，只要有利益存在，「媒體奇觀」就不會有停歇的一天。Kellner 除了不斷揭露「媒體奇觀」假象，呼籲閱聽眾要有獨立思考能力之外，似乎也沒有更好的解決辦法。而更糟糕的發展是，閱聽眾即使被 Kellner 點醒了、知道了他們身陷媒體奇觀所建構幻影之中，但是他們也許根本就不想抽離出來？

Kellner 認為，依靠「媒體奇觀」，電視新聞吸引了大量的觀眾、獲得高收視率，並且也增強了媒體的社會權力，但是這種權力的獲得，是以犧牲其他社會機制的利益作為代價的，諸如新聞的傳統觀念和規範。因為奇觀現象消解了媒體的合法性，使它愈來愈像個狗仔隊橫行的馬戲團，同時媒體守望和解釋的功能也被奇觀弱化，並逐漸被擴張和渲染取代（Kellner, 2003: 141）。Kellner 對於奇觀之下的媒體功能喪失，一直抱持著悲觀和批判的角度，同時他更憂心閱聽眾迷失於奇觀幻覺中無法自拔。尤其閱聽眾經常沉醉於名人扒糞和花邊新聞每天枝微末節、沒完沒了的報導，然後他們再花更多的時間和同事或朋友去討論這些與名人、藝人有關的話題，閱聽眾體現的是一種布希亞所說的「傳播的狂喜」（the ecstasy of communication）概念（Kellner, 2003: 120）。不過，即使閱聽眾知道媒體集團製造奇觀是居心回測，而且奇觀可能對他們產生不利的影響，但他們仍然會自願進到這個瑰麗的奇觀世界之中。因為現實生活裡，人們可能必須面對低薪、苦悶、高壓的生存環境，有些人也許會認為，暫時沉浸在媒體奇觀中麻痺自己，似乎也沒什麼不好！而閱聽眾和新聞產製端如何面對和因應「媒體奇觀」，一直也是 Kellner 的奇觀理論和研究上，所刻意忽略的部分。

　　從電視新聞如何產製「媒體日常奇觀」的流程中，我們可以看出，電視新聞場域看似有一個「遊戲規則」在框架新聞工作者的集體行動，但從 Bourdieu 的角度來說，「慣習」具有一種含混和模糊邏輯，在被認可的遊戲規則內，還有一個很大的空間，需要新聞工作者努力捕捉「沒有意圖的意向性」（intentionality without intention）、「沒有認知目的的知識」（knowledge without cognitive intent），以及行動者對其所處社會前反思（prereflective）的下意識把握能力（Bourdieu, 1987a: 96）。Bourdieu 曾引用梅洛‧龐蒂（Merleau-Ponty, 1963: 168-169）的橄欖球運動員的例子，說明這種場域特性。梅洛‧龐蒂認為，實踐感將世界視為有意義的世界而加以建構，這種自發預見的方式與球類比賽中具有良好的「場地大局觀」（field vision）的運動員頗為類似。也就是說，運動員在球場上，他們不知道下一秒會發生什麼狀況。攻與

守，只憑著自己的靈感和隊員之間默契作機動性決定，而無需計算理性和事後諸葛，因爲它展現的是一種「無需概念的內聚力」。這種能力，需要團體中的各個行動者，靠著彼此長期合作的默契去感知或預知：「無論何時，一旦我們的慣習適應了我們所涉入的場域，這種內聚力就將引導我們駕輕就熟地應付這個世界」（李猛、李康譯，1998：22）。

電視新聞工作者如同橄欖球運動員，一旦他們上了「戰場」，個體的行動，就不是理性計算或規約所能完全限制。比如，這則新聞對於被報導的當事人應該「大開殺戒」還是「手下留情」？應該擺在頭條位置或只當新聞片尾？只做一則新聞還是要分拆成好幾則？新聞現場最新畫面傳回副控室，要立刻插播報導還是繼續播報排定的下一則新聞？遇不同狀況，新聞工作者必須依照新聞意理和個人專業技能，作出攻或守的決策，而且這種決策經常必須在幾秒鐘之內完成。球賽是一個團體戰，但也是個人秀！比賽的結果，可能因爲你的一記精準射門而贏得滿堂彩，也有可能因爲你的個人疏失，使得整個球賽抱憾而終。電視新聞戰場和橄欖球賽頗爲類似，場面瞬息萬變，有時候你必須全力爭取個人表現，有時候你得共同搶救因同伴個人疏忽所造成的錯誤。新聞工作者必須要擁有一顆隨機應變的頭腦，以應付各種突發狀況，而由慣習所導引的「內聚力」，除了讓他們盡全力爭取作品的收視率表現之外，也得以讓他們遠離災禍！

在新聞場域中運作的，正是這種「無法說出口」或「說也說不清楚」的含混、模糊邏輯，它所形成的潛規則，必須要由新聞工作者自己去拿捏、感知和體悟。Bourdieu 進一步解釋：「實踐邏輯的邏輯性只可以提煉到特定的程度，一旦超出這種程度，其邏輯便將失去實踐意義。」但困難的也就在這裡：社會科學之所以稱爲「科學」，就必須從這種含混不清、模棱兩可的主張中提煉出「精確科學」，所以它的概念最好就是彈性的、可調整的，而不是限定與嚴格使用的（李猛、李康譯，1998：21-24）。而本書所完成的，正是把 29 位受訪者在新聞場域日常運行的「含混、模糊」邏輯，透過理論、文本和訪談記錄的交互分析，提煉出一定程度的場域運作模式。當這套模式逐漸成形與清晰之

後，我們才能夠了解，電視新聞場域的權力運作邏輯和電視新聞工作者的對應生存方式。

在研究過程中，經由內容分析，我們發現蒐集到的六家有線電視新聞台及「無線老三台」總共 306 則與遊民相關的新聞影片中，以「獵奇類」的占比最高，而獵奇類遊民新聞因為符合故事化、感官主義和小報化特色，最為接近 Kellner 所主張的「媒體日常奇觀」。在後續的深度訪談中，我們也印證了獵奇類遊民新聞特別受到電視新聞工作者的歡迎，因為獵奇類遊民新聞所呈現的特性，極適合經由音效、剪輯、後製及故事化手法將之包裝為奇觀式新聞或專題。本書受訪者證實，獵奇類遊民新聞及專題，可以為電視新聞和新聞性節目帶來收視率，收視率代表電視台的營收，也主宰著新聞工作者在電視場域的發展。獵奇類遊民新聞及專題既然可以為電視台帶來收視率，自然就會受到電視台主管和新聞工作者特別的重視。但是在這樣的產製邏輯之下，電視新聞只是一再重複對於遊民的剝削和利用，並非真心關懷遊民處境，少數被挑選進獵奇類新聞的遊民，也只是成為閱聽眾窺探隱私的情境劇主角。而在電視新聞場域內，對於奇觀新聞的處理角度和內容呈現影響最大的是「新聞主管的意向」，因為許多新聞工作者會先揣摩主管的可能意向後，再對奇觀式新聞的文稿寫作和剪輯手法進行調整，時間久了之後，它就會形成新聞場域的一種潛規則：「愈能感知新聞主管的意向，就愈有可能在這個場域之中存活！」不過遵循場域潛規則並非新聞工作者唯一的生存術，唯有累積自己的社會資本、避開場域鬥爭陷阱，並且擁有產製高品質新聞的專業技能，才能讓電視新聞工作者成為深諳生活藝術、悠遊場域的熟手！

壹、以 Kellner 理論「解碼」研究文本

電視新聞的產製是以收視率表現作爲首要考量，而其表現手法著重在感官主義和小報化的呈現，特殊的新聞題材可以挑選爲「媒體日常奇觀」進行特別規劃和後製包裝。從 Kellner 借用霍爾「製碼／解碼」角度來看，「媒體奇觀」理論的主要貢獻，在於拆穿電視媒體文本光鮮、奇幻的假面具，赤裸裸還原它殘忍和現實的本來面目。如本書第四章所述，306 則與遊民相關的新聞影片，分成五大類後加以統計，發現以「獵奇類」（E 類）的數量最多。其中的特例是民視新聞台，特別偏好產製「遊民是可憐者或被施恩者」（D 類）的遊民新聞。根據本書訪談記錄顯示，民視新聞台之所以偏好 D 類遊民新聞，除了電視台定位及策略因素之外，爲其旗下的藝人或地方政治人物進行宣傳才是眞正目的，而 D 類新聞中遊民被建構的形象正是：「政治人物、藝人、名人之施捨行爲中的配角」。電視新聞突顯了這些施捨者的「仁慈及義舉」，關懷遊民其實並不是報導的重點，爲政治人物、藝人、名人宣傳，才是產製遊民新聞的主要目的。

在獵奇類遊民新聞的相關報導中，遊民被建構的形象是：「電視新聞鏡頭下，被窺探隱私、滿足觀眾好奇心的情境劇主角」（如表 4-1-2）。這一類新聞中，大都是「遊民之最」，例如：最怪的遊民、最年輕遊民、明星臉遊民、最上進遊民、大老闆變遊民、幫派首領變遊民等。遊民成了這類新聞中的主角，聚光燈暫時停留在他們的身上，被採訪的遊民感受到陽光般的溫暖，因爲上帝終於看到他的不幸，耀眼光芒開始包圍著他。電視閱聽眾從遊民的故事中，感受到新奇、歡樂、有趣、驚嚇、感動及悲傷的情緒，而新聞產製端，正是希望以這樣的遊民故事，吸引電視觀眾不要轉臺，以期能拉高新聞收視率。新聞播出之後，可能被報導的遊民會短暫獲得社會各界一些關切與援助，但當新聞熱度退去，電視聚光燈移開，遊民依然身陷陰暗角落無人聞

問，而電視台記者則繼續再尋找下一個有利於收視率表現的遊民主角。Kellner 的「媒體奇觀」有如明鏡高懸，在剝去電視新聞一層又一層的濃妝艷抹後，呈現的真相是：電視媒體視遊民為臨時演員或情境劇主角，利用他們博取收視率，但卻不是真心重視或試圖解決遊民社會問題。

在電視新聞性節目方面，我們也發現了部分電視台新聞專題所建構的遊民形象，其實與一般遊民新聞大同小異。基本上，這些新聞專題就是獵奇類遊民新聞的延伸，它也符合了媒體日常奇觀的建構特性，遊民一樣被視為臨時演員或情境劇主角。只不過，新聞節目可以用比較充裕的時間，去鋪陳和包裝一個更動人、更完整的遊民故事而已。另外，少部分新聞專題也探討到假遊民、鄰避效應和遊民收容問題，但有關慈善團體幫助遊民的動機和善款的流向，部分受訪者雖在本書訪談中表示他們的疑慮和憂心，卻沒有在報導內容中進一步呈現。其中一個原因，可能是採訪記者沒有進一步挖掘和查證，因此若要在報導中提出指控，恐怕證據力不足；其二可能是採訪記者希望和慈善團體維持良好關係，因此沒有列入報導範圍。在〈遊民尾牙宴〉單元中，我們也看到了主流媒體和施恩者的權力取向，電視鏡頭下短暫曝光的遊民，只被允許說些讚美施恩者的話，而記者對遊民最有興趣的部分，則是聚焦在「掃盤」、「搶食」的獵奇性質畫面。這些令人瞠目結舌的奇觀畫面，再次強化主流社會對於遊民「飢不擇食」的既定形象，而對於遊民參加尾牙宴的動機和特殊意義，電視記者卻沒有興趣深入探討。儘管採訪記者這樣的議題設定和報導角度，可能是基於新聞專業意理和收視率表現的綜合考量，但是暗藏在〈遊民尾牙宴〉專題內，卻是主流社會權勢、施恩者報導取向和媒體商業利益的合流，在 Kellner 媒體奇觀的理論分析之下，權力層次也更加清楚顯現。

從 Kellner 的角度來看，遊民新聞能夠輻射連結到政治、經濟、教育、內政、文化等諸多社會領域問題，遊民政策如何制定，也成為現代福利國家和社會進步的一種指標。我們從美國有關遊民的研究可以發現，2010 年美國「住房安置優先」（Housing First）政策實施後，未接受安置的遊民人數減少 25%、長期街友減少 21%。2007 年，官方版的美國的遊民人數是 647,258

人，到了 2015 年，遊民人數下降到 564,708 人（見本書第二章第一節及第五章第四節）。而前美國紐約市長彭博，卻因在主政期間（2002-2013 年）自行將聯邦政府補助款挪用、拆解，大幅削減「Housing First」經費，並把遊民趕回收容所，回復使用早期救濟遊民的方式運作。這也使得紐約市遊民在過去一年來，由 6 萬人暴增至 7 萬人，其中有 2.5 萬人是兒童（報導者，2016.02.07）。我們由此可以看出，遊民政策和社會福利、政府財政、官員施政、社會秩序、市民觀感都是息息相關的，可謂牽一髮而動全身。紐約市遊民數量暴增，市區到處可見遊民棲身於街上、地鐵站、公車站、公園，「正常市民」稱之為「都市之瘤」，對他們投射出著厭惡或同情的眼光。許多公共設施和商店，製作了各種阻絕設施，企圖驅趕或者防止遊民在此滯留。而政策的不友善，除了造成遊民數量激增，也形成更多的社會問題。主流電視媒體出現的遊民新聞，雖然只是從「怪異」或「趣聞」的一個點切入，但它所連結的，卻是如同藤蔓般糾結的一連串社會政策和政經結構問題。遊民新聞的出現，如同剛越過牆頭的藤蔓最前端，人們看到攀緣掛上的一抹新芽，卻無法想像，延伸到牆後的藤蔓到底有多長，而它所代表的意義，其實就是一種「社會病癥」或「社會癥兆」的顯現！

根據衛福部統計，臺灣遊民人數從 2015 年統計的 4,464 人激增到 2016 年的 8,984 人，其中新北市遊民人數更從 771 人快速增加到 4,606 人[21]。遊民數量跳躍式的成長，絕對不能等閒視之，因為這些數字正是一種「社會癥兆」的顯現。我們從上述紐約市的經驗來看，它有可能是中央政府或地方政府的社會福利政策出現偏差；就個別地區來說，也有可能是新北市的產業結構正在發生變化，需要進一步追蹤與研究。只不過，電視媒體並沒有興趣深入探討，遊民問題究竟和政治、經濟、社會政策問題有何關聯，電視記者只是關注獵奇類遊民新聞該如何發掘和包裝，一般電視閱聽眾因此也難以從遊民新聞中，看到隱藏其中的「社會癥兆」到底是什麼？如果遊民充斥街頭、車站、公園的景象，顯

21　資料來源：衛福部網站 https://dep.mohw.gov.tw/DOS/lp-2973-113.html

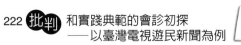

現的是紐約市前市長彭博錯誤的社會福利政策，那麼臺灣電視媒體偏好的獵奇類遊民新聞，它並不能被當作一種「趣聞」看待，而應被視為臺灣遊民問題沒有獲得政府良好解決的一種諷刺或顯現。

　　去脈絡化處理的遊民新聞，通常只讓閱聽眾看到最戲劇化的那一面。從訪談記錄中我們也發現，電視新聞工作者因為擔心在新聞及專題當中探討太多遊民政策的內容，恐怕會影響收視率表現，因此自動刪減有關遊民政策及遊民安置等相關議題，而大幅增加遊民獵奇的採訪角度及內容呈現。電視新聞和新聞性節目，其實都沒有興趣探討，臺灣大都市的遊民問題是如何形成的？遊民數量愈來愈多，到底是社會的哪些環節出了問題？為何他們寧可流浪，也不太願意住進收容所？先進國家的社會福利政策與遊民管理，有哪些值得我們借鏡？這些內容始終是臺灣的電視媒體不太願意主動觸及的。電視新聞工作者通常會「專業化」的，把特殊的遊民新聞包裝成媒體日常奇觀，因為獵奇類遊民新聞可以為電視台帶來好的收視成績，收視率等同現金，可以增加電視台收益。有了豐厚的營收，電視台更願意獎賞或升遷收視率表現良好的新聞工作者，而收視率表現差的新聞工作者，則會面臨降考績等級、調職或資遣的威脅。從「媒體奇觀」角度來看，「奇觀新聞」─「收視率」─「獎懲」，三者有密不可分的因果關係，但說穿了，這只是電視媒體主控者用來操縱新聞工作者的手段和工具而已！新聞工作者自以為在一個公平的環境下彼此競爭，但其實脫離不了體制下的隱形監控，他們不斷自發性的產製奇觀新聞，以求受到上級的重視、獎賞，至少消極上來說也可以避禍。

　　另外，遊民的特殊身分，使他們成為消費主義社會中被操弄的客體，也成為媒體奇觀中的一個循環。電視新聞工作者可能沒有注意到的是，在電視新聞「媒體奇觀」的建構之下，閱聽眾早已習慣了窺探遊民隱私和傷痛的新聞內容，並且將主流媒體所營造的遊民形象加以內化。賀曼・葛雷（Herman Gray）的研究顯示，電視新聞在鞏固保守文化與政治霸權集團上，扮演了重要角色（陳雅玟譯，2006）。霍爾（Hall, 1980）也指出，電視新聞用來使霸權顯得自然的那些溝通策略，就是在替原本多義性的文本，框架出主流定義。雖

然霍爾的「製碼／解碼」理論，強調的是「主動閱聽人」概念，賦予閱聽眾具有「解碼」新聞訊息的能力，但是也不能忽略，媒體工作者「白領菁英階級」的意識型態，同樣潛移默化在影響著閱聽眾。電視新聞每天的播出時間、新聞排序、陳述觀點，都被設定在一定框架內，看似內容多元，但其實是在鼓吹特定的價值觀及維護現有社會秩序，它論述的是「主流」、「正常市民」的觀點。對於「非主流」、「非我族類」、「不正常市民」，電視新聞雖然沒有出現強迫其改變或將之消滅的明顯主張，但是「遊民逆轉勝」、「遊民獵奇」之類的新聞受到電視媒體重視，也代表著閱聽眾「認同」、「默認」或「習慣」這一類遊民新聞的處理方式及媒體觀點。當電視新聞長期以「媒體日常奇觀」來挑逗或迎合閱聽眾口味之時，主流意識型態的力量也就慢慢滲入閱聽眾認知之中。漸漸的，不論是電視新聞產製端或接收端都會認同：「遊民新聞就是應該這樣處理！」或者「這樣處理也沒人說不好！」由此我們可以認定，遊民新聞的獵奇化或日常奇觀化，其實是電視台主控者、新聞工作者和閱聽眾「三者合謀」之後的結果。

　　但是這樣的媒體奇觀，不但無助於解決遊民社會問題，反而使得遊民成為商業電視台免費的臨時演員。電視媒體需要奇觀新聞時，就會找遊民講述自身悲慘命運、如何街頭求生、遇過什麼奇事？有部分的記者為了報導所需，跟著遊民一起露宿街頭，親身體驗「一日遊民」是什麼感覺；更有甚者，媒體記者以跟拍或偷拍遊民的方式，滿足觀眾偷窺欲望。新聞工作者和閱聽眾，早已適應這種奇觀邏輯下的電視新聞產製模式，大家都不覺得這樣的新聞表現手法有何問題，而遊民也就長期成為我們的社會和媒體所操弄的對象。

　　上述我們歸納獵奇類遊民新聞所建構的遊民形象是：「電視新聞鏡頭下，被窺探隱私、滿足觀眾好奇心的情境劇主角。」臺灣社會看似族群平等，貧與富只是國民財產所得的差距，但「解碼」獵奇類遊民新聞之後可以發現，我們的生活世界存在著一種隱性社會階級，這種階級被區分為「正常市民」與「不正常市民」。「正常市民」大都有工作、有住所、有收入；而「不正常市民」則居無定所、只有零星工作或無工作、極少收入或無收入。「正常市民」衣著

整齊、行爲大都合乎禮法與規範；「不正常市民」則經常蓬頭垢面、行爲怪異脫序。在這樣的意識型態設定之後，社會底層的「不正常市民」之所以上得了電視新聞，可說是有特殊任務的：因爲「正常市民」工作壓力大，他們下班回家後，需要藉由電視新聞的感官刺激紓壓，而「不正常市民」的怪異或感人演出，讓他們成爲電視情境劇的主角，也成爲「正常市民」的一種紓解壓力管道。如果演出成功，「不正常市民」還可以獲得「正常市民」在金錢和工作上的幫助與獎賞。這些「不正常市民」爲何極需要「正常市民」伸出援手呢？因爲臺灣政府的低收入戶補助，只針對「有房子的家庭」，遊民脫離家庭且大都名下無房產，所以他們拿不到政府一毛錢的補助，因此生活經常陷入困頓。除了遭遇急難之時的暫時安置和醫療之外，臺灣政府對於遊民的照顧，遠遜於歐美和日本等先進國家。如前所述，日本的遊民之所以當遊民，大都是一種心靈的放逐，而非眞的已到了生活困窘的地步。臺灣的遊民，通常只能仰賴慈善團體的送食和不定期的打工維生，有些名人偶爾出手幫助遊民，大都只是藉此博得媒體報導其「善行」的機會，並非眞心關懷遊民。因此「不正常市民」在臺灣社會，是弱勢中的弱勢、底層中的最底層，他們除了得在險惡的環境中努力求生存之外，還得預防有些名人和關懷團體「假愛心、眞宣傳」或「假愛心、眞節稅」的再一次剝削。

從這個角度上來說，我們將 Kellner「媒體奇觀」理論運用在解讀電視遊民新聞的文本之上，經由診斷式批判的「解碼」，讓原本潛藏於媒體奇觀之內的意識型態和權力欲望現出原形。尤其當電視媒體最重視的獵奇類遊民新聞被「解碼」之後，我們看到的，將不再只是充滿驚奇、趣味或溫暖、悲傷的遊民故事，而是充斥著媒體霸權、商業利益、假愛心，以及政府對於遊民問題無力與無能解決的赤裸裸呈現。Kellner 的「媒體奇觀」理論，提供的正是這種照妖鏡的功效！

貳、以 Bourdieu 理論還原媒體「製碼」

　　如果獵奇類遊民新聞是臺灣電視新聞呈現的一種「病癥」，那麼整體來看，臺灣的電視媒體可能已經百病叢生，若任其惡化，經過更長時間的慣習形成和結構質變，它將成為積重難返的「沉痾」。獵奇類遊民新聞作為電視媒體病癥中的一種典型，我們將它視為一把鑰匙，藉由 Bourdieu 的相關理論，我們得以打開電視新聞場域「潘朵拉的盒子」，看清楚電視新聞產製的潛規則及掌控新聞工作者的無形力量。現階段唯有找出電視媒體真正的結構性病因，才能有機會扭轉或調整電視媒體偏好產製奇觀新聞及水準日漸低落的諸多問題。

　　電視新聞場域的許多潛規則，經過長時間的內化，它會形成電視新聞場域中的慣習，並且衍生出象徵性暴力。部分電視記者認為，自己必須揣摩主管的意向來製作新聞，才能夠在這個場域中存活，即便身在採訪現場，他們也未必堅持自己眼見為真，許多記者仍然願意照長官從網路上看來的訊息修改新聞內容。因此，獵奇類遊民新聞如果是一種媒體日常奇觀典型，那麼它的產製流程，可說完全被一種看不見的場域潛規則和慣習力量所主導，同時遊民被電視新聞所建構的身分和人生故事，也經常是扭曲和失真的。其實不只是獵奇類遊民新聞，其他類型的奇觀新聞，也是照著這樣的邏輯在電視新聞場域中運行。比較嚴重的問題是，其中有一部分電視新聞工作者，根本不認為這樣的新聞產製流程和表現方式有何不妥。而另外一部分人，則感受到場域潛規則和媒體社會責任產生了衝突，但是他們在自我衡量後，認為公開抗拒終究是徒勞無功的，因此大都選擇隱忍、沉默和接受。不過本書認為，**新聞工作者反抗意識並不會全部被慣習消磨殆盡**，有些人只是暫時放在內心深處，等待適當時機再表現出來，這一點和 Bourdieu「眾數慣習」的主張不太一樣。

　　從研究當中我們也可以發現，電視新聞工作者大都曾和主管在新聞製播理念上發生過衝突，但當他們知道反抗主管意向及場域潛規則必須付出相當代價之後，會開始隱藏自己的反抗意識，並發展出許多因應策略來保護自己，例如：多面向策略、模糊化策略和不掛名策略等。不容否認的，有不少電視新

聞工作者，不分資深或資淺，都是以主管意向作爲新聞製播的考量依據。有人認爲，這是電視記者的社會化或世故化，但是從場域生存術角度來看，這其實是他們不得不然的選擇，也許有一天當他們被壓迫到一個臨界點，這種反抗意識才有可能再度爆發出來。而較爲資深的電視記者，他們經過歲月和經驗的洗禮，會比較知道哪些狀況可以妥協，哪些狀況是絕不能屈服的。和 Bourdieu 說法不太相同的是，在現今臺灣電視新聞場域中，有些資深記者反而更具有反抗主管意向的優勢，他們成爲新聞主管眼中「不受控制的記者」。因爲他們大都具有較強新聞專業能力，又累積了一定的社會資本，新聞主管通常會比較尊重他們對於新聞處理上的看法，尤其當「資深的記者」對上「資淺的主管」時，這種態勢就更加明顯。

除了場域潛規則和慣習的力量之外，現今臺灣電視新聞場域出現的另一個重大危機，就是「歐迪碼成效」的失衡。在 Bourdieu 的理論中，電視場域中的新聞工作者爲了追求表現，無不用盡心思製作出具有收視率的新聞作品，雖然新進人員會比老一輩的記者在採訪和處理新聞時更加的「不擇手段」，但這也算是新聞場域中的一種良性競爭。如今，臺灣電視新聞場域，在結構、制度和管理上，都出現了重大轉變，電視新聞來源多出自「三器」（網路瀏覽器、行車記錄器和街頭監視器），許多新進電視記者，每天處理的新聞都是長官所交辦的「填空格」工作，新聞內容必須按照設定好的劇本走，而且必須及時、速效的完成。電視記者不再視跑獨家新聞爲一種同業之間有趣而刺激的競爭遊戲，他們加入共同採訪路線的網路通訊軟體群組，只求不獨漏新聞，每天的工作時間如同公務員，也不再耗費心力在深度報導和調查報導的爭取上。至此，電視新聞記者工作的主要目的，其實只是在滿足和迎合新聞主管的意向，他們合力建構奇觀的海市蜃樓幻象，而電視新聞距離「眞實」和「眞相」，也就愈來愈遙遠了！雖然說，中等資歷或較資深的電視記者，可以有一些新聞選擇和採訪上的自主權，但是整體上來說，Bourdieu 原先主張的「歐迪碼成效」，在現今臺灣電視新聞場域的扭曲體制中，已經產生了質變。

現今臺灣電視新聞記者，彼此在新聞作品競爭的意願和力道都愈來

愈薄弱！意義上來說，如同大家都只求做到 60 分就好，這對電視媒體、公共領域和閱聽眾三方面來說都不是一件好事。由於深度報導和調查報導需要耗費的時間和心力較多，產量會比「三器」及網路爆料為主的新聞少很多，新聞主管每天有稿量的壓力，自然會希望記者多產製速成新聞或是具有收視率成效的奇觀新聞。劣幣驅逐良幣，電視新聞內容有愈來愈速食化、鏡像化和劣質化趨勢，而電視記者心態則愈來愈馴化、被動化、公務員化。他們發展出的場域「策略」和「技能」，大都是消極保護自己如何在凶險的環境中全身而退，少有立下宏願能發揮自己的新聞影響力，並使得新聞場域的結構規則因此改變。我們從 Bourdieu 的理論和新聞工作者的訪談內容交相印證可以發現，臺灣電視新聞場域，「結構」和「行動者」的雙重性平衡正在產生變化，它愈來愈偏離 Bourdieu 和季登斯原先的主張：「日常生活運行中，互動中的人們運用構成社會結構的規則和資源，同時，互動者又再生產出結構的規則和資源。」雖然我們早已從文獻探討中得知，Bourdieu 的慣習理論具有一種「結構偏向」，但如今臺灣電視新聞場域，已經嚴重向結構和潛規則傾斜，行動者想要翻轉結構規則的能力是愈來愈薄弱，甚至可說是幾無可能。

本書透過訪談 29 位電視新聞工作者，蒐集他們在新聞場域中，對於遊民新聞處理的取捨態度、與長官和同儕之間平常的相處、人際關係與新聞工作的價值觀等意向，對於受訪者來說，看起來筆者只是在和他們「閒聊」新聞場域的瑣事和個人工作心得，但對筆者來說，所有的提問都是由 Bourdieu 的慣習、場域、資本等理論出發，經過縝密的推敲和布局之後發展出來的，而遊民新聞則是整個研究的切入點。受訪者回答的內容，在經過深入分析後，足以了解電視新聞工作者，為何偏好產製獵奇類遊民新聞。同時，從訪談內容中，我們也發現了現今電視新聞產製的許多畸型現象，以及電視新聞品質每況愈下的癥結所在，這些問題涉及電視新聞場域的結構性扭曲，還有電視新聞工作者長久處於這樣鬥爭環境下的慣習形成和自我保護迴路機制。以 Bourdieu 的相關理論，較能解釋電視新聞工作者產製獵奇類遊民新聞的動機，同時也能捕捉電視新聞

場域瞬息萬變而又細微的動態觀。而從這些問題的梳理當中，我們更能夠回溯推斷，現今電視新聞的結構到底出了什麼問題？並且提出可能解決或改善的具體建議。這些較為細緻的研究方法，並非 Kellner 的「媒體奇觀」理論所能辦到。

參、理論的「會診」功效

本書透過 Kellner 的「媒體奇觀」和 Bourdieu 慣習、場域、資本等理論取徑，針對電視新聞文本及新聞場域問題進行研究，發現上述兩種理論，雖然立論各不相同，甚至有些部分的主張互有牴觸，但同時運用在媒體奇觀的文本書上，卻可以發揮「會診」媒體的功效，並且也能夠深入探究媒體結構性問題的根源所在。Kellner 的「媒體奇觀」取徑霍爾的「製碼／解碼」理論，用來解碼社會和媒體的病癥，本書借用這樣的視角來解讀獵奇類遊民新聞，發現在感官化、故事化、誇張化的「媒體日常奇觀」包裝之下，獵奇類遊民新聞呈現的，其實是臺灣社會階級化的意識型態。遊民被社會體系視為比低收入家庭更底層的「不正常市民」，但電視媒體和閱聽眾，對於遊民的政策性問題並不感興趣，也根本不關心遊民處境，他們只對獵奇類遊民新聞有興趣，原因是遊民在這類新聞中，成了閱聽眾窺探隱私、滿足好奇心的情境劇主角。如果這樣的狀況，代表的是臺灣的電視媒體生病了，那麼透過 Kellner 的「媒體奇觀」理論來診斷獵奇類遊民新聞這個「病灶」，我們也許可以得出一張媒體的病情報告。但是媒體為何會生病？到底是什麼因素引發這樣的病情？得開些什麼藥方才能治好病症？要回答這些問題，恐怕只採用 Kellner 的理論是力有未逮的。

Bourdieu 的慣習、場域、資本等實踐理論，可以針對電視新聞場域結構和行動者之間的交互歷程，進行較為細緻的觀察和分析；而「媒體奇觀」理論，則可用來補強實踐典範較少觸及的社會診斷部分。因此本書最重要的貢獻，就是運用 Bourdieu 和 Kellner 各自的理論，針對電視媒體特殊文本、產製流程和場域結構進行「會診」。如果這個「會診」的機制可以建立起來，那麼未來它

也可以運用在其他電視奇觀新聞文本，甚至是新媒體的奇觀文本書之上，對於媒體理論和新聞實務，都有一定程度的貢獻。

何謂 Bourdieu 和 Kellner 理論的「會診機制」呢？如果我們把電視新聞場域比喻為一間成衣製造工廠，那麼我們蒐集的遊民新聞文本，就像是一件件上架的平價成衣，而獵奇類遊民新聞則是成本比較高的專櫃成衣。Kellner 的「媒體奇觀」理論如同一家檢驗所，它協助我們看到這些美麗的高檔成衣上，其實是充滿了有害人體的甲醛和有機溶劑，而看似人性化和制度化管理的電視新聞場域，則像是一間充斥著有毒化學藥劑的製造工廠。「媒體奇觀」理論，揭發這間工廠是製造環境汙染的元凶，並且也推論製造工廠的工人，在長久的接觸有毒物質之後，身體也都中了毒。只是工人們為了養家活口，不得不繼續在這間工廠工作，他們也協助工廠，對外隱瞞工廠所出產的成衣如果沒有洗滌就穿上身，有可能導致消費者致癌的事實。接著，我們要進一步確認工廠工人、消費者和生態環境是否都中了毒？如果他們的身體和我們的生態環境都已經累積毒素，那麼可能會是在哪些產製成衣的環節下中毒？要找出這些答案，可能需要更高階、更精密的追蹤設備。從理論的適用程度來看，實踐典範無疑就是所謂「更高階、更精密的追蹤設備」。透過 Bourdieu 的「慣習、場域、資本」等實踐理論，以及場域內相關人員的深度訪談，我們可以更加確認，新聞工作者和他們所處的新聞場域，到底在哪些產製新聞的環節出現問題？

現今臺灣的媒體日常奇觀建構，其實是出自一個被嚴重扭曲的電視新聞場域。閱聽眾可能永遠也不會知道，他們所看到的獵奇類遊民新聞，是經由這樣不可思議的一個場域機制和邏輯產製出來的。獵奇類遊民新聞，表面上呈現的，可能只是一則有趣、新奇、窺視或令人震驚、流淚、嘆息的「好看新聞」，但它背後潛藏的，是臺灣電視場域畸型發展的「新聞專業」和電視新聞工作者長期遭受的象徵性暴力。因此，Kellner 將奇觀新聞視為社會現象的一種病癥，其實是正確的，它顯現的不只是一種社會問題的癥兆，而且也是媒體的病灶所在，只是若單獨使用 Kellner 的理論，無法完全了解電視媒體的問題根源何在。我們再經由 Bourdieu 的相關理論，對電視媒體和新聞工作者進行

精細體檢與進一步的理論探索後，卻發現現今臺灣電視新聞場域的病態性發展，有可能比 Kellner 原先所想像的媒體問題更加嚴重！因為數位化浪潮的衝擊，傳統電視新聞想要呈現出新媒體的訊息速成、速效特點，但是卻逐步放棄了電視新聞原本的正確性、專業性和權威性優勢，形同捨本逐末、自毀長城。這些對於電視新聞未來發展的憂心和徬徨情緒，我們從新聞工作者的訪談內容也可以深刻感受得到。而資深新聞工作者更大的憂慮，在於現今電視新聞場域結構的劣化，經由場域潛規則和慣習的作用，已經慢慢把一些不正常的觀念灌輸到新一代的電視記者中，倘若沒有及時改善與扶正，再經一段時日，臺灣電視媒體，將不會只是百病叢生而已，它有可能會病入膏肓，無可救藥！綜合上述，本書對應研究問題所得之研究發現，整理如表 7-2-1：

表 7-2-1　對應研究問題所得之研究發現

項次	研究問題	研究發現
01	1. 電視台偏愛哪些類型的遊民新聞？ 2. 臺灣遊民在這些類型的新聞中，各自呈現的樣態和形象為何？	1. 從文本分析可以發現，臺灣的電視台最為偏愛獵奇類遊民新聞。 2. A 類：遊民是危險的攻擊者、治安不定時炸彈與街頭犯罪者。 　 B 類：遊民是被欺負的弱勢者且是公權力濫權下的無助受害者。 　 C 類：遊民是政治人物、學者、媒體記者眼中被嫌惡者或歧視者。 　 D 類：遊民是政治人物、藝人、名人施捨行為中的配角，突顯這些人物的「仁慈及義舉」。 　 E 類：遊民是電視新聞鏡頭下，被窺探隱私、滿足觀眾好奇心的情境劇主角。 （詳如本書第四章第一節所述）
02	從電視遊民新聞所建構的樣態和形象中，是否能夠看出電視新聞工作者的價值觀與權力觀？	1.「獵奇類」遊民新聞文本中的「逆轉勝」故事，大都是複製主流社會想要消滅遊民、輔導遊民就業的「菁英觀點」，但這種價值觀，其實暗藏著主流社會的霸權心態，也是對於解決遊民問題的一種偏執思想。 2. 批判典範認為，主流媒體記者處理遊民新聞，充斥著白領菁英分子的意識型態。但在實踐典範的架構下，可以發現在遊民新聞處理上，不同記者之間有著細微差異。這些差異說明

項次	研究問題	研究發現
		了每一個場域行動者，都有其主體性、個人特質和不同的稟性展現。
03	從電視遊民新聞的呈現與樣態中，是否可以分析出社會現象與潛藏的社會結構性問題？	1. 主流社會施恩於遊民並要求遊民的行為符合社會期待，可能會造成遊民的相對剝奪感增加。志工和慈善團體成員所執行的，正是掌權者和「正常市民」想要矯正和控制遊民的一種意志，而他們卻不自知。 2. 臺灣電視媒體偏好的獵奇類遊民新聞，它並不能被當作一種「趣聞」看待，而應被視為臺灣遊民問題沒有獲得政府良好解決的一種諷刺或顯現。 3. 遊民數量跳躍式的成長正是一種「社會癥兆」的顯現，它有可能是中央或地方政府的社會福利政策出現偏差，也有可能是臺灣的產業結構正在發生變化，需要進一步追蹤與研究。
04	如果遊民新聞具有某種類型的偏向，那麼電視新聞工作者偏好產製這種類型遊民新聞的意圖為何？	電視新聞工作者偏好產製獵奇類遊民新聞的原因，首先是這類新聞具有高度「差異性、反差性、特殊性」；其次是「對電視新聞收視率有幫助」；第三個重要因素是「具有故事性」，容易吸引閱聽眾。
05	這些具有類型偏向的電視遊民新聞，它是如何被產製出來的？在產製流程中，新聞角度和內容呈現方式，可能會受到哪些因素影響？	1. 獵奇類遊民新聞或專題的產製流程，比一般遊民新聞的處理更加注重故事化包裝及後製效果的呈現，處理程序也比較繁複。 2. 影響其內容呈現的主要因素分別是：文字記者的意向、攝影記者的意向和新聞主管的意向。其中「主管意向」最具有關鍵影響力，因為新聞主管握有記者工作指派、獎懲和考績權，得以主導獵奇類遊民新聞走向。

項次	研究問題	研究發現
06	從 Bourdieu「場域」、「慣習」及「資本」等理論來看，如何解釋電視場域的遊民新聞產製邏輯？	1. 監控電視新聞工作者的隱形機制，就是新聞場域的潛規則。它主導獵奇類遊民新聞的受到重視，也主導著電視新聞的日常運作機制。 2. 經過長時間的運作之後，場域潛規則就會內化到新聞工作者的行為和思想當中，他們認為聽從新聞主管指示，或者揣摩長官對於新聞處理的意向，是理所當然的事，但是這也構成了電視新聞場域中的「象徵性暴力」。 3. 許多電視記者努力經營與長官的信任關係，並累積對內和對外的社會資本；但卻有更多的電視新聞工作者認為，擁有較強的新聞專業能力，才是在電視場域內存活的關鍵。 4. 新聞工作者自以為在一個公平的環境下彼此競爭，但其實脫離不了體制下的隱形監控，他們不斷產製奇觀新聞，以求受到上級的重視、獎賞，至少消極上來說也可以避禍。

　　透過 Kellner 和 Bourdieu 各自理論的「會診」，能夠協助本書從各種角度探索獵奇類遊民新聞這個「病癥」，並且追蹤出現今電視新聞工作者和新聞場域結構的諸多問題。雖然兩種理論探討媒體問題的程度深淺有別，而且各自專精的領域也有所不同，但是能夠結合兩者之力，診斷出電視媒體和新聞工作者的真正「病因」，並且提出可能讓病情好轉的建議，那麼它自然就會有理論和實務上存在價值。本書雖屬 Kellner 和 Bourdieu 理論融合的初探性質，但過去在學術研究中並沒有類似的嘗試，因此理論「會診」機制的建立，將可以提供一種全新的研究視角，並對於學術理論和新聞實務都具有參考和啟發價值，這也是本書所提供的主要貢獻。

● 第三節　研究限制

　　本書雖然蒐集了有線及無線電視台，包括「年代新聞台」、「東森新聞台」、「中天新聞台」、「民視新聞台」、「三立新聞台」、「TVBS 新聞

台」及「台視」、「中視」、「華視」老三台，總共 306 則與遊民相關的新聞影片，但取樣僅從 2015 年 1 月至 2017 年 1 月的 2 年期間，無法擴及更久以前的新聞影片。原因主要是 Youtube 上留存的新聞影片，會隨著時間的久遠而逐漸遞減，如果再往 2015 年以前推，恐怕會出現部分電視台遊民相關影片蒐集不完整情況，貿然在這種情況下進行研究，有可能影響到新聞文本統計數字的代表性與正確性，並使得研究結果失真。

另一方面，本書僅取樣有線及無線電視台，樣本未擴及平面媒體及網路媒體，考量的主因是希望能聚焦在電視樣本的研究上，而另外一個原因則是研究時間上的限制。在數位匯流及新媒體時代，獵奇類遊民新聞如何化身為網路新聞文本，它的產製流程與傳統電視媒體有何差別？它對網路閱聽眾又會產生什麼影響？這些都是後續研究可以考慮與進行的部分。此外，有關慣習「前結構」，也就是新聞工作者的個人「稟性」，如何影響到他對於新聞角度的拿捏和判斷，也只停留在理論的階段，由於本書重點並非聚焦於此，因此未能進一步探討。

第四節　研究建議

壹、有關奇觀文本方面

Kellner 為「奇觀」理論打開另一扇窗，他以電視影集《X 檔案》為例，論述媒體對於「奇觀」的製造並非全然是不好的，但是「奇觀」的媒體文本，大部分還是被定位為虛幻的煙花或有害的「毒品」上。媒體奇觀的製造，與電視台收視率和實際營收有關，若要求電視台停止產製日常奇觀新聞和節目，現實來說幾乎是不可能的事，也不切實際。因此，我們首先要鼓勵電視台多產製類似《X 檔案》之類的影集和節目，因為它能為電視台帶來高收視率，同時也具有一定的社會教育意義。在意識型態的建構上，《X 檔案》提供閱聽眾反思

社會權力控制的素材和空間，它揭示的概念是：「真相雖然撲朔迷離，但只要抽絲剝繭，必能使背後操控的影武者現形！」既然電視台不會停止製造奇觀，那麼為了避免劣幣驅逐良幣，多產製《X 檔案》或《名偵探柯南》之類的「優質奇觀」影集，也許可以減少一些「劣質奇觀」節目的產製。而鼓勵的方式，可由政府單位，例如文化部或科技部補助電視台製播科幻類影集或科學辦案節目，也可以舉辦劇本創作大賽，並由官方無償提供給電視台作為拍攝參考。若擔憂政府單位可能假借節目補助，行置入性行銷之實，可由官方委託民間公正單位或教學機構進行。

在電視新聞部分，如前所述，獵奇類遊民新聞是社會政策、政經結構的一種「病癥」或「癥兆」的顯現，只不過電視閱聽眾在媒體慣習力量的長期影響下，大都把「癥兆」當作是「趣聞」。如果電視台真的無法割捨的日常奇觀新聞的建構，例如獵奇類遊民新聞的產製，那麼除了採訪和製作主要的新聞之外，至少也應再製作一則搭配的新聞或短專題，進一步探討這些被當作臨時演員或情境劇主角的遊民，他們所面對的困境、政府應該如何協助及政策如何調整等問題。而電視新聞性節目對於遊民的報導專題，也不該僅是獵奇類新聞的延長版，應進一步挖掘新聞事件的深度和廣度，以善盡媒體責任，甚至它也可以包裝為遊民新聞的「優質奇觀」。奇觀新聞的產製，未必會使閱聽眾弱智化，相反的，電視媒體有可能藉由奇觀新聞，為閱聽眾帶來一些反思空間。例如《通靈少女》電視劇受到臺灣觀眾歡迎，宮廟文化、神鬼代言人和靈異題材也開始受到媒體和學術界的注意。如果我們把《通靈少女》及其衍生的現象視為一種日常文化奇觀，那麼電視新聞和專題可以探討的，包括靈媒的真實人生、臺灣神棍充斥、政治人物迷信、宮廟企業化發展、從心理學看通靈現象……。如果上述電視新聞題材，都被視為媒體日常奇觀的一種建構或包裝，那麼它可謂兼具新聞時效性、熱議性和對社會文化變遷的探討性，電視觀眾將可以從這些報導中，獲得對於臺灣「文化奇觀」現象的深層思考機會。因此，如果能夠控制奇觀文本的產製，使它朝正確和有用的方向發展，那麼我們就不能說，電視日常奇觀永遠都是不好的。

貳、有關遊民政策方面

我們從文獻及文本分析中也發現，遊民的思考邏輯和社會價值觀與一般「正常市民」有很大落差，而主流社會和媒體，只把這些不同的觀點都當作是「異端」，並認為有這種想法就是「不正常」。「正常市民」並且不斷強加主流社會價值觀，要遊民們照單全收，如果他們不接受，就無法回到「正常社會」，也享受不到社會補助或救助。但是，主流社會或許應該反思的是：「遊民都很悲慘嗎？」「遊民都很不快樂嗎？」「輔導遊民找到工作是減少遊民唯一的方法？」「遊民都應該進到收容所嗎？」主流社會認為理所當然的事，或許從遊民本身的角度看，會有不同的答案。同時，對於遊民政策，主政者要回答的問題是：為什麼美國的「Housing First」政策、日本《遊民自立支援法》、加拿大「全民基本收入」可以明顯減少遊民數量，但臺灣主政者並不採用，而臺灣政府實施多年的社會福利政策，卻使得遊民的數量不減反增？遊民問題，一向是政治和社會工作管理上的燙手山芋，萬華龍山寺的噴水驅離遊民事件、臺北火車站鐵路警察丟棄遊民家當事件，都曾經引起全民的關切，輿論並不支持對遊民管理採取過於激烈的手段。從許多國家的經驗來看，處理遊民問題採用強硬或粗暴手段，其實是沒有效果的，還有可能引發擴大抗爭、民意反彈和政治風暴，如何參考前述先進國家的遊民政策，制定出有效減少遊民數量的策略與方法，值得臺灣主政者深思。

另一方面，我們從文本分析和深度訪談中也發現，遊民的語言表達方式，自有一套特殊「系統」，然而這套言語系統，對主流媒體記者來說，卻顯得破碎、零散，甚至邏輯不通。他們在語言表達上，也許詞意是在反諷、自嘲，但媒體記者卻誤以為他們在陳述和主張。由於雙方生活文化存在極大落差，因此在語言意義解讀上十分困難，主流媒體記者在短暫對社會底層人物採訪後，就進行大篇幅報導，極容易誤判其欲表達的真正意思。本書建議，在解讀社會底層者說話內容時，媒體記者必須注意「去政治化」，並且用「心」去傾聽和詮釋，社會底層者所發出的「聲音」。而社會團體在「代言」社會底層者，

或者召開記者會陳述其意見時也必須注意，是否以知識分子的「優越感」為其說話，自認為全方位為社會底層者爭取權益，但卻忽略他們真正的需求和感受？

參、有關電視新聞場域方面

藉由獵奇類遊民新聞作為切入點，我們看到了電視新聞產製端的許多問題，它顯現的不只有電視媒體偏好奇觀新聞的產製而已，也包括了電視媒體的結構性和制度性問題，這些問題從根本上來說是環環相扣的。如果電視記者無法在一個健康的媒體生態環境下，彼此良性競爭，那麼電視新聞呈現的，大都只是表淺性的網路爆料新聞、三器新聞和社會新聞，然後新聞主管再從這些新聞中挑選出一些比較具有故事性的內容，將它包裝為媒體日常奇觀。這樣的新聞操作模式，已然成為電視新聞場域一種病態的結構性問題，如果不打破這種模式，臺灣的電視新聞品質就會不斷為閱聽眾所詬病，永無重新振作的可能。據此，本書也提出一些改善電視新聞場域結構和規則的可行性建議：

一、採行師徒制

1993 年，筆者考進中視新聞部，同一批錄取的 8 個駐地記者，在臺北總公司進行為期近 2 個月的集訓。每天上午 08:00 到採訪中心報到後，必須跟著自己的「師父」（資深線上記者）出去跑新聞，觀察他們的採訪技巧、寫稿時切入的角度及新聞帶的剪輯後製。一直到晚上 20:00 記者們下班後，我們幾個新人才可以使用公司的剪輯器材，把當天參與採訪的拍攝帶，自己過音、剪接成一則完整的新聞播出帶，隔天上午交給當時的副理兼採訪組長胡雪珠審查，胡副理會將每個實習記者的作品優缺點進行評論。最後，綜合實習成績，每位錄取者皆通過考核後才正式發給聘用證書，並且可以開始上新聞戰場進行採訪及發稿。

現今臺灣有線電視新聞臺大都以挖角的方式，省卻新進記者的職前訓練時

間，這些資淺的記者大都未經嚴格訓練即開始採訪及產製新聞，以至於新聞內容錯誤百出。即使有新聞主管願意花時間訓練新進記者，但也常被內部同仁嘲諷：「這些新人學會點本事後，為了多幾千塊薪水他們就跳槽了，最後還不是幫別的電視台訓練人才！」基層主管怕資淺記者所處理的新聞出錯，於是經常會幫他們先寫好新聞架構，甚至聯絡好受訪者。這些新進記者習慣於依靠主管幫他們處理和決定一切，於是慢慢形成了電視新聞產製鏈的一種惡性循環：基層主管工作過勞、資淺記者進步緩慢。本書建議電視台對於新進記者重新採行「師徒制」，由資深記者將自身在新聞採訪與寫作上的經驗，藉由默會知識傳承給資淺記者。同時主管可以採用新聞評比方式，挑選出新進記者產製具有創意性、深度性、思考性的新聞或專題，在大型內部會議場合公開播放，並且對「師徒」一併獎勵，以帶動新聞場域的良性競爭風氣！如果新進記者通過考核成為正式記者，也可以分階段調高薪資。因為穩定的收入能讓記者能專心採訪工作，並抗拒其他電視台的挖角。

二、主管的身心靈修復

由於臺灣有線電視台盛行挖角，許多基層主管多由別的電視台「空降」而來，而且流動率相當高，基層主管與臺內記者互信程度不足，甚至彼此猜忌。電視新聞場域的基層主管，在長時間高壓、過勞的工作環境下，形成一種對身體、知識和心靈的掏空，但它從不被正視為一種職業傷害。為了量產出即時新聞，高階主管壓榨身心靈被掏空的基層主管，基層主管再轉而壓榨資淺記者交出以量取勝的新聞來，新聞主管情緒經常緊繃到臨界點而失控，但它似乎已形成一種電視場域的食物鏈，永遠只有「耗損」而沒有被「修復」。

電視新聞工作，隨時在跟時間賽跑，產製流程的任何一個環節出問題，就有可能播出錯誤的訊息或有瑕疵的作品，因此電視公司新聞部氣氛經常像一個火藥庫，似乎彼此沒有大聲說話，就不像一個新聞採訪中心。常見高階主管飆罵基層主管，基層主管就會轉而對線上記者發脾氣，有時高階主管和基層主管或者基層主管和記者之間會發生激烈衝突，甚至在辦公室內大打出手。

但是，新聞場域這種高壓式的管理模式，非但無助新聞品質的提升，更會造成基層主管和採訪記者的挫敗感，進而提高這些員工的離職率。事實上，正常且健全運作的電視台新聞部，靠的是公平競爭、賞罰分明的規則及暢通的申訴制度，有了這些完善的規則和制度，各階層的主管和基層新聞工作者，應對進退就會有所依據，不需要經常在辦公室大發脾氣。傅柯採用邊沁的「圓型監獄」（panopticon）管理作為一種比喻，由此提出個人的權力觀：「圓形監獄使權力自動化而非個性化，權力不再體現在某個人身上……而是體現在一種安排，這種安排的內在機制能夠產生制約每個人的關係」（劉北成、楊遠嬰譯，1999：226-227）。雖說各電視台的新聞部並非「圓形監獄」，不過新聞主管可以思考傅柯所說的：「權力是體現在一種安排」，那麼這種「安排」如果運用在新聞場域，到底是什麼呢？或許是善用同組記者之間的同僚競爭關係形成自律機制，也可以是主管經常性的公開獎賞在工作表現上主動、積極的記者，記者們自然會感知自己該如何做，才能受到上級重視。叫囂式的管理模式，會形成基層新聞工作者莫大的心理壓力，而經常發脾氣的新聞主管，也是對自己健康的一大戕害。

先進國家的電視媒體，當記者採訪重大新聞而面臨身心靈衝擊後，會由電視台安排記者進行心理諮商，而現今臺灣電視媒體，最該進行心理諮商和身心靈修復課程的人員，恐怕是電視台的各階層新聞主管。他們必須重新學習，如何對新進記者進行教育訓練、如何引導記者為自己做的新聞負責，還有如何在高壓工作環境中控制自己的情緒。這些有關於新聞主管的訓練課程，必須由具有遠見的電視台管理者來貫徹執行。

三、營造整點新聞特色

電視新聞守門人在長期的訓練之後，對於新聞的取捨標準可謂「英雄所見略同」。例如採訪會議中，如果當天的新聞供稿單中出現了獵奇類遊民新聞，那麼無論有線或無線電視台的新聞時段製作人和編輯，都會有默契的優先排進自己負責的新聞 rundown 之內。其他重要新聞的選播也是如此，各節

整點新聞主編認為非播不可的新聞，彼此的選擇傾向幾乎都大同小異，如此一來，電視觀眾每小時都會被強迫收看重複性極高的新聞。由於經過包裝的媒體日常奇觀新聞是收視率保證，因此在各節新聞被選播的機率極高，相對的，國際新聞和地方新聞卻常是乏人問津，沒有新聞編輯肯排播，形成資源的浪費和資訊的供給偏斜。電視新聞場域中，主管、新聞時段製作人和編輯們，對於獵奇類新聞或日常奇觀新聞愛不釋手，採訪記者感知到這種氛圍，也形同鼓勵他們增加產製此類新聞的數量，這又是另一種電視新聞「奇觀化」的惡性循環。本書建議電視新聞台，應該在午間、晚間新聞之外的新聞時段，營造出不同的新聞內容特色。例如：下午 14:00 新聞偏重國際新聞、15:00 新聞多呈現地方新聞、16:00 多挑選生活新聞排播等，以免新聞時段製作人和編輯過於偏好選擇某些特定的奇觀新聞，造成新聞台整點新聞失去特色和閱聽眾的支持。

四、鼓勵記者發掘深度報導

如前所述，電視新聞深度報導和調查報導產製成本較高，除非是電視台為了參加新聞獎項競賽，否則目前臺灣的電視台已經愈來愈少主動產製此類新聞或專題。本書發現，電視新聞工作者產製日常奇觀新聞或專題，不但容易在收視率上有所表現，而且容易獲得長官的讚許和重視。而採訪和製作深度報導、調查報導，通常曠日費時，除非能夠奪得重要新聞獎項（如卓越新聞獎或曾虛白新聞獎）肯定，否則在新聞場域中不易獲得主管重視。但是，日常奇觀新聞、網路爆料、三器新聞愈來愈多，深度報導和調查報導卻是愈來愈少，代表臺灣電視新聞的內容產製已嚴重失衡，這種現象也是 Kellner 所說的「媒體病癥」的一種顯現。由於深度報導和調查報導代表一個電視媒體的權威性，並且也展現了電子媒體的守望環境功能，不宜任其偏廢，建議電視台新聞部門的每個組別（例如社會組、政治組、國際組、生活組等），都至少保留一組資深記者持續產製深度報導和調查報導，這類報導可能未必會有極佳的收視率表現，但卻可以幫助電視台在閱聽眾心目中建立權威感和品牌形象。

肆、有關學術研究方面

一、Kellner奇觀理論之不足

「媒體奇觀」理論大部分聚焦在文本分析的「解碼」之上，對於媒體如何「製碼」完全沒有提及。不過 Kellner 在解碼奇觀文本過程當中，也產生了三個比較難以解決的理論問題和缺陷，分述如下：

1. 首先是「先入為主」

Kellner《媒體奇觀》雖然引用許多理論、研究報告和媒體報導，企圖支撐他對於奇觀文本的解碼論述，但有些時候，他完全不掩飾對某些媒體和政治人物的厭惡，也會把涉及個人好惡的評論和研究內容混雜在一起。例如 Kellner 對於老布希和小布希政治生涯醜聞的描述，未引述消息來源，內容像是八卦週刊風格，充斥完全負面的解讀和尖酸的評論，有失研究者所該持有的中立性和客觀性（見 Kellner, 2003: 203-207）。

2. 其二是「先畫靶、再射箭」

「媒體奇觀」理論源自 Debord，並且上溯自馬克思，Debord 將整個理論框架限縮在一個比較小的範圍內，Kellner 雖企圖拉大 Debord 的論述格局，但仍難脫其理論僵化的先天缺失。如同 80 年代初期，馬克斯批判傳播政經學者，將媒介經濟結構面的分析鎖定在媒介所有權人的研究上，企圖尋找操控媒體的「意識型態」，但這樣的做法經常被批評為研究本身就是個「意識型態」，因為它總是以「資本主義陰謀論」（conspiracy theory in capitalist society）的觀點來批判媒體的新聞產製，帶有濃厚「未審先判」的意味（Schudson, 1991: 143; 彭芸、鍾起惠，1997：03）。雖然 Kellner 想要跳脫「奇觀即妖魔」這樣框架，他以《X 檔案》影集為例，提出「奇觀未必全然是不好的」研究論述，但奇觀論特定的批判角度，可能讓很多人看到研究題目就已想到研究的可能結果，因此仍難脫「先畫靶、再射箭」的質疑。

3. 其三是「欠缺產製端和接收端研究」

　　Kellner 認為，靠著不斷對「媒體奇觀」的揭露，閱聽眾必將能夠了解奇觀製造者的居心叵測，他也在《媒體奇觀》中，引述許多研究、民調和收視率分析，作為訊息接收端的替代性意見。Kellner 表示，他並沒有完全把閱聽眾當作是「媒體奇觀」的受害者，他認為閱聽眾有自己的解讀媒體文本能力。但這樣的研究仍是不夠細緻的，因為他所引用的民調數字都只是量化的調查，並未再從訊息接收端的質化研究中獲得印證，因此奇觀論一直帶有單向式研究的缺陷。另一方面，媒體奇觀理論已經設定，媒體必然是充滿野心、只顧獲利，並且極容易被財團和政客收買，是奇觀製造者的幫兇和奴隸。這樣的論述角度，即使從批判研究來看，算是鞭辟入裡、切中要害，但如果學術研究只是不斷批判媒體製造奇觀新聞，卻不了解媒體為何要產製奇觀新聞，其實並無法解決「媒體奇觀」所造成的根本問題。唯有了解奇觀文本的產製動機與邏輯，才能有機會藉由獵奇類遊民新聞這樣的「病灶」切入，並嘗試對媒體進行結構和制度的診斷與治療。

　　更重要的是，Kellner 把新聞工作者都當作是「面目模糊的一群人」，他們被列為奇觀陰謀者的同路人和執行者，並非真正具有主體能動性。Kellner 經常以「美國媒體」來概稱所有美國電視台，且所使用的字眼極為負面，比如「鼓動戰爭」、「政府宣傳機器」、「缺乏理性」、「歇斯底里」、「主流媒體的失敗」、「媒體馬戲團化」、「扒糞小報化先鋒」、「新聞媒體的墮落」……，這些批判雖然並非無的放矢，但仍有「一竿子打翻一船人」的嫌疑。因為媒體工作者各有不同的稟性、思考邏輯和行為模式，不是每個人表現的樣態都一樣，也不是所有的電視新聞媒體都自甘墮落，這部分的論述，一直是奇觀論最主要的缺陷之一。

二、布赫迪厄理論需強化之處

　　Bourdieu 提出的許多重要理論，包括慣習、場域、資本等，應用在新聞場域中，具有一種獨特的動態觀，不過他的理論主張，有時也會出現自相矛盾的

現象。雖然 Bourdieu 認為，行動者在場域內使用資源、策略和技能，有可能改變場域內的規則和結構，但從他《論電視》（2002）的演說文本中，卻又完全看不出來有這種可能性。Bourdieu 的《論電視》，對電視場域的鬥爭、新聞工作者的犬儒心態、名嘴的明星化演出和新聞報導的支配力，提出了猛烈的批判。他也不斷地強調，所有新聞工作者對於媒體場域宰制的抵抗，終究是徒勞無功的：「在電視這個世界裡，社會成員雖有表面上的重要性、自由、自主性，甚至有時會具有非凡的靈氛（aura），但卻是被某種必要性和結構所操縱的戲偶」（Bourdieu, 2002: 55-56）。也就是說，Bourdieu 在《論電視》中，把電視新聞場域內的慣習和結構宰制力量強化到極致，他認為新聞工作者雖有部分的反思和反抗能力，但這種力量卻是渺小得可憐。雖然《論電視》只是他電視演說的內容集結，並非嚴謹的學術著作，但此書已是他最貼近電視新聞實務的作品。他將新聞工作者框限為被結構、利益、場域潛規則宰制，無法掙脫命運魔咒的一群人，這與他一貫主張的場域「非二元對立論」產生了明顯矛盾。《論電視》的媒體批判立場，反倒比較接近「奇觀論」所強調的媒體悲觀論！

另外，我們從《論電視》的架構和主張中，也看不出新聞工作者使用場域內資源、策略和技能，能為他們自己的命運改變些什麼？還有到底該如何使用電視場域的資源、策略和技能，也欠缺進一步的說明。在《論電視》強烈的批判和悲觀論中，使得 Bourdieu 過去強調的新聞工作者「主體能動性」，幾乎消失殆盡。固然 Bourdieu 對於電視媒體可說是「愛之深、責之切」，他建議「藝術家、作家、學者和記者可以共同合作，以對抗傳播霸權的支配力」（Bourdieu, 2002: 123），不過整體來說，Bourdieu 對於慣習和場域的論述，還是具有明顯的「結構偏向」。有關主體能動性如何在新聞場域中發揮作用？在不同的媒體中，新聞工作者所使用的策略和技能是否都相同？此類實際的研究操作和與實務經驗連結的分析較少，這是後續研究者必須注意的重點。

參考文獻

中文部分

王泰俐（2004）。〈電視新聞節目「感官主義」之初探研究〉，《新聞學研究》，81：1-41。

王泰俐（2006）。〈電視新聞「感官主義」對閱聽人接收新聞的影響〉，《新聞學研究》，86：91-133。

王泰俐（2006）。〈書評：Media Spectacle and the Crisis of Democracy: Terrorism, War and Election Battles〉，《臺灣民主季刊》，第 3 卷‧第 4 期，197-204。

王泰升（1999）。《臺灣日治時期的法律改革》。臺北市：聯經。

王宜燕（2012）。〈閱聽人研究實踐轉向理論初探〉，《新聞學研究》，113：39-75。

王石番（1991）。《傳播內容分析法：理論與實證》。臺北：幼獅文化。

王昭鳳譯（2007）。《景觀社會》。南京：南京大學。（原書 Debord, G. [1994]. The Society of the Spectacle. London: Fontana.）

布赫迪厄（2002）。《論電視》。林志明譯。臺北：麥田人文。

史安斌譯（2003）。《媒體奇觀：當代美國社會文化透視》。北京：清華大學。（原書 Kellner, D. [2003]. *Media spectacle*. London: Routledge.

成露茜（2012）。〈另類媒體實踐〉，《理論與實踐的開拓：成露茜論文集》。夏曉鵑編。臺北：臺灣社會研究雜誌出版，唐山發行。

吳曲輝等譯（1992）。《社會學理論的結構》。臺北：桂冠。

李康、李猛譯（1998）。《實踐與反思——反思社會學導引》。大陸中央編譯出版社。（原書 Bourdieu P., & Wacquan L. [1992]. *An invitation to reflexive sociology.* Chicago: University of Chicago Press.）

李康、李猛譯（2002）。《社會的構成》。臺北：左岸文化。（原書 Giddens, [1984]. *The Constitution of Society*. Cambridge, UK: Polity Press.）

李白鶴（2009）。《默會維度上認識理想的重建──波蘭尼默會認識論研究》。北京：新華書店。

李淑容（2016）。〈臺北市政府社會局105年度委託辦理「臺北市遊民生活狀況調查」報告〉。臺北市政府社會局。取得網址：（http://www.dosw.gov.taipei/ct.asp?xItem=87606750&ctNode=72393&mp=107001）

沈清松（1997）。〈情緒智商與實踐智慧〉，《哲學雜誌》，19：4-15。臺北：業強。

林志明譯（2002）。《布赫迪厄論電視》。臺北：麥田人文。（原書 Pierre Bourdeu [1996]. *Sur la télévision*. Liber-Raisons d'agir.）

林照眞（2009）。〈收視率與電視新聞內容趨勢—四家有線電視新聞個案分析〉，《收視率新聞學：臺灣電視新聞商品化》。臺北：聯經。

林芝禾（2009）。〈消費社會的奇觀顯影── Andreas Gursky 攝影作品初探〉，《議藝份子》，13：209-226。

林萬億（1995）。《遊民問題之調查分析》。臺北：行政院研考會發行。

邱天助（1998）。《布爾迪厄文化再製理論》。臺北：桂冠。

吳曲輝等譯（1992）。《社會學理論的結構》。臺北：桂冠。（原著 Jonathan H. Turner. [1974]. *The Structure of Sociological Theory*）

高宣揚（2002）。《布爾迪厄》。臺北：生智。

翁秀琪（2010）。〈什麼是「蜜迪亞」？重新思考媒體／媒介研究〉，《傳播研究與實踐》，1(1)：55-74。

管中祥（2011）。〈弱勢發聲、告別汙名：臺灣另類「媒體」與文化行動〉。《傳播研究與實踐》，1卷1期。

高俊宏（2012）。〈公園做為方法──關於市村美佐子〉，《藝術觀點 ACT》，50。

舒嘉興（2001）。《新聞卸妝：布爾迪厄新聞場域理論》。臺北：桂冠。

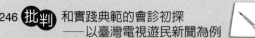

陳嘉映、王慶節譯（1989）。《存在與時間》。臺北：唐山。（原書Heidegger, M.[1962]. *Sein und Zeit.* Tübingen: M. Niemeyer.）

陳巨擘（1995）。〈導讀〉，《社會科學的理念》。臺北：巨流。

陳雅玫譯（2006）。〈新聞、閱聽人、日常生活〉，《新聞文化：報紙、廣播、電視如何製造真相》。臺北：書林。（原書：Stuart Allan.[2004]. *News Culture.*）

陳清河（2005）。《臺灣地下電臺角色的變遷（1991-2004）》。臺北：世新大學傳播博士學位論文。

陳治慶（2004）。〈遊民的社會排除與被害之研究──以臺北市為例〉。國立中正大學博士論文。

章豔譯（2004）。《娛樂至死》。桂林市：廣西師範大學。（原書 Postman, Neil.[2003]. *Amusing Ourselves To Death.*）

葉乃靜（2007）。〈從亞里多德的實踐智慧到默會知識〉、〈論知識管理中的默會知識〉，《默會知識研究》。臺北：文華圖書。

彭芸、鍾起惠（1997）。〈影視媒體內部協調策略表現分析：以有線電視系統經營為例〉，「中華傳播學會 1997 年研討會」論文。臺灣，臺北。

彭芸（2008）。〈新聞專業性與新聞文化〉。《21 世紀新聞學與新聞學研究》。臺北：雙葉書廊。

鄧榮坤、張令慧（1993）。《有線電視解讀》。臺北：月旦。

孫智綺譯（2002）。《布赫迪厄社會學的第一課》。麥田人文。（原書：朋尼維茲 Patrice Bonnewitz [1997]. *Premieres lecons sur La sociologie de Pierre Bourdieu*）。

盧嵐蘭（2006）。《媒介與後現代的文化形式》。臺北：三民。

張錦華（2013、2010）。〈布迪厄：結構與主體的辯證分析〉，《傳播批判理論：從結構到主體》。臺北：黎明文化。

張錦華（1994）。〈葛蘭西：文化爭霸理論〉、〈傅柯：從「意識型態」到「權力／知識」研究」〉，《傳播批判理論》。臺北：黎明文化。

梁虹譯（2007）。《景觀社會評論》，桂林市：廣西師範大學。（原書 Debord, G. (1990). *Comments on the society of the spectacle*. London: Verso.）

黃順星（2009）。〈廣場到劇場：阿扁的媒介奇觀〉，《中華傳播學刊》，15：33-91。

徐詠絮、唐維敏等譯（1997）〈新聞產製社會學的重新檢視〉。《大眾媒介與社會》。臺北：五南。（原書 Curran, James, & Gurevitch, M .[1991] . *Mass media and society*. New York: Edward Arnold.）

趙偉妏、陳晏茵、陳秉逵譯（2009）。〈布希亞的衝擊：後現代性、大眾傳播與象徵交換〉，《媒介、文化與社會理論》。臺北：韋伯文化。（原書：Nick Stevenson. [2002]. *Understanding Media Cultures: Social Theory and Mass Communication*. Sage Publication of London, Thousand Oaks.）

劉北成、楊遠嬰譯（1999）。〈全景敞視主義〉，《規訓與懲罰—監獄的誕生》。北京：新華印刷廠。（原書：Michel Foucaul. [1977]. Discipline and Punish-The Birth of Prison.）

戴瑜慧、郭盈靖（2012）。〈資訊社會與弱勢群體的文化公民權：以臺灣遊民另類媒體的崛起為例〉，《新聞學研究》，113：123-166。

戴瑜慧（2016）。〈被壓抑者的發聲──底層者與文化行動主義〉，《臺灣社會研究季刊》，104：205-225。

夏曉鵑（2009）。〈「外籍新娘」現象之媒體建構〉，《示威就是傳播》。臺灣社會研究雜誌社。

曹莉（1999）。《史碧娃克》。臺北：生智文化。

鍾孝上（1988）。《臺灣先民奮鬥史下》。臺北：自立晚報。

滕田孝典（2016）。《下流老人──即使月薪 5 萬，我們仍將又老又窮又孤獨》。臺北：大雁文化。

陳瑞麟導讀資料。〈「默會知識」的角色〉。上網日期：2015 年 12 月 21 日取自東吳大學網站：http: //max.book118.com/html/2015/0701/20163843.shtm.

ETtoday（2015 年 01 月 21 日）。〈屁孩暴打永和遊民不只一次！網傳 2 段

影片曝光〉，取得網址：http://www.ettoday.net/news/20150121/456460. htm#ixzz4VzFrMtu8

東森新聞（2014 年 5 月 24 日）。〈遊民、臭味、噪音多！龍山寺地街三寶〉，取得網址：https://www.youtube.com/watch?v=4LHSxh6QEK4

NOWnews 今日新聞（2016 年 11 月 22 日）。〈柯文哲稱：遊民洗乾淨就變遊客，何志偉批物化遊民〉，取得網址：https://today.line.me/tw/article/783d 392097bc3947cd1c797672af98632da02054d10009a998cd307d2317c990

民視新聞（201 年 3 月 21 日）。〈遊民臺北車站行乞，議員控傷國家門面〉，取得網址：https://tw.news.yahoo.com/%E9%81%8A%E6%B0%91%E5%8 F%B0%E5%8C%97%E8%BB%8A%E7%AB%99%E8%A1%8C%E4%B9% 9E-%E8%AD%B0%E5%93%A1%E6%8E%A7%E5%82%B7%E5%9C%8B %E5%AE%B6%E9%96%80%E9%9D%A2-051028559.html

ETtoday（2013 年 11 月 23 日）。〈22K 年輕「漂流魯蛇」無居所臺灣遊民 10 年爆增 50%〉，取得網址：http://www.ettoday.net/ news/20131123/299801.htm#ixzz4VpyhPTRg

新新聞（2014 年 11 月 4 日）。〈遊民體驗營、花錢找罪受〉，取得網址：http://www.new7.com.tw/NewsView.aspx?t=03&i=TXT20141029172019BFT

今日報導（2017 年 4 月 22 日）。取得網址：http://www.herald-today.com/ content.php?sn=4536

新唐人（2015 年 8 月 25 日）。取得網址：http://www.ntdtv.com/xtr/ b5/2015/08/25/a1219620.html

蘋果日報（2011 年 12 月 25 日）。〈寒夜噴冷水驅遊民這樣的市府和議員你們太殘忍〉，取得網址：http://www.appledaily.com.tw/appledaily/article/ headline/20111225/33912274

自由時報（2017 年 3 月 24 日）。〈萬華居民提案軍隊化管街友〉，取得網址：http://news.ltn.com.tw/news/local/paper/1088598

臺北市政府社會局新聞稿（2017 年 4 月 10 日）。取得網址：http://www.

dosw.gov.taipei/ct.asp?xItem=285093548&ctNode=72723&mp=107001

中國時報（2001 年 5 月 7 日）。〈遊民日本篇：失業率步步高升，出現西裝遊民〉，取得網址：http://forums.chinatimes.com/special/vagrant/feature/japan.htm

中時電子報（2001 年 5 月 7 日）。〈北美大都市遊民暴增〉，取得網址：http://www.chinatimes.com/newspapers/20160228000189-260209

卡提諾論壇（2014 年 10 月 13 日）。〈世界各地對付露宿街頭的遊民的方法看到最後卻淚目了〉，取得網址：https://ck101.com/thread-3099004-1-1.html

ETtoday（2014 年 7 月 4 日）。〈加拿大對待街友的方式，讓全世界慚愧〉，取得網址：http://www.ettoday.net/dalemon/post/3834

自由時報（2017 年 4 月 26 日，A9，國際新聞）。〈無條件領 37 萬加國安大略省試辦〉。

自由時報（2015 年 5 月 10 日）。〈為求世大運門面體操協會與柯市府聯手驅趕街友〉，取得網址：http://news.ltn.com.tw/news/life/breakingnews/20625

報導者（2017 年 3 月 8 日）。〈Wonder Foto Day ——發揮攝影的社會作用〉，取得網址：https://www.twreporter.org/a/photo-wonder-foto-day-3

報導者（2016 年 2 月 7 日）。〈2020 年美國真的不再有遊民了嗎？〉，取得網址：https://www.twreporter.org/a/2020-zero-homeless-usa

報導者（2016 年 2 月 9 日）。〈幫街友找家，美國猶他州的成功經驗〉，取得網址：https://www.twreporter.org/a/homeless-utah-salt-lak

中央社（2017 年 12 月 8 日）。〈法國多處公共空間設障礙不讓遊民棲身〉，取得網址：http://www.cna.com.tw/news/aopl/201712080375-1.aspx。

聯合晚報（2017 年 12 月 6）。〈送街友性感睡衣、卸妝油？〉，B7 版。

天下雜誌（2014 年 1 月 21 日、2013 年 5 月 29）。〈臺灣 12 大富豪運用海外租稅天堂〉、〈富人四招把稅變不見〉，取得網址：https://www.cw.com.tw/article/article.action?id=5055452https://www.cw.com.tw/article/article.

action?id=5049474

風傳媒（2018 年 1 月 3 日）。〈全國街友年增 1 倍、新北市增 5 倍給這群人 2018 最溫暖的關懷〉，取得網址：https: //tw.news.yahoo.com/%E5%85%A 8%E5%9C%8B%E8%A1%97%E5%8F%8B%E5%B9%B4%E5%A2%9E1% E5%80%8D-%E6%96%B0%E5%8C%97%E5%B8%82%E5%A2%9E5%E5 %80%8D-%E7%B5%A6%E9%80%99%E7%BE%A4%E4%BA%BA2018%E 6%9C%80%E6%BA%AB%E6%9A%96%E7%9A%84%E9%97%9C%E6%8 7%B7-010001681.html

英文部分

Adams (1978). "Local public affairs content of TV news". *Journalism Quarterly, 55* (4): 690-695.

Barnes, B. (2001). Practice as collective action. In T. R. Schatzki et al. (Eds.), *The practice turn in contemporary theory*. London, UK: Routledge.

Bantz, Charles R. (1977). News organizations: Conflict as a crafted cultural norm. In Dan Berkowitz (Eds). *Social meanings of news: A text-reader* (pp.123-137), Sage Publications.

Bourdieu, P. (1977). *Outline of a theory of practice* (R. Nice, Trans.). Cambridge, UK: Cambridge University Press. (Original work published 1972)

Bourdieu, P., & L. J. D, Wacquant. (1992). *An invitation to reflexive sociology*. Chicago, IL: University of Chicago Press.

Baudrillard, J. (1975). *The mirror of production*. St. Louis: Telos.

Bourdieu (1980a). *Le sens pratique. paris:* Editions de Minuit.

Bourdieu (1980b). *Questions de sociologie.* Paris: Editions de Minuit.

Couldry, N. (2004). Theorising media as practice. *Social Semiotics, 14*(2), 115-132.

de Certeau, M. (1984). *The practice of everyday life*. Berkeley, CA: University of California Press.

Couldry, Nick & Andreas, Hepp. (2013): Conceptualising mediatization: Contexts, tradi-tions, arguments. In: *Communication Theory*, *23* (3), pp. 191-202.

Collins, H. M. (2001). What is tacit knowledge? In K. K. Cetina, T. R. Schatzki & E. Savigny (Eds.), *The practice turn in contemporary theory*. London, UK: Routledge.

Debord, G. (1990). *Comments on the society of the spectacle*. London: Verso.

Debord, G. (1994). *The society of the spectacle*. New York: Zone Books.

Darrin Hodgetts & Andrea Cullen & Alan Radley (2005). 'Television Characterizations of Homeless People in the United Kingdom', *Analyses of Social Issues and Public* Policy, Vol. 5, No. 1, 2005, pp. 29-48.

David L. Altheide. (2013). Media Logic, Social Control, and Fear . In: *Communication Theory*, *23* (3), pp. 223-238.

Eungjun Min. (1999). *Reading the homeless: the media's image of homelessculture*. An imprint of Greenwood Publishing Group, Inc.

Eric Mark Kramer and Soobum Lee (1999). Homelessness: The Other as Object. *Reading the homeless: the media's image of homelessculture.*An imprint of Greenwood Publishing Group, Inc.

Foucault, M. (1979). *Discipline and Punish: The Birth of the Prison*. Harmondsworth: Penguin Books.

Garnham, Nicholas (1990). Capitalism and Communication: *Global Culture and the Economics of information*. London; Sage.

Gitlin, Todd. (1980). *The Whole World is Watching: Mass Media in the Making and Unmaking of the New Left*, Berkeley: University of California Press.

Giddens, A. (1984). *The constitution of society: outline of the theory of structuration*. Cambridge: Polity Press.

Hall, S. (1974). Journal of Communication. *Media Power: The Double Bind*, 24.4, pp.19-26.

Hall, S. (1980). Encoding/decoding. In Culture, Media, Language, edited by S. Hall, D. Hobson, A. Lowe and P. Willis, 128-38. London: Hutchinson

Hartley, J. (1987). Invisible fictions: Television audiences, paedocracy, pleasure. *Textual Practice, 1*(2), 121-138.

John Fiske (1999). "For Cultural Interpretation: A Study of the Culture of Homelessness." *Reading the homeless: the media's image of homelessculture.* pp.1-23.An imprint of Greenwood Publishing Group, Inc.

Kellner, D. (2003).*Media spectacle*. London: Routledge.

Kellner, D. (2005). *Media Spectacle and the Crisis of Democracy: Terrorism, War and Election Battlesp.* Published in the United State by Paradigm Publishers.

Kendall, D. E. (2005). *Framing class: Media representations of wealth and poverty in America*. Lanham, MD: Rowman & Littlefield Publishers.

McManus, J. H. (1994). *Market-Driven journalism: Let the citizen beware?* Thousand Oaks,London: Sage Örnebring.

Meehan, E. R. (1984). Ratings and the institutional approach: A third answer to the commodity question. *Critical Studies in Mass Communication, 1*(2), 216-225.

Maurice Merleau-Ponty (1963). *The Structure of Behavior*, trans. Alden Fisher, Boston: Beacon Press. London: Methuen, 1965, 1967 (in English).

Molotch, Harvey and Lester, Marilyn (1974) 'News as Purposive Behaviour', in Cohen, S and Young, J eds (1981) *The Manufacture of News*, revised edition, London: Constable, 118-137.

Miller, Leslie J. (1993). *Reconsidering Social Constructionism: Debates in Social Problems Theory*. New York: Aldine de Gruyter. Naficy, Hamid, Gabriel, Teshome H.(1993). *Otherness and the Media: The Ethnography of the Imagined and the Imaged*. Langhorne, PA: Harwood Academic Publishers.

Miki Hasegawa (2006). *"We Are Not Garbage!" The Homeless Movement in Tokyo, 1994-2002,* New York: Routledge, 2006.

Nino Landerer .(2013). Rethinking the Logics: A Conceptual Framework for the Mediatization of Politics. In: *Communication Theory, 23* (3), pp. 239-258.

Örnebring, H. and Jönsson, A.M. (2004). *Tabloid journalism and the public sphere: A historical perspective on tabloid journalism*, Journalism Studies, *5*(3), 283-295.

R. Campbell and J. L. Reeves (1999) "Covering the Homeless: The Joyce Brown Story." *Reading the homeless: the media's image of homelessculture.* An imprint of Greenwood Publishing Group, Inc.

Schudson, M. (1991). The Sociology of News Production Revisited, in J. Curran and M. Gurevitch (eds.), *Mass Media and Society*, pp.141-159. London: Edward Arnold.

Schudson, M. (1993). Advertising, the Uneasy Persuasion: Its Dubious Impact on American Socity. London: Routledge.

Smythe, Dallas W. (1977). Communications: Blindspot of Western Marxism, Canadian Journal of political and Social Theory, Vol. I. No.3, pp.1-27.

Slattery, K. L., & Hakanen, E. A. (1994). *Sensationalism versus public affairs content of local TV news*: Pennsylvania revisited, Journal of Broadcasting & Electronic Media, *38* (2), 205-216.

Stern, D. (2003). The practical turn. In S. P. Turner & P. A. Roth (Eds.), *The Blackwell guide to the philosophy of the social sciences* (pp. 185-206). Malden, MA: Blackwell.

Shoemaker, P. J. & Reese, S. D. (1996). *Mediating the message: Theories of influences on mass media content (2nd Ed.)*. New York: Longman.

Star Tribune. (1988). Minneapolis, U.S. *News and World Report,* (August 7, 1987).

Tipple, G., & Speak, S. (2009). *The hidden millions: Homelessness in developing countries*. London, UK: Routledge.

Williams, Raymond. (1980). "Means of Communication as Means of Production."

 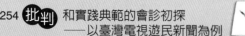

In *Problems in Materialism and Culture: Selected Essays*, pp.50-63. London: Verso.

本書訪談大綱

訪談主題：從電視遊民新聞，看電視新聞工作場域的求生術

　　從 Youtube 上傳的新聞影片中，以「遊民」及「街友」作爲關鍵字，搜尋 2015 年 1 月至 2017 年 1 月共 2 年期間，有線新聞台「年代新聞台」、「東森新聞台」及「東森財經新聞台」、「中天新聞台」、「民視新聞台」、「三立新聞台」、「TVBS 新聞台」、「壹電視新聞台」及無線電視台「台視」、「中視」、「華視」等 11 家國內電視台，總共下載 307 則完整的新聞影片。

　　經過分類，發現各個類型的遊民新聞有奇怪的偏向，也就是「遊民獵奇」類的新聞特別多。

類型	數量
遊民是犯罪者或加害者（A）	45
遊民是受害者（B）	67
遊民是被嫌惡或歧視者（C）	37
遊民是可憐者或被施恩（D）	67
遊民獵奇（E）	88

遊民「獵奇新聞」定義	遊民「獵奇新聞」
1.「獵奇」：刻意搜尋奇異特殊的事物。 2. 遊民具特殊身分或當遊民前有較佳之學歷、職業或社會地位。 3. 遊民逆轉勝故事。 4. 遊民之最，如最年輕遊民、最帥遊民。 5. 一般人因好奇或任務需求而體驗、扮演遊民。 6. 以遊民爲主題的社會實驗影片。 7. 遊民行爲奇特、怪異足以吸引閱聽衆注意者。	老闆或主管變街友、銀行副總變街友、黑道幫主變遊民、最年輕遊民、神似藝人遊民、高學歷遊民、遊民變老闆、街友變英雄、遊民成現代原始人、遊民變咖啡店員工或導遊、遊民冒充冰店員工、赤裸遊民出現女宿舍、遊民突暴斃、女街友霸住派出所及法院、遊民體驗營、一日遊民、假扮遊民辦案、社會實驗影片。

以這種狀況為出發點，我們要問電視新聞工作者一些問題，同時為了保護受訪者，所有受訪者在文章中將以英文代號呈現，而不出現受訪者姓名。訪談共分八大題，大約需要 30-40 分鐘左右的時間（可視狀況增減訪談時間），主要的問題內容如下：

問題
1. 請問您在電視台擔任什麼職務？年資多久？您個人對臺北火車站和萬華龍山寺附近的遊民，印象和感覺是什麼？
2. 通常遊民新聞的訊息來自何處？電視台為什麼會對遊民獵奇新聞特別有興趣？多產製這一類的遊民新聞，對電視台和新聞工作者有什麼好處？
3. 對於獵奇類或具有特殊故事性的遊民新聞，在新聞稿的撰寫、攝影技巧及後製包裝上，您會比較強調哪些方面呈現？處理這些獵奇類或具有特殊故事性的遊民新聞時，長官會特別關切或交待什麼事嗎？如果長官不喜歡您的處理模式，他通常會怎麼做？而您又會如何回應或調整？
4. 過去在採訪、製作、編輯或播報遊民新聞時，有沒有讓您印象深刻的事？在保護遊民隱私方面，比較需要特別注意的有哪些？
5. 在電視的工作環境中，您認為「獲得長官的讚許」及「和長官想法一致」這二項重要嗎？另外，「工作表現好」和「與長官交情好」這二件事，哪個比較重要？
6. 您曾經反抗過長官在新聞處理上的要求或據理力爭嗎？您如何在工作場域中保護自己，以避免自己製作的新聞被控告或被長官找麻煩？
7. 一個新進的人員，您認為他應該如何更容易適應這個環境？「特立獨行」的人，在新聞場域中可以存活嗎？
8. （只訪談線上記者）您認為記者的作品，如果在各種新聞獎項中得獎，那麼記者在這個場域中可以獲得更多的資源嗎？

國家圖書館出版品預行編目資料

批判和實踐典範的會診初探：以臺灣電視遊民
新聞為例／許志明著. -- 初版. -- 臺北市：
五南，2018.06
　　面；　公分
　　ISBN 978-957-11-9688-6（平裝）
　1.電視新聞　2.社會新聞　3.街友
895.31　　　　　　　　　　　　107005233

4Z09

批判和實踐典範的會診初探
——以臺灣電視遊民新聞為例

作　　　者 ― 許志明(234.5)

發 行 人 ― 楊榮川

總 經 理 ― 楊士清

副總編輯 ― 陳念祖

責任編輯 ― 李敏華

封面設計 ― 姚孝慈

出 版 者 ― 五南圖書出版股份有限公司

地　　　址：106台北市大安區和平東路二段339號4樓

電　　　話：(02)2705-5066　　傳　　真：(02)2706-6100

網　　　址：http://www.wunan.com.tw

電子郵件：wunan@wunan.com.tw

劃撥帳號：01068953

戶　　　名：五南圖書出版股份有限公司

法律顧問　林勝安律師事務所　林勝安律師

出版日期　2018年6月初版一刷

定　　　價　新臺幣400元